# 풍운강호

## 황진훈일문벽산(黃塵燻日問碧山)

흙먼지 해를 가릴 제 청산 가는 길을 묻다.

7

진부동 신무협 장편소설

ORIENTAL FANTASYSTORY & ADVENTURE

dream books
드림북스

풍운강호 7 황진훈일

초판 1쇄 인쇄 / 2012년 3월 23일
초판 1쇄 발행 / 2012년 4월 3일

지은이 / 진부동

발행인 / 오영배
편집팀장 / 권용범
책임편집 / 박민선
편집디자인 / 신경선
펴낸 곳 / (주)삼양출판사 · 드림북스

주소 / 서울특별시 강북구 송천동 322-10호
대표 전화 / 02-980-2112 팩스 / 02-983-0660
편집부 전화 / 02-980-2116 팩스 / 02-983-8201
블로그 / blog.naver.com/dreambookss

등록번호 / 제9-00046호
등록일자 / 1999년 3월 11일





값 8,000원





ISBN 978-89-542-4601-9 (04810) / 978-89-542-4355-1 (세트)

* 지은이와 협의하에 인지는 생략합니다.
* 잘못된 책은 구입한 곳에서 바꾸어 드립니다.

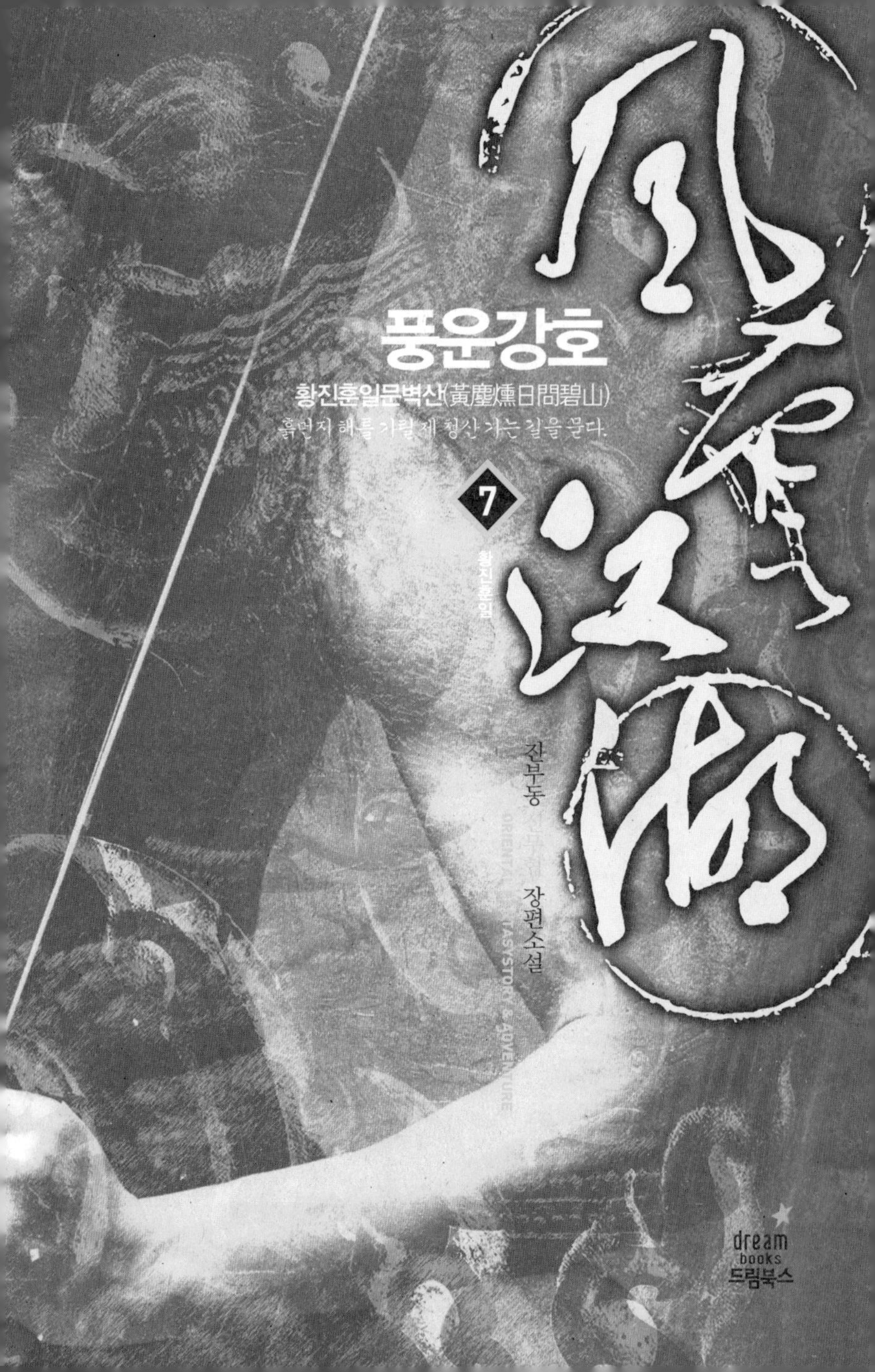

風雲江湖
풍운강호
황진훈일문벽산(黃塵燻日問碧山)
흙먼지 해를 가릴 제 청산 가는 길을 묻다.
7
황진훈일
진부동 신무협 장편소설
ORIENTAL FANTASYSTORY & ADVENTURE
dream books
드림북스

풍운강호

# 목차

# 제1장
# 수로맹

갈대 무성한 강변.

진평과 설가영, 홍패 그리고 마충, 왕립과 삼목객은 모산파 장문인 마맹기가 만든 강시들과 대치했다.

모두를 대신하여 앞으로 나선 진평은 강시들이 저희끼리 기괴한 소리를 내며 포위망을 좁혀 오는 내내 미동도 않고 서 있었다.

여유를 부리는 것은 아니었다.

자신과 같은 심법과 초식들을 익혔기에 마치 거울과도 같았던 사촌 형 진감호와의 대결.

거기서 얻은 깨달음을 다시 한 번 되돌아보고 실전에 적용할 수 있도록 정신을 집중하는 것이었다.

"크아아……!"

강시들이 일제히 공격을 시작했다.

이미 죽은 몸임에도 불구하고 그들의 동작은 빠르고, 유연했으며 가공할 위력을 지니고 있었다.

그 때문에 진평의 실력을 잘 알고 있는 설가영과 홍패도 가슴을 졸일 수밖에 없었다.

그러나 그들의 걱정은 기우였다.

둔탁한 파열음이 연속적으로 나면서 강시들이 튕겨 나간 것이다.

진평의 움직임은 간결하기만 한 게 아니었다.

설가영이나 홍패가 이제까지 본 진평은 간격을 바짝 좁힌 상태에서 강력한 진각(震脚)과 함께 짧게 끊어 치는 촌격(寸激)을 즐겨 사용했는데, 강시들을 상대로 보이는 움직임은 전혀 달랐다.

하수들이 제 실력을 자랑할 때나 쓸 법한 높은 발차기나 몸을 회전시키면서 치는 타법들이 자유자재로 섞여 나왔다.

놀라운 점은 그런 큰 동작들이 이어져도 허점이 전혀 없다는 사실이었다.

이질적이라고 생각되는 동작들이 자연스럽게 이어져서 마치 천 번, 만 번을 익히고 수련한 하나의 완성된 초식처럼 보였다.

강시들이 모두 날아가 갈대밭에 처박히자 진평 일행 쪽에서는 탄성이 터져 나왔다.

그러나 정작 당사자인 진평의 표정은 그다지 밝지 않았다.

때리면서 손과 발에 전해진 느낌 때문이었다.

강시들의 몸은 처음 칠 때보다 훨씬 부드러워졌다.

단단하던 몸이 질기게 변한 듯한 감촉.

단단한 물건은 부러뜨리거나 깨트릴 수 있지만 질기고 부드러운 물건은 그러기 어려웠다.

강시들은 처음보다 빠르게 일어나 다시 진평을 향해 다가왔고, 진평 일행은 긴장하지 않을 수 없었다.

모산파 장문인 마맹기가 큰 소리로 웃었다.

"하하하! 볼수록 마음에 드는구나. 네놈을 기필코 나의 강시로 만들고야 말겠다."

진평은 설가영에게 손짓을 했다.

"검을 빌려 줘."

설가영은 얼른 검을 던져 주었고, 삼목객은 그런 그녀에게 바짝 다가가 좌우를 경계했다. 자신의 아나히타가 적 수공권이 된 것을 그냥 두고 볼 수 없었던 것이다.

검을 쥔 진평은 진기를 끌어 올렸다.

상대가 질긴 밧줄이라면 잡아당겨서는 절대로 끊을 수 없었다. 잘라 내는 수밖에 없었다. 그러나 도검불침의 몸

뚱이에 진기를 낭비할 이유는 없었다.

진평은 달려드는 강시의 눈을 노렸다.

홍패의 표창이 박혔던 부위.

진평이 곧게 찌른 검은 큰 저항 없이 강시의 눈에 박혔고, 검극이 뒤통수 쪽으로 약간 삐져나왔다.

그 상태에서 진평은 검에 내공을 주입했다.

순간, 검신 전체가 붉게 달아오르는가 싶더니 퍽! 소리와 함께 강시 머리가 터졌다.

급격하게 올라간 온도가 뇌를 채운 약액을 가열한 것이다. 강시의 두개골과 외피가 외부의 강한 충격엔 견뎠지만 내부로부터의 압력엔 버텨 내지 못했다.

연달아 세 번의 폭발이 이어졌고, 두개골이 수박 깨지듯 박살 난 강시들은 비틀거리다가 쓰러져 손끝, 발끝을 버둥거리기만 할 뿐 자세를 바로잡지 못했다.

홍패가 주먹을 휘두르며 외쳤다.

"자식들, 꼴좋다. 힝!"

안 그래도 혈색 없던 마맹기의 낯빛이 더욱 창백해졌다.

그는 황급히 명령을 내렸다.

"모두 물러서라!"

그러나 진평의 빠른 움직임으로 인해 다시 강시 세 명이 머리 없는 시체로 변하고 말았다.

진평은 조금 더 많은 강시들을 부술 수 있었지만 무리

하지 않았다. 삼매진화를 일으키는 데 진기 소모가 많아지자, 진감호와 대결할 때 입었던 내상으로 인한 진원지기 손상이 두드러지기 시작한 것이다.

마맹기는 이를 갈았다.

"내가 얼마나 어렵게 만든 아이들인데, 네놈이 감히!"

진평은 냉소를 지었다.

"그들 곁으로 보내줄 테니, 만나거든 용서를 빌어라."

"흥!"

마맹기는 줄곧 옆에 세워 두었던 철립 쓴 강시의 등을 두드려 주면서 말했다.

"자네의 힘이 필요하겠네, 친구."

철립 쓴 강시는 그르르, 하는 듣기 거북한 소리를 내더니 진평 쪽으로 걸음을 옮겼다.

진평의 표정이 굳었다.

상대에게서 느껴지는 기운이 이제까지의 강시들과 확연히 달랐기 때문이다.

패도적이면서 위압적인 기도는 절세고수, 그것도 구파일방 장문인을 능가할 정도로 막강한 것이었다.

진평이 마맹기에게 물었다.

"이자는 누구인가?"

"흐흐흐…… 내가 가장 아끼는 강시지."

"강시가 되기 전에 누구였는가 말이다."

"그건 알아서 뭐하려고? 원래는 내 어릴 적 사부였지만, 지금은 나의 가장 충성스러운 노예가 되었지. 하하하……!"

"사부였다고?"

진평은 분노를 느꼈다.

사부를 강시로 만든 마맹기나, 동생을 죽이려고 하는 사촌 형이나 똑같다는 생각도 들었다.

"너희를 용서하지 않겠다!"

마맹기는 여유가 있었다.

"어이, 사부. 저 친구를 너무 심하게 망가뜨리면 재생 작업에 시간이 많이 걸리니까 살살하라고."

철립 강시는 마맹기의 말을 알아들었다는 듯 살짝 고개를 끄덕여 보였다. 그리고 순식간에 몸을 날려 진평의 얼굴에 주먹을 뻗었다.

그 움직임이 어찌나 민첩한지 진평 일행 쪽에서 경악성이 터져 나왔다. 진평은 상대의 움직임에 대비하고 있었기 때문에 피할 수 있었지만, 눈썹을 흔들 정도의 강력한 권풍에 크게 놀랐다.

간격을 벌린 진평이 다시 마맹기에게 물었다.

"이자는 누구였는가? 모산파에 이런 고수가 있었다는 사실은 믿을 수 없다."

이 정도의 고수를 보유하고 있었다면 모산파가 부적,

그리고 주법(呪法)이나 재초(齋醮) 따위로 연명했을 리 없었다.

마맹기가 대답했다.

"흥! 난 천하를 주유하며 여러 고인을 사부로 모셨다. 아버지가 돌아가셨기 때문에 모산으로 돌아갔을 뿐이다."

"사부를 이런 꼴로 만드는 게 너희 모산파의 전통이냐?"

뒤에서 홍패도 거들었다.

"강호 동도들이 이 사실을 알면 너와 모산파는 곧바로 무림 공적이 될 거다. 힝!"

마맹기의 표정이 변했다.

그가 입술 끝을 비틀며 말했다.

"그건 걱정하지 않는다. 오늘 이 자리에서 한 놈도 살아 나가지 못할 테니까. 흐흐흐…… 저놈이 부순 숫자는 채워야 하지 않겠느냐."

홍패와 설가영을 비롯한 일행은 침을 꿀꺽 삼켰다.

정말 그런 일이 벌어질 수도 있다고 생각한 것이다.

모두의 시선이 진평에게 향했는데, 진평은 맞은편에 선 철립 쓴 강시를 주시하고 있었다.

단 일권을 보았을 뿐이지만 상대의 실력을 가늠하는 데 그 정도면 충분했다.

진평은 마음을 차분히 가라앉히기 위해 애썼다.

믿기 어려울 만큼 고강한 무공을 지닌 강시.

그러나 질 거라는 생각은 들지 않았다.

적은 외부가 아니라 오히려 자신 안에 있다고 할 수 있었다. 두려움과 불안감은 승부에 전혀 도움이 되지 않는다. 상대의 과거나 현재 상태는 잊고 오로지 무학의 원칙에만 집중하는 게 중요했다.

마맹기가 말했다.

"자! 새로운 동료들을 맞아 볼까?"

철립 쓴 강시가 곧바로 반응했다.

진평은 그의 공격을 피하며 기회를 엿보았다.

일반적인 타격은 적중시키기도 어렵거니와, 설령 요혈을 정타로 가격한다 해도 강시에겐 전혀 타격을 줄 수 없었다.

유일한 약점이라 할 수 있는 눈을 찌르고 상대가 빼내기 전에 진기를 주입해야만 했다.

쉽지 않은 목표.

진평이 정신을 집중할수록 동작은 작고 짧아졌다.

그리고 한순간, 상대의 주먹을 회풍류로 되받아치며 공격을 성공시킬 수 있었다.

검극이 눈으로 파고드는 광경을 보며 마맹기가 외마디 신음을 토했다. 진평이 철립 강시와 당당히 맞서 싸우는 것을 넘어 우위를 점할 정도의 고수라는 사실은 정녕 놀랍기 그지없는 일이었다.

그러나 철립 강시는 마지막 순간에 놀라운 순발력을 보여 주었다. 고개를 젖히는가 싶더니 그 짧은 틈에 진평의 검극을 입으로 물어 버린 것이다.

진평이 재빨리 진기를 주입했지만 강시에게 이빨과 혀, 입천장의 화상은 아무 문제도 되지 않았다.

대신 진평의 상황은 심각했다.

상대는 한때 제자였던 자의 명령을 들을 정도로 인지(認知)가 상실된 상태였지만 무공 운용에 대한 감각만큼은 고스란히 남아 있었다.

강시는 진평이 무기를 제압당한 시점을 놓치지 않고 혼신의 힘을 다한 주먹을 날렸다.

진평은 급히 검을 버리고 뒤로 물러섰지만 상대의 주먹이 워낙 빨랐다.

"크윽……!"

강시의 일권에 겨드랑이가 스친 진평은 각혈을 하며 칠팔 장이나 뒤로 밀렸고, 방어를 무시한 강시의 공격에 연이어 위험한 상황에 처했다.

일반적인 상대와의 대결이었다면 눈이 아니더라도 입에 검을 꽂아 넣는 순간 진평의 승리로 끝났을 대결이었다.

그러나 상대는 강시였고, 목구멍에 검이 박혀도 전혀 개의치 않았다.

휘두르는 주먹도 마찬가지였다.

본래 상대의 무공이 좀 처지더라도 동귀어진(同歸於盡)의 수법을 쓰면 조심스러워지기 마련인데, 비슷한 무공 수준의 고수가 방어를 깡그리 포기하고 덤벼드니 여간 곤혹스러운 게 아니었다.

홍패와 설가영은 진평의 위협을 두고 볼 수 없어 일제히 철립 강시를 향해 달려들었다.

그러자 삼목객과 마충, 왕립도 각각 아나히타와 주인을 돕기 위해 싸움에 가세해서 졸지에 강시 하나를 여섯 명이 에워싸고 협공하는 형세가 되었다.

만만치 않은 고수들의 가세로 철립 강시의 움직임은 제한을 받게 되었다.

그러나 지켜보던 마맹기는 오히려 더 기뻐했다.

"이번 물건들 중에는 재주가 뛰어난 놈들이 많구나. 좋다! 아주 좋아! 흐흐흐……."

철립 강시는 여섯 명의 협공을 꿋꿋이 버텨 내면서도 집요하게 진평에게 매달렸다.

덕분에 다른 다섯 사람은 몇 차례 공격을 성공시킬 수 있었지만, 강시는 요혈을 찔러도 소용없었고 칼로 베어도 잘리지 않았다.

설가영이 갑자기 전장에서 물러나더니 삼목객을 불렀다.

"선배님, 모산파 장문인의 눈을 속일 수 있겠어요?"

"그건 가능하지만, 강시들에겐 안 통할 거야."

"그건 걱정 마시고 살아 있는 사람만 맡아 주세요."

"뭘 어쩌려고?"

설가영은 대답하지 않았다.

그녀는 본래 진평의 싸움을 방해할 마음이 없었다.

하지만 연이어 내상을 입어 피를 토한 데다, 철립 강시를 제압할 방도는 보이지 않으니 자신이 나설 수밖에 없었다.

그녀는 하늘에 뜬 달의 위치와 바람 방향을 확인한 후 주변의 갈대들을 한 아름씩 묶기 시작했다.

힘으로는 안 되니까 다른 방법을 쓰기로 한 것이다.

삼목객은 그녀가 무슨 의도로 그러는지 몰랐지만, 따져 묻는 대신 일단 그녀의 부탁을 들어주기로 했다.

품 안에서 접은 종이 한 장을 꺼낸 그는 그것을 마맹기 쪽으로 던졌다.

가볍고 얇음에도 불구하고 암기처럼 빠르게 날아간 종이는 마맹기 앞에서 활짝 펼쳐졌다.

"헉! 이, 이게 도대체 무슨……."

마맹기는 주변 풍경이 변하자 깜짝 놀랐다.

분명 강변이었는데 갑자기 갈대는 온데간데없고 기화요초 가득한 정원에 벌과 나비가 날아다니고 있었다.

"이, 이게 어떻게 된 거지?"

진평 일행과 자신이 아끼는 강시가 보이지 않는다는 사

실이 그를 더욱 곤혹스럽게 만들었다.

그는 좌우의 강시들에게 명령했다.

"주변의 나무와 풀과 돌들을 모조리 부숴라!"

진법에 갇힌 거라면 그 구성 요소를 망가뜨림으로써 환각을 제거할 수 있다고 생각한 것이다.

그러나 강시들이 사방으로 날뛰어도 환영은 사라지지 않았다. 현교의 환술은 일반적인 환술과는 근본 원리부터 달랐다.

설가영은 삼목객이 마맹기를 잡아 두는 동안 갈대 묶음 십여 개를 더 만들었다.

마지막 갈대 묶음이 세워지자 일행을 둘러싼 주변의 기운이 바뀌기 시작했다.

기문진이 발동된 것이다.

설가영이 진평에게 외쳤다.

"형님! 지금 계신 곳을 중궁이라 보고 건(乾), 감(坎), 손(巽)으로 연달아 방위를 바꾸세요."

진평은 설가영만큼 진법에 조예가 깊지는 않았지만 그 정도 얘기는 알아들었다.

철립 강시의 주먹을 빗겨 쳐 낸 후 곧바로 몸을 이동하자 철립 강시의 움직임이 멈추었다.

진평의 위치를 놓쳐 버린 것이다.

"그으으……"

철립 강시는 허연 눈을 번뜩이며 좌우를 둘러보았지만 진평 일행을 찾지 못했다.

일행은 조심스럽게 이동하여 숨겨 두었던 배를 타고 현장을 떠났다.

그때까지도 강시는 주변 상황을 전혀 감지하지 못했다.

배에 오른 마충과 왕립은 삿대와 노를 하나씩 잡고 있는 힘을 다해 저었다.

강변에서 한참 멀어져 안전이 확보되자 홍패가 설가영에게 물었다.

"도대체 어떻게 한 거야? 무슨 수법을 썼기에 저 강시가 멈춘 거야?"

모두가 궁금해하는 일이었다.

"그들에게 눈이 별 의미가 없다는 사실을 생각해 봤죠. 귀로 소리를 듣고, 코로 냄새를 맡는 것으로도 위치를 알 수는 있겠지만 무공을 펼쳐 낼 정도라면 뭔가 다른 걸 감지해야 하지 않겠어요? 주변의 기를 읽어서 그게 사람인지, 바위인지, 풀인지, 칼인지, 암기인지 알아내는 것 같았어요."

진평이 물었다.

"그래서 주변의 기를 바꾼 건가?"

"기의 방출이 가장 강한 진법을 강변의 여건에 맞추어 변형시켰죠. 하지만 모산파 도사가 멀리서 보고 방향을 가르쳐 주면 다 소용없는 일이 될 터라 선배님께 도움을 청했던 거고요."

삼목객이 어깨를 한 번 으쓱거렸다.

"결국 내가 아니었다면 성공할 수 없었군."

설가영은 미소 지었다.

"맞아요, 선배님."

삼목객의 표정이 갑자기 험상궂게 변했다.

"감히 나를 속이다니!"

그가 발까지 구르며 진노하자 설가영은 당황하지 않을 수 없었다.

"왜 이러세요? 선배님, 고정하세요."

"흥! 강시를 속일 정도의 고명한 기문진을 단숨에 만들어 낼 능력을 지녔으면서, 검술 조금 익혔고 요리 좀 할 줄 아는 아녀자에 불과하다고?"

"아! 그, 그건……."

"환술에 대해서 자꾸 물어보던 것도, 내가 핵심적인 한두 마디만 흘리면 네가 머리를 굴려서 다 추론해 낼 수 있기 때문이겠지?"

설가영은 입맛을 다셨다.

숨기려 한 건 아니고 먼저 묻지 않는 일을 일부러 자랑하지 않았을 뿐이지만, 어쨌거나 삼목객 입장에선 오해할 수도 있는 일이었다.

삼목객은 고개를 연신 저으며 중얼거렸다.

"내가 앞으로 환술에 대해 반 마디라도 하나 봐라."

설가영이 조심스럽게 물었다.

"선배님 화나셨어요?"

그러자 삼목객의 표정이 일시에 변했다.

"화? 키키키……! 내가 왜 화가 나? 우리 아나히타가 무공만 고수인 게 아니라 의리도 알고, 거기에 더해 기문둔갑을 자유자재로 펼쳐 낼 정도로 명석하기까지 하니 이보다 더 좋은 일이 어디 있겠느냐?"

삼목객은 춤이라도 출 기세였다.

설가영은 입교할 마음이 없었지만 그의 기분을 망치고 싶지 않아 진평 쪽으로 시선을 돌렸다.

진평의 표정은 어두웠다.

우선 사촌 형이 끝까지 자기를 죽이려 했다는 사실에 가슴이 아팠고, 다른 한편으로는 무(武)의 지고한 경지에 대한 깨달음의 기쁨이 채 사라지기도 전에 강시에게 패해 도망가는 처지가 되었으니 기분이 좋을 리 없었다.

설가영이 그에게 말했다.

"너무 상심하지 마세요, 형님. 동기간이라고 해도 서로 생각이 다를 수 있는 거잖아요."

진평은 한참 동안 어두운 강을 바라보다가 입을 열었다.

"그래. 네 말이 맞아. 그는 나를 자신이 원하는 길로 끌고 가려 했고, 나도 마찬가지였지. 이젠 서로 길이 다름을 인정할 수밖에 없어."

설가영은 말없이 그의 곁으로 가 손을 잡아 주었다.

진평은 한숨을 내쉰 후 홍패를 불렀다.

"수로맹주에게 안타까운 소식을 전해야겠다."

"예? 무슨 말씀이십니까?"

"형님의 사부를 찾았다."

곽예걸은 자신의 사부 불패권왕을 찾기 위해 강호에 나왔다가 수로맹과 인연이 닿아 그들의 맹주가 된 것이었다.

홍패가 깜짝 놀란 표정으로 말했다.

"혀, 형님 말씀은, 아까 그 강시가……."

진평은 고개를 끄덕였다.

"틀림없다. 그의 권법은 곽 형님이 쓰던 초식들과 똑같았으니까."

"아! 우내팔정 중 한 사람이 강시가 되었다니……."

사부가 돌아오지 않았던 것은 곽예걸을 버렸기 때문이 아니라 옛 제자의 마수에 걸려 목숨을 잃고 몸을 빼앗겼기 때문이었다.

진평이 다시 말했다.

"무림맹에도 서찰을 전했으면 좋겠는데."

홍패는 마충과 왕립을 가리켰다.

"저 녀석들에게 시키면 됩니다. 우리 조카 얼굴도 아니까 문제없을 겁니다."

진평은 고개를 끄덕였다.

홍패가 잠시 사이를 두고 넌지시 말했다.

"그런데 형님. 이 썩어 빠진 세상, 한바탕 뒤집어 버리는 것도 해 볼 만한 일 아닐까요?"

진평이 똑바로 주시하자 홍패는 뒷머리를 긁었다.

"그쪽이 천리에 순응하는 길일 수도 있지 않습니까. 헤헤!"

홍패는 수적으로 태어난 데다 직업이 도둑이다 보니 심정적으로 진평보다는 진감호 편에 동조하기 쉬웠다.

진평은 나직이 한숨을 내쉬었다.

그 역시 세상을 바꾸고 싶은 욕구가 있었다.

만약 자신이 본혈방주가 아니었다면 기꺼이 사촌 형과 손을 잡았을 것이다.

하지만 본혈방에는 지켜야 할 방규가 있었다.

몽골 오랑캐가 모두 물러갔는데도 여전히 방의 조직과 운용을 비밀에 부치는 것이나, 직접 나서서 세상을 바꾸고자 하는 의지를 억누르는 것이나 그 이유는 매한가지였다.

그것은 방주 개인의 욕망이 아닌 방의 규율이 무엇보다 우선시되어야만 하기 때문이다.

진평이 홍패에게 말했다.

"군대를 일으킨 자가 하늘의 뜻에 따른다고 하는 건 자신의 야망을 숨기는 거짓말일 뿐이야."

"그건 그렇습니다. 히히!"

홍패는 더 이상 그 얘기를 꺼내지 않았다.

그는 진평을 곁에서 모시면 그것으로 족할 뿐, 세상을 바꾸는 일에 특별히 사명감을 가진 것은 아니었다.

진평이 말했다.

"항주에서 배 한 척을 구해 악양에 다녀와. 이 배는 저 두 친구가 타고 소림사로 가도록 하고."

"형님은요?"

"석위의 표국에서 기다리지."

"알겠습니다."

* * *

석위는 진평을 반가이 맞았다.

진평이 설가영을 약혼녀라고 소개하자 석위는 깜짝 놀랐다.

"여자였어? 면구 벗어 봐."

"싫어요. 제 목소리만 기억하세요."

"영락없는 사내 몰골인데 옥음(玉音)이 흘러나오니까 이거 정말 이상하군. 하하하! 어쨌거나 축하해."

석위는 삼목객 쪽으로 시선을 돌렸다.

그러고는 곧바로 인상을 찌푸렸다.

"이 늙은이는 뭐야?"

"뭐? 늙은이?"

삼목객이 언성을 높였다.

본래부터 눈매가 사나운 두 사람이 만나 서로 노려보다 생긴 일이라 설가영이 얼른 끼어들었다.

"이분은 이 표국의 총표두이자 우리 형님과 의형제를 맺은 분으로 이름은 석위라고 해요. 그리고 이쪽은 우내팔정 중 한 분인 삼목객이에요. 제 목숨을 구해 주셔서 그 이후 동행하고 있어요."

석위는 상대가 우내팔정이라고 해도 태도를 바꾸지 않았다.

"제수씨를 구해 줬다니까 한 번 봐줬다."

"어허! 뭐 이런 버르장머리 없는 놈이 다 있담. 넌 위아래도 없냐?"

"흥! 내가 인정하는 사람은 나보다 무공이 고강하거나 술을 많이 먹는 사람뿐이다."

삼목객은 술을 마시지 않기로 맹세한 상태였다.

"오냐! 내가 한 수 재주를 보여서 네놈을 무릎 꿇게 만들고야 말겠다."

"흐흐흐…… 날 죽이기 전엔 안 될걸?"

석위의 손이 허리에 차고 있는 칼자루로 향했다.

상황이 험악해지자 진평이 나섰다.

"나와 함께 온 일행을 해칠 생각인가?"

석위는 볼멘소리를 했다.

"저 늙은이가 먼저 시비를 걸었다고!"

삼목객도 지지 않았다.

"너 같은 놈 하나 버르장머리를 고쳐 놓지 못한다면 어찌 광명의 세상을 만든다고 나설 수 있겠느냐."

그러더니 대뜸 먼저 출수를 했다.

석위의 기도가 만만치 않음을 느꼈기에 망신당하지 않기 위해 선공을 택한 것이다.

석위는 방심하지 않고 있었다.

상대가 손을 쓰자 자신도 눈에 보이지 않을 만큼 빠른 발도술로 삼목객을 베어 갔다.

그러나 두 사람의 공세는 상대 근처에 도달하기도 전에 갑자기 사라져 버렸다.

진평이 중간에서 두 사람의 초식을 모두 와해시켜 버린 것이다.

석위와 삼목객은 깜짝 놀라서 다시 손 쓸 엄두를 내지 못했다.

석위는 진평의 무공 수위를 잘 알고 있었다.

자기보다 강하기는 하지만, 자신이 마교 교주에게 당한

이후 표국에 틀어박혀 연일 연공에 몰두했기 때문에 지금쯤은 차이가 거의 없어졌을 거라는 게 그의 생각이었다.

그러나 방금 보인 한 수는 석위의 생각이 틀렸음을 증명하고 있었다.

삼목객도 단 한 수로 자신의 공세를 무력화시킨 진평의 수법에 놀라움을 감추지 못했다.

진평이 석위에게 말했다.

"여기 있는 동안 다시는 이런 일이 없었으면 좋겠는데."

석위는 못마땅한 표정으로 삼목객을 노려본 후 마지못해 고개를 끄덕였다.

"좋아. 너를 봐서 참기로 하지."

삼목객도 진평의 수법에 놀란 터라 더 이상 소란을 일으키지 않기로 마음먹었다.

석위는 표사에게 손짓을 했다.

"내가 아껴 두라고 했던 술 가져와."

진평이 그를 제지했다.

"내가 여기 온 것은 술을 마시기 위해서가 아냐."

"오랜만에 만났는데 술 한잔 없이 넘어갈 수가 있나? 조금만 마시자고, 조금만."

진평이 정색을 하고 말했다.

"한 가지 일을 처리하기 전에는 술이 넘어갈 것 같지 않아. 술은 그 일 뒤로 미루자고."

"그 일이 뭔데?"

"마교 교주를 쓰러트리는 일."

"으음……."

석위의 표정도 덩달아 심각해졌다.

그가 잠시 생각하다가 진평에게 물었다.

"지금 내 실력으로 마교 교주와 싸우면 어떻게 될까?"

진평은 곧바로 고개를 가로저었다.

석위는 낙담한 표정을 지었다.

자기도 막연하게나마 그럴 거라는 생각을 하고 있었지만 진평이 확언을 하니 실망감을 이기기 어려웠던 것이다.

마교 교주는 둘째치고 당장 진평이 보인 한 수만 해도 대적하기 곤란할 것 같았다. 이런 판에 술로 시간을 보내는 건 확실히 낭비라고 할 수 있었다.

"좋아! 마교 교주를 이길 때까지 금주다!"

석위는 부하에게 손짓을 했다.

"내가 아끼는 술잔 가지고 와."

그러더니 부하가 가져온 상아 술잔 두 개를 단칼에 절반으로 쪼개 버렸다.

삼목객이 그런 석위를 비웃었다.

"잔이 무슨 죄가 있나? 마교 교주를 쓰러트린 다음에 축배는 어느 잔으로 들 거야?"

석위는 아차 싶었지만 말한 사람이 삼목객이다 보니 못

들은 척하고 진평에게 말했다.

"너하고는 처음 있는 일 같은데, 들어가서 차나 한잔 마시면서 얘기해 볼까?"

"좋아. 하하!"

진평은 차를 마시면서 자기 계획을 얘기했다.

"내가 최근에 깨달은 게 한 가지 있는데 그것을 실전에 적용시켜 보면서 완전한 나의 것으로 만들 계획이야. 석위, 네가 좀 도와주었으면 좋겠어."

불패권왕의 몸으로 만들어진 강시는 이제까지 싸워 본 그 누구보다도 강하기는 했지만, 상식을 벗어난 움직임을 보였기 때문에 무학 이론을 정립하는 데는 전혀 도움이 되지 않았다.

아쉬움 가득한 표정으로 반 토막 난 상아 술잔을 어루만지던 석위가 반색을 했다.

"좋아! 기꺼이 도와주지."

사실은 자기 쪽에서 먼저 대련 상대가 되어 달라고 간청하려던 참이었는데 진평이 그렇게 말해 주니 고마웠다.

설가영이 끼어들었다.

"형님, 저도 구경하면 안 될까요?"

"얼마든지."

"아! 좋아라."

석위는 곧바로 일어나서 진평을 자신의 연무장으로 데

리고 갔다. 밥보다 무공을 좋아하는 그인지라 술도 아닌 차나 홀짝거리면서 시간을 보내고 싶지 않았던 것이다.

중정으로 통하는 문을 닫아걸며 석위가 삼목객에게 한마디 했다.

"늙은이는 뭐 하러 왔어?"

"난 아나히타를 보호하러 온 거야. 너희 무공 초식 따위엔 관심도 없으니까 걱정 말라고."

"아나…… 뭐라고? 어쨌거나 다치기 싫으면 저쪽 구석 바위 뒤에 숨어서 구경해. 알았지?"

"너 언제 한번 크게 혼나 봐야 정신 차리겠구나."

"흐흐흐…… 내 손님이 아니게 된 이후에 언제든 말만 하라고. 기꺼이 혼나 줄 테니까."

삼목객 입가의 미소가 짙어졌다. 머릿속으로 천둥벌거숭이 같은 놈을 골려 줄 계획을 짜는 중이었다.

진평은 시렁에 걸린 무기 중 목검을 들고 말했다.

"자! 공격해 봐."

석위는 사양하지 않고 곧바로 왜도를 뽑아 휘둘렀다.

순간, 연무장 가득 도광이 난무했고 설가영과 삼목객은 자기도 모르게 뒷걸음질을 쳤다.

칼이 닿지 않는 거리에 있음에도 불구하고 살갗이 따끔거릴 정도의 예리한 도기가 자신들을 압박해 왔기 때문이다.

삼목객은 침을 꿀꺽 삼켰다.

막상 석위의 본래 실력을 보니, 혼내 주려면 준비를 더 철저히 해야겠다는 생각이 들었다.

설가영은 걱정스러운 표정으로 진평을 봤다.

진검과 목검이라는 무기의 차이보다 더 신경이 쓰이는 것은 진평이 연이은 내상을 입은 상태라는 점이었다.

그러나 막상 진평의 움직임을 보니 그녀의 걱정은 기우에 불과한 듯했다.

목검은 석위의 왜도 움직임 사이사이를 파고들었고, 사십여 초식 만에 둔탁한 파열음과 함께 석위가 뒤로 밀려났다.

"으으……."

그는 신음을 토하며 겨드랑이를 어루만졌다.

그러나 얼굴에 떠오른 표정은 당했다는 데서 오는 분노나 실망감과는 거리가 멀었다.

그는 희열과 호기심, 그리고 기쁨 가득한 표정으로 다시 칼을 휘두르며 진평에게 달려들었다.

"한 번만 더 보여 줘!"

또다시 무시무시한 도광이 난무했고, 그 안에서 진평의 목검이 상대적으로 느려 보이는 한 번의 움직임으로 석위의 가슴을 후려쳤다.

석위는 세 걸음 뒤로 물러났지만 곧 몸의 균형을 되찾

았다. 이번엔 처음보다 세게 맞은 것 같은데 신음도 토하지 않았다.

그는 이해할 수 없다는 표정으로 고개를 외로 꼬고 모로 꼬면서 자신의 검으로 몇 번 각도를 잡아 보더니 다시 진평에게 달려들었다.

같은 상황이 계속 반복되었다.

석위는 석위대로, 진평은 진평대로 표정이 점점 심각해지는 것을 보니 뭔가를 얻는 것 같은데 구경하는 설가영은 도무지 알 수가 없었다.

두 사람의 초식에 숨겨진 의도가 수시로 변할 뿐만 아니라 지극히 빨라서 그것을 분석하기는커녕 눈으로 따라가기도 버거웠던 것이다.

그래도 그녀는 한 동작도 놓치지 않으려고 눈조차 깜빡이지 않았다.

석위의 옷은 여기저기 찢어져 있었다.

그러나 진평이 일부러 요혈을 피해서 때리고, 마지막 순간에 힘을 던다는 사실을 알기에 멍이 드는 것쯤은 아무렇지도 않게 생각했다.

그는 맞으면서 많은 것들을 배우는 중이다.

진평 역시 진감호와의 대결을 통해 얻었던 깨달음들을 구체적인 초식으로 반복 연습할 수 있어서 좋았다.

상대가 석위 정도 되니까 제대로 된 정리가 가능했다.

그는 석위에게 자신의 깨달음을 전수해 주고 싶었다.

그러나 그것은 글이나 말로 전할 수 있는 성질의 것이 아니었다. 자신의 무공 수준만큼 느끼고 배우는 것이기에 설가영이나 홍패에게는 실패할 수밖에 없었다. 그들은 그들 나름대로 이해할 수 있는 경지까지만 수용할 수 있는 것이다.

다행이라면, 석위는 진평이 깨달음에 근거하여 펼쳐 내는 초식들을 본능으로 받아들이고 있었다.

말이 아닌 초식끼리의 부딪침을 통해 요결을 흡수하는 것은 수없이 많은 실전으로 단련된 석위다운 수련법이라고 할 수 있었다.

두 사람은 시간이 가는 줄도 몰랐다.

삼목객이 배고프다고 소리를 질러대는 바람에 겨우 대련은 끝이 났다.

그날이 시작이었다.

날이 어두워진 이후엔 각자 운기조식을 하고, 동이 트면 그 해가 서쪽으로 넘어갈 때까지 두 사람은 대련에 열중했다.

그렇게 보낸 하루하루는 석위뿐만 아니라 진평에게도 소중한 자산이 되었다.

단지 깨달음만 가지고는 한계가 있을 수 있는데, 고수와 실전을 방불케 하는 대련을 함으로 인해 세세한 부분까지 형을 완성시킬 수 있었던 것이다.

나중엔 여유가 좀 생겨서 설가영과도 대련을 하며 고칠 점을 지적해 주었다. 설가영은 석위만큼 본능적인 반응이 강하지는 않았지만, 대신 머리가 좋고 배우는 게 빨라서 다른 방식으로 자신의 검술을 발전시킬 수 있었다.

삼목객도 속으로는 진평과 손을 섞어 보고 싶은 마음이 있었지만 차마 말을 하지 못하고 구경만 했다.

연무에 참석한 사람이 또 한 명 있었다.

이십 대 초반의 청년 장진화(張進華).

그는 키가 크고 호감 가는 얼굴에 말투와 몸가짐이 공손하고 생각이 깊은 사내였다.

무공 또한 석위의 제자들 중에서 가장 뛰어났다.

석위는 마교 교주와의 대결 이후 자기가 죽을 수도 있다는 생각을 하게 되었고, 그럴 경우 복운표국의 앞날에 대해서도 고민을 했다.

결국 후계자가 필요하다는 결론에 이르게 되었고, 제자들 중 가장 자질이 뛰어난 그를 고른 것이다.

장진화가 가세함으로 해서 설가영에게는 제대로 된 대련 상대가 생겼다.

진평이나 석위처럼 그녀도 맞수와의 대련을 통해 하루가 다르게 실력을 향상시킬 수 있었다.

가장 득을 많이 본 사람은 장진화였다.

석위는 가공할 도법의 소유자이지만 스승으로서의 자질은 좀 떨어지는 편이었다. 효율적으로 계획을 세워서 가르치는 경우는 거의 없고 그때그때 생각나는 대로 한두 마디씩 해 주는 게 전부였다.

진평은 달랐다.

그가 설가영에게 하는 조언을 옆에서 듣고 있노라면 배우는 게 너무나 많았다.

특히 외부적으로 드러나지 않는 운기의 요령에 대해 알게 되면서 궁금한 것도 많아지게 되었다.

어느 날.

장진화는 용기를 내어 진평에게 질문했다.

다른 유파의 사람에게 운기에 대해 묻는 것은 석위가 보기에 기분 나쁠 수 있고, 당사자인 진평이 공개하기 싫어할 수도 있는 일이라 상당히 조심스러웠다.

하지만 알고 싶은 욕구가 너무 강해서 참을 수 없었다.

다행히 진평은 모든 질문에 대답해 주었고 석위는 기분 나빠하기는커녕 함께 귀를 기울였다.

진평은 그날 이후 장진화에게 따로 시간을 할애했다.

석위는 이론적인 공부 없이도 몸으로 해내지만, 장진화는 같은 도법이라도 그 과정들을 체계적으로 정리할 재능이 있다고 보았기 때문이다.

그것은 진평에게도, 장진화에게도, 함께 공부하며 질문

을 해 대는 설가영에게도 모두 소중한 시간이었다.

매일 조금씩 요상하던 진평의 내상이 완치될 무렵, 홍패가 돌아왔다.

"형님, 맹주님이 보자고 하십니다."

"곽 형님이 직접 오셨나?"

"예. 수로맹 전체가 모산파를 원수로 삼고, 만나기만 하면 박살 낼 기세입니다."

진평은 홍패를 따라 저자로 나갔다.

신록장(信祿莊).

일견 허름해 보이는 이 장원은 수로맹에서 운용하는 항주 분타였다. 다른 상단들처럼 수로 쪽 선착장으로 미곡선 십여 척을 매어 두고는 있지만, 장강의 도처에서 훔치고 빼앗은 장물들을 처분하는 게 주된 사업이었다.

그런 장원의 객청에 수로맹 맹주가 자리 잡고 앉아 있다가 진평이 온다는 기별을 받고는 마당까지 달려 나와 반가이 맞았다.

"진 아우!"

"형님."

진평은 정중히 포권을 했다.

곽예걸은 앉을 자리를 권하기도 전에 질문부터 했다.

"분명한가? 정말 내 사부님을 뵈었나?"

진평은 철립 강시의 생김새를 자세히 얘기했고 곽예걸은 점점 괴로움이 더해 가는 표정으로 모두 맞다고 했다.

진평은 확실히 하기 위해 철립 강시가 썼던 권초들을 하나씩 재현해 보였다.

곽예걸은 손으로 얼굴을 감쌌다.

"틀림없이 사부님이군!"

진평이 가라앉은 어조로 말했다.

"그는 더 이상 형님의 사부가 아닙니다."

그는 마맹기의 명령에 복종하는 마물(魔物)일 뿐이었다.

곽예걸은 고개를 가로저었다.

"나를 그곳으로 안내해 주게."

"형님……."

"내 두 눈으로 직접 확인해 봐야겠네."

진평은 말리고 싶었지만, 한편으로는 곽예걸의 심정을 이해할 수 있었다.

"좋습니다."

수로맹 식구들이 배를 준비하는 동안 진평은 홍패에게 벽력탄을 챙기도록 했다.

자신의 내공이 회복되었으니 지난번과는 다르겠지만 그래도 불패권왕 강시와의 승부는 장담하기 어려웠다.

그래서 상황이 나쁘게 흘러갈 경우 모산파 장문인 마맹기를 향해 벽력탄을 던지는 대처 방안을 준비한 것이다.

배에 오른 곽예걸은 경황이 없는 중에도 설가영을 제수씨라 부르며 축하해 주었고, 삼목객에 대해서도 공손히 예를 다했다.

석위에게 푸대접받던 삼목객은 곽예걸이 마음에 들었다.

예의 그 빛과 어둠 얘기를 하고 싶었지만 사부 걱정으로 안색이 잔뜩 굳어 있어서 다음으로 미룰 수밖에 없었다.

수로맹 식구들이 젓는 배는 일행을 금세 목적지로 인도했다. 그러나 그곳엔 군막을 세웠던 흔적만 남아 있을 뿐 강시도, 군대도 없었다.

"군영을 뽑아 달아났군."

곽예걸은 부하들을 동원하여 진감호 부대의 흔적을 찾도록 했다. 오래지 않아 그들을 찾을 수 있었지만 제대로 목책까지 세우고 진형을 갖춘 상태라 접근할 엄두도 낼 수 없었다.

곽예걸이 거느리고 온 수로맹 식구는 이십여 명에 불과했기 때문이다.

언덕 위 숲에 몸을 숨기고 적진을 살피던 곽예걸은 평소답지 않게 조바심을 감추지 못했다.

"밤이 되면 잠입해 봐야겠군."

진평이 그를 만류했다.

"형님, 저곳엔 강시가 없습니다."

"그걸 어떻게 아나?"

"강시들의 기도를 기억하고 있습니다."

"으음……."

곽예걸은 진평이 예전과 다르다는 사실을 감지하고 있었다. 고수들끼리는 가까이 서 있기만 해도 느낄 수 있는 감각이 있는 법이었다.

그런 진평의 말이니 무시할 수 없었다.

"그럼 사부님을 어디 가서 찾아야 한단 말인가?"

"시체 썩는 냄새와 독한 약재, 회향 비슷한 냄새가 한꺼번에 났습니다. 모산파 장문인이 군영에서 멀리 떨어져 있지는 않을 테니, 사람을 풀어 수색하면 오래지 않아 발견할 수 있을 것입니다."

"좋아. 그렇다면 부하들을 부르겠네."

"아닙니다. 제게 맡겨 주십시오."

"그리해 주겠나?"

배를 다루고, 화전을 쏘고, 자맥질하는 일이라면 수로맹 식구들이 낫겠지만 군영 주변을 들키지 않고 돌면서 냄새로 강시를 찾는 일이라면 기린맹이 훨씬 잘할 수 있었다.

곽예걸은 아쉬움을 접고 일단 귀환명령을 내렸다.

반란군의 규모가 예상보다 훨씬 컸기 때문에 지금으로선 해 볼 수 있는 일이 없다고 판단한 것이다.

일행이 신록장으로 돌아가는 동안 진평은 장계상을 불러 모산파 도사 혹은 강시들의 은신처를 찾도록 지시했다.

장계상이 머뭇거리며 말했다.

"곤란한 점이 좀 있습니다."

"무슨 일이지?"

"지금 진감호의 군영 주변엔 동창의 밀정들이 깔려 있습니다. 수색 범위가 겹친다면 그들과 불필요한 접촉이 생길지도 모릅니다."

기린맹은 동창을 미워하고 동시에 꺼렸다.

진평이 잠시 생각한 후 말했다.

"시간이 좀 걸려도 좋으니까 외곽에서부터 신중히 접근해. 여의치 않으면 물러서고."

곽예걸의 마음을 헤아리자면 하루라도 빨리 소식을 전해 주고 싶지만, 급하다고 위험을 감수할 수는 없는 노릇이었다.

장계상이 대답했다.

"알겠습니다."

"강시를 찾으면 절대 싸우지 말고 위치만 보고해."

모산파의 강시는 싸워서 이길 수 있는 상대가 아니었다.

"명심하겠습니다."

장계상은 청령하고 물러갔다.

# 제2장
# 옛 인연의 만남

기린맹의 보고를 기다리는 동안 진평은 복운표국도 신록장도 아닌 객잔을 하나 잡아 석위를 곽예걸에게 소개했다.

지난번 삼목객과 험악한 상황까지 간 일이 있기 때문에 만나기 전에 단단히 일러두었는데, 석위는 곽예걸에게도 역시 험악하게 눈을 부라렸다.

곽예걸은 지지 않았다. 표정 변화 없이 예리한 안광으로 석위의 도발을 받아 냈다.

한참 만에 석위가 말했다.

"술 한 잔 주시겠습니까?"

기죽지 않을 뿐만 아니라 강압적으로 나오지도 않는 상

대의 배포와 여유를 인정한 것이다.

"하하하! 한 잔뿐이겠소?"

합석한 지 반 시진도 안 되어 석위는 곽예걸과 의형제를 맺었다. 석위나 곽예걸이나 사람들과 쉽게 친해지기 어려운 성격들인데, 둘은 의외로 죽이 잘 맞아서 시간이 좀 지나자 진평이 소외감을 느낄 정도였다.

석위는 본래 마교 교주와 대결할 때까지 금주를 선언했지만 새로 의형을 얻은 날이니만큼 예외로 하겠다며 말술을 들이켰다. 곽예걸도 새로 든든한 의제 얻은 일로 마음이 흥락하여 권주를 마다하지 않았다.

술자리가 밤늦게까지 이어지자 진평은 먼저 자리에서 일어섰다. 그들 두 사람에게 지지 않고 마실 수도 있지만 최근 내공 증진 이후 몸에 많은 변화가 있어서 당분간은 지켜보고 싶었다.

화식(火食)만 해도 속이 더부룩하여 거북할 지경이니 술은 더더욱 꺼려졌다.

진평은 자신을 따라 나온 설가영과 함께 수로를 끼고 걸으며 서호로 향했다.

"형님, 왜 자꾸 어두운 쪽으로 가세요?"

설가영이 살짝 기대감 섞인 표정으로 물었다.

그러나 진평이 으슥한 곳으로 가는 이유는 따로 있었다.

바로 장계상으로부터 보고를 받기 위함이었다.

설가영이 뒤따라온 삼목객에게 공연히 투정을 부리는 동안 진평은 혼자 죽림으로 들어가 조용한 장소에서 기다렸다.

얼마 지나지 않아 장계상이 나타났다.

“주군, 그들을 찾았습니다!”

“그래? 어디지?”

진평은 반색을 했다.

확실히 이런 일엔 기린맹이 제격이었다.

“군영 남서쪽 작은 산 여기저기에 굴을 파고 입구를 막아 놓은 곳을 발견했습니다. 말씀하셨던 그 약 냄새가 확실히 났습니다.”

“지도에 모두 기록했겠지?”

“물론입니다.”

진평은 장계상이 내민 두루마리를 받았다. 그때 그의 손이 잠시 멈칫했다.

장계상이 의아한 표정으로 물었다.

“왜 그러십니까?”

진평은 대답 대신 설가영과 삼목객 쪽으로 갔다.

잠시 후, 네 사람 주변으로 원래부터 그 자리에 있던 것처럼 검은 그림자들이 차례로 모습을 드러내기 시작했다.

장계상은 등에 메고 있던 단창을 뽑아 들었다.

"죄, 죄송합니다. 주군."

그는 포위한 자들이 누구인지 직감적으로 알아차렸다.

익숙한 포위 진형. 그들은 바로 동창이었다.

자신이 이곳까지 오는 동안 뒤를 밟힌 게 분명했다.

진평은 둘러싼 적의 수와 내공 수위 등을 감지한 후 한 쪽을 향해 말했다.

"오랜만이군."

"후후후……."

죽림 사이로 한 사람이 걸어 나왔다.

바로 장지균이었다.

그는 우선 설가영과 삼목객을 노려보았다.

"새로운 면구인가? 후후……."

설가영이 검을 뽑아 그를 겨누며 말했다.

"간악한 음적! 잘 만났다!"

"흐흐…… 나도 그렇게 생각하던 중이야. 아주 잘 만났지. 우리 지난번에 어디까지 했었지?"

설가영은 분하고 기가 막혀서 호흡을 제대로 가누기조차 힘들었다. 혼자 함부로 나설 수도 없어서 진평 쪽을 봤는데, 그의 시선은 죽림의 다른 쪽을 향하고 있었다.

"그대도 모습을 드러내지."

그러자 칼을 든 한 사람이 걸어 나왔다.

"죄인 진삼은 당장 무릎 꿇고 황명을 들어라!"

서슬 퍼렇게 호통을 치는 사람은 동창의 천호인 당유량이었다. 그는 본래 마교 교주를 잡기 위해 절강성과 복건성 일대를 뒤지는 중이었다. 그러다가 진감호의 군영 주변을 수색하는 기린맹의 존재에 대한 보고를 받고 뒤를 밟았는데 뜻밖의 수확을 거두게 된 것이다.

마침 진평을 추격해 온 장지균과도 합류하게 되었으니, 그동안 마교 교주 못지않게 눈엣가시처럼 여기던 성왕부의 가신을 잡을 절호의 기회였다.

진평은 냉소를 지었다.

"황명이라면 칙서를 보여 주겠나?"

"무엄하다! 천한 서민이 감히 동창의 천호인 내 명을 거역하겠다는 것이냐?"

진평의 미소가 짙어졌다.

"있지도 않은 황명을 날조하면 과연 어떤 처벌이 내릴지 몹시 궁금하군."

당유량은 흠칫하여 입을 다물었다.

대신 장지균이 나서서 말했다.

"넌 함부로 화약을 사용했고, 우리 동창에 속한 관리들을 무단히 죽였다. 이미 그것만 해도 참형에 처할 충분한 사유가 된다."

당유량이 고함을 질렀다.

"저놈을 잡아라! 저항하면 전부 다 죽여도 좋다!"

사방에서 병기 뽑는 소리가 들렸고, 동창 무사 수십 명이 진평을 향해 일제히 몸을 날렸다.

진평은 우선 좌우로 손짓을 했다. 설가영과 장계상 등은 진평의 의도를 알아차리고 뒤로 물러섰다.

동창 무사들의 움직임은 빠르고 위력적인 데다 합격진을 구성해 그 힘이 더욱 강화되었다.

그러나 그들의 무기가 진평의 몸에 닿으려는 순간 놀라운 일이 벌어졌다.

순간적인 힘에 의해 겨냥이 빗나가면서 좌우로 튕기고 밀려 동료, 혹은 자신의 몸에 상처를 입히게 된 것이다.

그것은 실로 눈 깜빡할 사이에 벌어진 일이라 당유량과 장지균은 물론, 가까이에 있던 삼목객과 설가영, 장계상 등도 무슨 수법이 어떻게 사용되었는지 자세히 볼 수 없었다.

분명한 사실은 이십여 명에 달하는 무사들이 무더기로 쓰러져 신음을 토하고, 진평은 아무 일 없다는 듯 서 있다는 점이었다.

진평은 흡족한 표정을 지었다.

새로 얻은 깨달음들이 석위와의 수련을 통해 확실히 자신의 것으로 정착된 느낌이었다.

당유량은 당황하지 않을 수 없었다.

"무, 무엇들을 하는 게냐! 어서 놈을 잡아라!"

포위망을 유지하고 있던 다른 자들이 덤벼들었다.

이번엔 진평의 움직임이 뚜렷이 드러나 보였다.

양손을 아무렇게나 휘젓는 것 같은 동작.

그러나 거기에 닿는 무사들의 손, 발, 무기들은 마치 시위에 튕긴 화살처럼 다가갈 때보다 훨씬 빠른 속도로 튕겨 나오고 있었다.

두 차례의 공격이 모두 믿을 수 없을 만큼 간단히 제압당하자 남은 동창 무사들은 주춤주춤 뒷걸음질을 쳤고, 당유량도 더 이상 그들을 독려하지 못했다.

진평은 손목을 가볍게 한 번 돌려 보았다.

방금 사용한 수법들 중 몇 가지 고칠 점을 발견한 것이다.

등 뒤에서 설가영이 말했다.

"형님! 굉장해요!"

그녀는 단순히 적들을 쓰러트렸다는 사실 때문이 아니라 진평의 움직임에서 변화를 발견하고 놀란 것이었다.

이전에 모산파의 강시들과 싸울 때 진평은 팔과 다리의 관절들을 전부 편 채로 크고 호방한 동작, 원을 그리며 회전하는 동작들을 거리낌 없이 사용했다.

그러나 지금 동창 무사들을 상대하는 진평의 초식들은 극히 짧고 정제된 움직임이었다.

설가영이 보기에, 진평은 이미 형(形)에서 완전히 자유로워진 상태임이 분명했다.

당유량은 장지균 쪽을 봤다.

부하들을 아무리 많이 보내 봤자 소용없으니 직접 나서서 실력을 보이라는 의미였다.

장지균은 한 차례 심호흡을 한 후 진평 앞에 섰다.

"내상이 다 나았나 보군."

"그럭저럭."

진평은 장지균을 바라보았다.

뇌전대에서 함께 싸우던 전우 사이.

그 기간 동안에는 어느 정도 마음이 통하는 면도 있다고 생각했는데, 지금은 달랐다.

권력에 대한 욕심, 출세하겠다는 의지, 그의 눈빛에 배인 감정은 탐욕뿐이었다.

실제로 장지균의 머릿속은 뒤에 서 있는 상관 당유량에게 잘 보여야 한다는 생각으로 가득 차 있었다.

장지균이 천천히 주먹을 말아 쥐며 자세를 낮추자 주변의 공기 흐름이 바뀌었다.

내공을 있는 대로 끌어 올린 것이다.

장지균은 동창 무사들을 격퇴한 진평의 움직임을 통해 그가 예전과 달라졌다는 사실을 알 수 있었다.

그러나 당유량이 등 뒤에 있는 한 달아날 수도, 물러설 수도 없었다. 어떻게든 승부를 내야 했다.

동창의 천호이면서도 영반에 불과한 자신에게 무공이 더 뛰어나다고 칭찬했던 당유량의 기대를 저버릴 수 없었다.

장지균은 허술한 자세로 서 있는 진평을 보며 이를 악물었다. 그 크기를 짐작하기 어려운 위압감이 기분을 나쁘게 만들었다.

'저건 허세다!'

스스로 자신을 안심시키기 위해 되뇌었지만 마음 깊은 곳에서는 그게 아니라는 사실을 잘 알고 있었다.

장지균은 그 압박으로부터 탈출하고 싶었다.

강렬한 진각과 함께 그의 신형이 폭사되었다.

"죽어랏!"

진평의 명치를 향한 주먹이 무시무시한 권풍을 일으켰다. 실로 혼신의 힘을 다한 일격이었다.

진평도 쌍장을 가슴 앞에 세우며 자세를 낮추었다.

장지균과는 두 번째 대결.

지난번과는 많은 것이 달랐다. 그중 가장 큰 차이는 자신감이었다.

상대의 움직임, 특히 진기 흐름이 훤히 감지되어서 어쩌면 눈을 감고 싸워도 될 것 같았다.

장지균의 주먹이 진평의 손바닥에 닿았다.

그리고 그 순간, 장지균은 진평이 자기 주먹을 밀어내거나 옆으로 흘리는 게 아니라 오히려 잡아당긴다는 사실에 깜짝 놀랐다.

빠른 보법에 더해 온 힘을 쏟아 부은 주먹이 오히려 끌려들어 가는 의외의 상황에 장지균의 기식이 잠시 흔들렸다.

바로 그때.

우두둑! 소리와 함께 장지균의 오른쪽 손목이 부러졌다.

진평이 그 짧은 순간에 인월신공으로 당겼다가 회풍류로 되치는 수법을 펼쳐 낸 것이다.

예전과 달리 의지가 정해지면 몸이 저절로 반응할 정도라서 장지균 같은 고수도 그 순간적인 반탄력을 어쩌지 못했다.

가공할 잠력은 손목을 부러뜨린 데서 멈추지 않고 팔꿈치까지 탈구되게 만들었다.

두 발이 땅에서 떨어진 장지균은 황급히 허리를 틀며 왼주먹을 진평의 얼굴로 날렸다.

오른팔을 잃더라도 공격을 성공시키고야 말겠다는 의지의 표현이었다. 그러나 몸이 회전하는 바람에 그 주먹은 진평의 어깨에 닿고 말았다.

그리고 닿는 순간 곧바로 무지막지한 반탄력에 걸려 팔뚝이 부러지고 말았다.

"끄아악……!"

결사의 각오로 덤볐던 장지균도 두 팔이 모두 부러지는 극심한 고통은 참을 수 없었다. 특히 왼팔은 부러진 뼈가 밖으로 튀어나와 처참한 몰골이 되고 말았다.

그 와중에도 그는 발끝으로 진평의 천돌혈을 찍으려 했지만 부질없는 짓이었다.

진평은 팔로 을(乙) 자 모양을 그리며 장지균의 무릎을 후려쳤고, 그의 몸은 공중에서 팽이처럼 돌다가 땅바닥에 패대기쳐졌다.

"으으……."

장지균은 황급히 몸을 일으키려 했지만 만신창이가 된 몸은 뜻대로 움직여 주지 않았다. 부러진 건 팔과 다리인데, 어찌 된 일인지 몸 안의 기경팔맥이 산산이 부서져 손가락 하나 까닥일 수 없었던 것이다.

장지균은 목조차 가누지 못하면서도 당유량의 표정을 살피려고 애썼다.

당유량은 엉덩이가 뒤로 빠지고 있었다.

그는 진평의 무위에 겁을 먹었다.

장지균의 두 팔을 마치 종이 구기듯 박살 낸 타법은 공포스럽기 짝이 없는 것이었다. 특히 장지균의 두 번째 주먹 공격을 어깨로 튕겨서 팔뚝을 부러뜨린 것은 실로 상상조차 해 본 적 없는 고명한 수법이라 할 수 있었다.

주먹이 어깨를 때렸는데 결과는 어깨로 주먹을 때린 것처럼 나왔으니, 그런 식이라면 온몸이 전부 다 가공할 무기나 마찬가지였다.

무공이라면 누구에게도 지지 않는다는 자신감으로 살아온 당유량이지만 상대는 자신과 차원이 달랐다.

"이, 이보시오. 진 공자. 우리 대화로 풀어 봅시다."

당유량은 태도를 바꾸어 손을 내저으면서 좌우를 살피느라 바빴다.

어떻게든 기회를 잡아 달아나려는 것이다.

진평은 그에게 관심이 없었다.

그는 장지균을 가리키며 설가영에게 물었다.

"이 친구 어떻게 하면 좋을까?"

설가영이 앞으로 나서더니 대뜸 달려들어 장지균의 목에 검을 찔러 넣었고 장지균은 몇 차례 경련하다 숨이 끊어지고 말았다.

삼목객이 웃으며 말했다.

"좋구나! 아나히타가 되려면 독한 면도 있어야지."

그러나 그것은 설가영이 독해서 한 행동이 아니었다.

오히려 자비심의 발로라고 할 수 있었다.

어차피 죽을 사람이라면 오랜 시간 고통을 겪지 않도록 배려해 준 것이다.

당유량은 그 광경을 보며 침을 꿀꺽 삼켰다.

"이, 이보시오. 진 공자. 나는 본래 당신과 아무런 원한도 없었소. 단지 저자를 따라왔을 뿐이오."

어떻게든 달아날 기회를 잡아 보려고 아무 소리나 주워섬겨 대는 것이었다.

진평은 미간을 찌푸렸다.

장지균을 용서할 마음은 없었지만, 그래도 한때 전우였던 자의 주검을 보며 기분이 좋지는 않은데, 감정의 여운을 방해받고 싶지 않았다.

또한 대결하는 동안 그가 시험했던 한 가지 수법을 복기하는 데도 거치적거렸다.

"꺼져라."

짧은 한마디였지만 당유량의 귀엔 천상의 옥음으로 들려왔다. 그는 부하들에게 명령을 내릴 새도 없이 곧바로 돌아서서 경공술을 시전했다.

남은 동창 무사들도 그와 다를 바 없었다. 부상당한 동료를 버려두고 사방으로 달아나기에 바빴다.

장계상이 당황한 어조로 말했다.

"주군! 저들을 그냥 보내 주시면 어떻게 합니까."

"하찮은 것들이 무슨 짓을 할 수 있겠느냐."

진평에겐 그럴지 몰라도 장계상은 달랐다.

그는 진평이 쓰러트린 동창 무사들 사이를 돌아다니면서 단창을 휘둘러 생존자를 한 놈도 남기지 않고 모조리 찔러 죽였다. 자신의 뒤를 밟혔다는 사실에 화가 나서 그들에게 분풀이를 하는 것이었다.

한편, 당유량은 십여 리나 달아난 뒤에야 겨우 걸음을 멈추었다. 그는 뒤늦게 따라온 부하들에게 화를 냈다.

"평소에 얼마나 무공 수련을 게을리했으면 그런 놈 하나 제압하지 못한단 말이냐!"

"죄, 죄송합니다."

동창 무사들 모두 머리를 조아렸다.

당유량은 발을 구르고 이를 갈았지만 가장 먼저 꽁지가 빠져라 달아난 사람이 바로 자신이다 보니 더 심한 질책은 할 수 없었다.

그는 진평의 움직임을 다시 한 번 되짚어 보았다.

어둠 속에서 펼쳐진 초식들이었지만, 그 가공할 위력은 생생하게 뇌리에 남아서 몸을 한 차례 떨게 만들었다.

천하의 동창을 상대로 그런 무위를 뽐낼 고수가 당금 천하에 또 있을까 하는 의문이 들 정도였다.

그는 부하들 중 전령을 불러 말했다.

"지금 즉시 경사로 가서 제독동창님께 전해라. 이곳으로 군대를 보내 달라고."

"예? 군대를 말씀입니까?"

"그래. 제 놈이 아무리 고수라고 해도 군대를 상대로 싸워서 이길 수는 없을 것이다. 저도 사람인 이상 지칠 수밖에 없지."

"하지만, 한 명 잡자고……."

당유량이 버럭 소리를 질렀다.

"섭종유와 진감호의 반란군을 토벌하고, 마교 교주를 잡기 위해서 필요하다고 하면 되지 않느냐!"

"아! 그, 그렇군요. 죄송합니다."

전령은 당유량이 수결한 신표를 받아 들고 즉시 경사로 향했다.

*　　*　　*

객잔으로 돌아간 진평은 그때까지도 술잔을 기울이고 있는 곽예걸과 석위 옆에 앉았다.

석위가 바로 잔을 채워 주었다.

"좀 깼나? 다시 시작해 보자고."

진평은 그 잔을 사양하고 곽예걸에게 말했다.

"찾았습니다, 형님."

순간, 곽예걸의 두 눈이 기광을 발했다. 어찌나 섬뜩한지 풀어져 있던 석위의 눈빛까지 덩달아 날카로워졌다.

곽예걸은 바로 자리에서 일어섰다.

"앞장서게. 이곳에 온 부하들을 모두 소집하겠네."

석위도 덩달아 일어섰다.

"저도 제자들과 함께 가겠습니다."

곽예걸은 미소 지었다.

"고맙네."

그러나 진평이 그들을 만류했다.

"한두 사람만 은밀히 가는 게 좋을 것 같습니다. 많은 인원이 동원되면 저들의 경계를 따돌리지 못할 것이고, 불필요한 충돌로 이어질 것입니다."

진감호에게 있어 강시는 깊이 숨겨 둔 이도(利刀)였다.

함부로 드러내지 않고 최후까지 아껴 둘 가능성이 높기 때문에 공연히 놀라게 할 이유가 없었다. 곽예걸은 진평의 말이 옳다 생각했고, 결국 세 사람만 가기로 했다.

사람 수로는 셋에 불과하지만 최고의 고수들이니 여럿이 몰려가는 것보다 나을 수도 있겠다는 생각이었다.

설가영도 동행하고 싶었지만 무공이 딸리는 자신 때문에 전체 움직임이 제약받을까 봐 끼지 않기로 했다.

홍패에게서 벽력탄 두 개를 받아 챙긴 진평은 수로맹의 쾌속선을 타고 장계상이 발견한 장소로 향했다.

진평이 굳이 야심한 시각, 술도 안 깬 두 사람을 끌어내어 적진으로 가는 것은 동창의 포위망이 풀려 있는 지금이야말로 아무에게도 방해받지 않을 기회라고 생각했기 때문이다.

장계상이 그려 준 지도는 정확했다.

그러나 동굴 안에 강시는 없고 약 냄새만 남아 있었다.

은신처를 여러 곳에 마련해 두고 필요에 따라 옮겨 다니는 듯했다.

두 번째, 세 번째 동굴도 마찬가지였다.

네 번째 동굴 앞에 이르자 의심스러운 정황이 보였다.

동굴 입구가 돌무더기로 막혔고, 근처 나무 위에 몸을 숨긴 자들이 있었다.

검정색 장포를 걸친 도사 두 명은 은밀한 위치에 자리를 잡고 기식조차 드러내지 않은 채 주변을 감시하고 있었지만 진평과 곽예걸, 석위 등을 발견하지 못했고 오히려 그들에게 뒤를 잡히고 말았다.

그만큼 무공 수준에 차이가 있었던 것이다.

진평은 손가락을 퉁겨 모산파 도사를 점혈했다.

건너편의 도사는 석위가 맡았는데, 그는 미처 말릴 틈도 없이 단칼에 도사의 목을 베어 버리고 말았다.

취조할 포로는 하나로 족하다고 생각한 것이다.

그런데 머리 잃은 도사의 몸이 쓰러지면서 방울 소리가 들려왔다. 몸에 실을 묶고, 그 끝에 방울을 달아 놓은 상태였던 것이다.

석위는 그 방울도 베어 버렸다.

세 사람은 숨을 죽이고 주변을 살펴보았다.

방울이 한 차례 울렸기 때문에 그에 따르는 적의 동향을 파악하고자 한 것이다.

다행히 어떠한 움직임도 감지되지 않았다.

진평은 삼십 대 초반쯤으로 보이는 도사의 마혈을 풀었고, 곽예걸이 그의 멱살을 바짝 움켜쥔 후 물었다.

"말해라! 강시들은 어디 있지?"

모산파 도사는 놀라고 겁먹은 표정으로 진평과 곽예걸을 번갈아 보며 대답했다.

"가, 강시라니요. 무슨 말씀을 하시는지…… 으윽!"

곽예걸의 손에 힘이 들어가자 도사는 신음을 토했다.

"두 번 묻지 않을 것이다."

겁에 질린 도사가 입술에 침을 바르고 막 입을 열려고 할 때 요란한 굉음이 울려 퍼졌다.

동굴 입구를 막아 두었던 돌무더기가 일시에 무너져 내린 것이다.

그리고 흙먼지 속에서 모습을 드러낸 것은 십여 구의 강시들이었다. 방울 소리는 동료를 부르는 게 아니라 바로 동굴 안의 강시들을 깨우는 신호였던 것이다.

곽예걸은 모산파 도사의 목을 비틀어 버린 후 강시들 앞으로 몸을 날렸다. 진평과 석위도 그를 따랐다.

곽예걸은 선두에 선 강시를 단번에 알아보았다.

"사부님!"

그는 곧바로 그의 앞에 부복하며 눈물을 흘렸다.

오랜 세월 찾아 헤매던 사람을 드디어 만났다는 사실이 너무나도 기뻤던 것이다.

그러나 강시가 된 사부의 흐린 눈은 제자에게 향하지 않았다. 그는 일고의 망설임도 없이 발을 들어 곽예걸의 뒤통수를 밟아 버렸다.

진평이 달려들어 곽예걸을 잡아당기지 않았다면 그는 머리가 부서져 죽고 말았을 상황이었다.

"저것은 더 이상 형님의 사부가 아닙니다!"

진평의 외침에도 불구하고 곽예걸은 쉽게 믿을 수 없었다. 분명 예전의 그 당당하던 사부의 모습 그대로였다.

"사부님! 접니다! 저를 못 알아보시겠습니까?"

바짝 다가가 얼굴을 들이밀었지만 돌아오는 것은 무시무시한 주먹뿐이었다. 이번엔 곽예걸도 방비를 했기 때문에 그 주먹을 피할 수 있었다.

주먹이 지나간 뒤 무시무시한 권풍이 그의 머리카락과 수염을 흩날리게 만들 정도였으니 분명 목숨을 노린 살초였다.

"사, 사부님……!"

불패권왕은 머뭇거리지 않고 연달아 주먹을 휘둘렀다.

마음을 추스르지 못한 곽예걸은 진평의 도움 덕에 겨우 몸을 빼낼 수 있었다.

"형님, 정신 차리십시오!"

곽예걸은 심호흡을 한 차례 했다.

그리고 그의 두 눈이 줄기줄기 한광을 뿜어내기 시작했다. 사부를 이렇게 만든 자에 대한 분노가 폭발한 것이다.

불패권왕은 변화한 곽예걸의 기도를 감지했는지 더욱 적극적으로 덤벼들었다.

"사부님! 제가 영면을 드리겠습니다."

곽예걸은 그것이 자신의 할 일이라고 생각했다.

그의 주변 공기가 급격히 팽창하는가 싶더니 사부를 죽이기 위한 권초들이 연이어 펼쳐졌다.

그러나 강시가 된 불패권왕은 놀랍게도 예전의 무공이 전혀 줄어들지 않은 상태였다.

더구나 방어를 전혀 신경 쓰지 않기 때문에 오히려 더 강해졌다고 할 수 있었다.

사부에게 안식을 주려던 곽예걸은 당황스럽게도 계속 뒤로 물러서면서 자기 목숨을 걱정해야 할 상황에 처했다.

다행히 진평이 가세한 덕에 그는 여러 차례 위기를 넘길 수 있었다. 숨을 돌린 곽예걸은 주변을 둘러보고 머뭇거릴 여유가 없음을 알아차렸다.

불패권왕뿐만 아니라 다른 강시들도 일제히 세 사람을 에워싸고 협공하는 중이었다.

다른 강시들의 움직임은 불패권왕과 차이가 있었지만

그들은 수가 많았고, 무엇보다도 도검불침의 몸을 지니고 있었다.

석위의 칼이 시퍼런 기운을 내뿜을 때마다 충격에 밀려나곤 했지만 옷과 피부만 약간 베였을 뿐 더 깊은 상처는 나지 않았다.

석위도 당황하여 술이 다 깬 얼굴이었다.

곽예걸이 진평에게 말했다.

"아우! 나를 좀 도와주게."

그는 진평의 움직임을 보고 이미 판단을 끝낸 상태였다.

자신은 막기에 급급한 사부의 공격을 그는 자유롭게 되받아치거나 흘리고 있었다. 거기서 더 나아가지 않는 것은 사부에게 영면을 주겠다고 한 자신의 발언 때문이라는 게 곽예걸의 생각이었다.

지금은 꼭 자신의 손이 아니더라도 이 강시들을 제압하는 게 급선무였다.

곽예걸의 요청에 진평은 즉시 응했다.

단전에서 끌어 올린 한 줄기 뜨거운 기운을 장심에 모아 불패권왕의 주먹을 받아쳤다.

쿵! 하는 둔탁한 소리와 함께 불패권왕과 진평은 동시에 뒤로 밀려났다. 불패권왕은 그 정도 충격쯤 아랑곳하지 않고 다시 덤벼들었는데, 그의 팔에 놀라운 변화가 생겼다.

근육이 부풀어 오르는가 싶더니 퍽! 소리와 함께 터져 버린 것이다.

뼈만 앙상하게 남은 팔에선 김이 뭉게뭉게 피어올랐다.

진평이 주입한 삼매진화가 불패권왕의 몸 안에서 열기를 발산하자, 마치 벼락에 맞은 나무가 내부 수분의 급격한 팽창 때문에 터져 버리듯 불패권왕의 근육들도 견디지 못한 것이다.

진평은 전에 강시들과 싸워 본 경험이 있었다.

그래서 그들의 몸이 외부 공격엔 놀라울 정도로 잘 견디지만 내부의 압력엔 약하다는 사실을 알고 있었다.

소림사에서 펼쳐졌던 마교 교주 동악율과의 대결.

진평은 그때 동악율이 발로 땅바닥을 구름으로써 자신과 소림방장, 장지균 세 사람의 용천혈을 동시에 타격한 수법을 기억하고 있었다.

격산타우의 묘용을 그 정도까지 응용하여 펼쳐 낼 수 있다는 것은 대단히 충격적인 일이었다.

진평 역시 그 수법에 대해 깊은 연구를 했고, 장지균과 싸울 때 그것을 실전에 사용해 볼 수 있었다.

당시 장지균이 팔과 다리에 골절상만 입었음에도 기경팔맥이 모조리 박살났던 것은 진평의 손에 다른 경력이 숨겨져 있기 때문이었다.

그때 경험을 되살려 삼매진화의 열기를 강시의 몸속으

로 원하는 만큼 자유롭게 주입할 수 있게 되었고, 그 결과 불패권왕은 팔을 잃게 된 것이다.

그러나 고통을 느끼지 못하는 불패권왕은 돌격을 멈추지 않았다. 어깨가 계속 움찔거렸지만 뼈만 덜렁거릴 뿐 근육이 없는 팔은 그의 뜻대로 움직여 주지 않았다.

"그워어어……!"

그는 괴성을 질러 댔다.

그러나 진평의 손이 세 번 더 닿으면서 불패권왕은 사지를 모두 잃게 되었고 결국 바닥에 쓰러져 일어나지 못했다.

진평은 몸을 날려 다른 강시들을 제압해 나갔다.

그의 손이 머리에 한 번 닿을 때마다 퍽! 하는 파열음과 함께 강시들이 모두 머리 잃은 시체로 변하여 다시는 움직이지 못했다.

남아 있는 강시는 불패권왕뿐이었다.

그는 신음 같은 괴성을 내며 움직일 수 있는 목과 허리를 계속 비틀어 대고 있었다.

"사부님……!"

그 모습을 내려다보는 곽예걸의 눈에서 뜨거운 눈물이 떨어졌다.

그가 기억하는 사부는 기상이 헌앙한 대장부였다.

존경해 마지않던 그 사부가 지금 괴물이 되어 버둥거리고 있는 모습을 보니 가슴이 찢어질 듯 아팠다.

곽예걸이 진평에게 말했다.

"부탁하네."

자신의 능력으로는 진평처럼 할 수 없다는 사실을 알기에 대신 눈을 감겨 달라는 뜻이었다.

진평은 도리질치는 불패권왕의 정수리에 손을 얹었다. 그리고 얼마 지나지 않아 강시의 움직임이 멈추었다.

진평이 내력을 조절하여 그의 머리를 박살 내지 않는 범위 내에서 속을 익혀 버린 것이다.

곽예걸에게 사부의 마지막 모습을 기억하게 해 주려는 배려였다. 곽예걸은 사부의 주검 옆에 무릎 꿇고 앉아 그의 눈꺼풀을 손으로 쓸어 덮어 주었다.

허연 동자가 보이지 않게 되자 불패권왕의 옛 모습이 드러났다.

곽예걸은 시신을 수습하고 적당한 자리에 땅을 판 후 무덤을 만들었다.

진평과 석위는 그런 그를 도왔다.

사부의 무덤 앞에 마지막 인사를 올린 곽예걸의 표정은 냉막하기 이를 데 없었다.

그가 진평에게 물었다.

"모산파 장문인 마맹기라고?"

"그렇습니다."

"진감호가 그에게 사주했단 말이지?"

"그렇습니다."

곽예걸은 주먹을 움켜쥐며 중얼거렸다.

"지금 이 순간부터 모산파와 진감호 무리는 우리 수로맹의 원수다. 전력을 기울여 놈들을 짓이겨 줄 것이다."

그의 주먹이 부르르 떨렸다.

# 제3장
# 광적의 난

신록장은 맹주가 내린 명령에 따라 모든 채주들의 집결을 준비하느라 바쁘게 돌아갔고, 진평과 석위는 회의에 방해가 되지 않도록 복운표국으로 돌아왔다.

석위가 진평에게 졸랐다.

"강시들을 익혀 버린 그 기술, 나도 좀 가르쳐 줘."

"좋아. 잘 들어봐."

진평은 진기의 움직임을 자세히 얘기해 주었다.

이론은 단순하지 않았다.

단순히 진기를 건너편으로 전달하기만 하는 게 아니라 인월신공을 뒤집어 운용하는 부분도 있기 때문이었다.

처음엔 고개를 끄덕이던 석위도 진기 운용 방식에 대해

더 깊이 들어가자 결국 손을 내저었다.

"나중에 배우도록 하지."

자신의 방으로 간 진평은 싸움 얘기해 달라는 설가영을 내보내고 운기조식을 시작했다.

장지균과의 대결, 강시들과의 대결을 연이어 치르면서 단전에 어떤 변화가 일어난 것을 느꼈기 때문이다.

차분히 좌정하고 조식을 한 지 반 시진.

진평은 단전에서 일어난 기운이 용천으로 흘러 내려가는 것을 느꼈다. 그것은 자신의 의지가 아니라 가득 찬 그릇에서 물이 넘치듯 자연스럽게 일어난 현상이었다.

의식을 미려에 집중하자 용천혈을 채우고 있던 진기들이 단번에 몰려들어 강한 압박감을 느끼게 만들었다.

점점 부풀어 가던 기의 덩어리는 한순간 독맥을 단숨에 치고 올라가 이환에 이르렀다.

진평은 가볍게 신음을 흘렸다.

머리 전체가 어떤 빛 같은 것으로 가득 차서 격렬하게 진동하는 느낌을 받았기 때문이다.

진평은 마음을 무위 상태로 유지하려 애썼다.

진동은 점점 더 강해졌고, 빛은 머리 밖으로도 빠져나와 그의 몸 전체를 금광으로 휘감았다.

그리고 기의 덩어리도 두정 위로 솟아올랐다.

진평은 형언할 수 없는 상쾌함을 느꼈다.

그의 두정 위에 뜬 금빛 공은 서서히 회전했고, 그에 따라 수백, 수천 개의 빛을 내는 조각들이 흩날렸다.

진평의 내공이 이른바 천화란추(天花亂墜)라고 이르는 경지에 들어선 것이다.

진평의 조식이 이어지면서 금빛 공은 점점 커졌다.

그리고 흩날리는 작은 빛들도 더욱 화려하게 방 안을 가득 메웠다.

그렇게 한참이 지난 후, 진평은 그것들을 모두 모아 다시 두정으로 받아들인 후 눈을 떴다.

"으음……."

진평은 세상이 달라져 있음에 놀랐다.

처음 임독이맥을 타동했을 때만큼 큰 차이가 느껴졌다.

눈과 귀, 코와 혀, 피부의 촉각이 한없이 예민해져서 방에 앉아 있음에도 불구하고 설가영과 삼목객의 위치는 물론 복운표국 모든 건물과 사람들, 표국 밖의 거리까지 생생하게 감지할 수 있었다.

진평은 양손을 들어 올려 손바닥을 들여다보았다.

자신의 몸속도 마찬가지로 핏줄 하나, 신경 한 가닥까지 낱낱이 파악할 수 있었다.

단전에 의식을 걸어 보니 진기가 즉시 반응했다.

이전과는 그 속도와 양부터 큰 차이가 있었다.

시간상으로는 얼마 지나지 않았지만, 강시들과 싸울 때

와 비교하면 질적으로 다른 고수가 된 것이다.

그 사실이 몹시 기뻤지만 맥박이나 호흡수에는 전혀 변화가 없었다.

감정적으로도 어느 때보다 차분해진 것이다.

진평은 한 가지 확인해 보고 싶은 것이 생겨서 자리에서 일어나 밖으로 나갔다.

설가영이 득달같이 달려왔다.

"형님, 시장하시죠?"

그녀 역시 꼬박 밤을 새웠으면서 진평부터 챙겼다.

진평은 말없이 그녀를 끌어안았다.

그러자 마음이 한없이 따듯하고 평온해졌다. 그녀를 대하던 감정 중 순수한 정수만 남아 있는 느낌이었다.

그가 확인하고 싶었던 게 바로 그것이었다.

무심과 무욕의 경지에 다가갔다고 해서 그녀에 대한 사랑이 줄어들지는 않았다는 사실, 오히려 더욱 두터워졌다는 사실을 확인하니 기분이 좋았다.

"오랜만에 막내가 만든 음식 좀 먹어 볼까?"

"조금만 기다리세요!"

설가영은 신이 나서 주방으로 달려갔고, 삼목객이 진평을 위아래로 훑어본 후 고개를 갸웃거리며 그녀를 따라갔다.

삼목객은 진평의 기도가 이전보다 확연히 줄어들어 보이

는 이유를 이해하지 못했다. 자신과의 격차가 더 벌어졌기 때문이라는 사실은 더더구나 짐작조차 할 수 없었다.

설가영이 만든 요리들은 급히 하느라 볶거나 데친 것밖에 없었지만 하나같이 맛있었다.

미각이 더욱 예민해진 진평뿐만 아니라 삼목객도 젓가락을 한시도 쉬지 않고 놀려 댔다.

접시들이 반 이상 비워졌을 무렵.

표사 한 명이 다가와서 진평에게 알렸다.

"총표두님께서 부르십니다."

나가 보니 석위가 곤혹스런 표정을 짓고 있었다.

"무슨 손님을 이렇게 많이 불렀어?"

"손님?"

"그래. 널 찾아온 손님들이야."

문을 열고 보니 수백 명이 수로 주변 골목을 가득 메우고 있는 게 보였다.

그들은 진평을 발견하자마자 큰 소리로 외쳤다.

"대장님을 뵙습니다!"

진평은 함박웃음을 지었다.

그들은 바로 무림맹 뇌전대였다.

선두엔 구재원과 개방의 곽완, 당소민, 조병건 등이 있었고 서찰을 전하러 갔던 마충과 왕립도 보였다.

진평은 석위를 봤다.

평소 표물 의뢰도 받지 않는 표국에 이렇게 많은 손님을 들여도 괜찮을지 걱정이 되었던 것이다.

석위는 입맛을 한 번 다셨지만 결국 고개를 끄덕였다.

어차피 진평에게 선물 받아서 임시 거처로 쓰던 집이니 세상에 알려진다 해도 상관없다고 생각한 것이다.

방규에 따라 온 천하를 상대로 비밀을 유지해야 하는 진평과는 달리, 석위가 숨어 지낸 것은 그를 잡으려 하는 복건성의 관리가 귀찮아서였다.

그러나 지금은 복건성 일대가 섭종유와 진감호의 반군 때문에 정신없을 테니 알려진다고 해도 그들이 찾아올 가능성은 낮았다. 또한 관과 무림은 가까운 사이가 아니기 때문에 무림맹 사람들을 들인다 해서 그들이 쪼르르 관으로 달려가 고변하는 일은 없을 것 같았다.

뇌전대 대원들은 각각의 구성원이 명가의 자제, 혹은 촉망받는 제자들이라 서로 인사를 나누는 데만도 한참이 걸렸다.

그리고 그들 대부분은 소림사에서 마교 교주와 싸운 석위의 얼굴을 알고 있었다.

그들이 당시 놀라고 감탄했던 얘기들을 한두 마디씩 하자 석위는 점점 기분이 좋아져서 금주 약속을 하루만 유예하기로 하고 대대적인 환영 연회를 열었다.

연회 석상에서 진평이 구재원에게 물었다.

"어떻게 이들과 함께 오게 되었지?"

"마교 잔당이 반란군에 가담했다는 숙부님의 서찰을 받고 맹주님께서 여간 걱정하신 게 아닙니다. 저희는 우선 선발대로 온 것이고, 본진도 곧 따라올 것입니다."

"선발대치고는 좀 많군. 뇌전대원은 그날의 접전 때문에 절반 정도로 줄어든 것으로 아는데."

"숙부님이 부르신다는 소문이 퍼지자 모두 모여들었습니다. 저도 깜짝 놀랐습니다. 원래의 대원들 말고는 지원자라고 보시면 됩니다."

진평은 고개를 끄덕였다.

반군과 한바탕 접전이 불가피하다면 인원이 많을수록 좋았다. 특히나 일반 병사가 아닌 무림맹 고수들이라면 훨씬 더 강력한 전투력을 발휘할 수 있었다.

진평은 곽완, 조병건, 당소민 등과도 술잔을 주고받으며 지난 얘기를 나누었다.

당소민은 그사이 많이 어른스러워져 있었다.

소매 안에 수백 명을 몰살시킬 독과 암기가 숨겨져 있다는 사실이 밝혀진 이후, 사람들은 겁을 먹고 그녀와 거리를 두었다. 그러나 당소민은 예전처럼 조급해하지 않고 조금씩 접근했고, 차츰 그녀에게 마음을 여는 동료의 수를 늘려갈 수 있었다. 당가로 따라올 가능성이 있는 신랑감 후보자 물색도 열심히 하는 중이었다.

복운표국에 표사 수보다 많은 손님들이 넘쳐나게 되자 진평은 급히 다른 장소를 물색해야 했다.

진평이 택한 장소는 서호 옆에 자리 잡고 있는 사찰 영은사(靈隱寺)였다.

송나라 때는 머물며 수행하는 승려의 수가 삼천을 넘던 큰 절이라, 향후 무림맹 인원이 더 오더라도 충분히 수용이 가능할 만큼 넓었다.

영은사는 규모가 큼에도 불구하고 수행하는 무승(武僧)은 거의 없었다. 도시 가까이에 자리 잡고 있으면서 발복을 기원하기 위해 향을 피우러 오는 신도들 위주로 운용되는 절이었던 것이다.

항주의 사찰들은 대부분 그런 식이었다.

진평은 그들이 좋아하는 것을 알고 있었다.

영은사 주지는 진평이 내민 시주 봉투를 열어 전표에 적힌 금액을 보고는 곧바로 객사를 내주었다.

무림맹에 대해서는 영은사 측에서도 잘 알고 있었다.

마교 축출이라는 대의를 위해 장소를 빌리자고 하면 마음에 들지 않더라도 어쩔 수 없이 협조를 해야 할 처지인데, 기대 이상의 거금을 시주로 받았으니 그들을 귀빈으로 모시는 게 당연했다.

거점을 마련한 진평은 하루 쉰 후 새로운 뇌전대의 편성에 들어갔다. 우선 예전 대원들을 열 무리로 나누고, 거기에 새 지원자들을 더해서 총 삼백여 명의 조직이 갖추어졌다.

훈련은 예전과 비슷하게 이루어졌다.

개개인의 무공에 대해서는 간여하지 않고 조직과 규율, 진형을 유지하는 등 무림인들이 군대에 비해 부족한 부분만 집중적으로 조련했다.

* * *

관군도 움직였다.

항주로 향하는 배들 중 관선이 많이 보인다 싶더니 병력이 속속 집결하여 전당강(錢塘江) 남쪽에 군영이 세워졌다.

동창 천호 당유량은 오랜만에 관복을 꺼내어 입고 관모까지 갖추어 쓴 후 말에 올라 군영으로 향했다.

앞서 보낸 전령이 소식을 전했기에 그와 수하들이 지휘관을 만나러 들어가는 데는 문제가 없었다.

십여 명의 장수들이 마중 나온 모습을 보고 당유량은 미소를 지었다.

그리고 그들의 군례를 거만한 턱짓으로 받은 후 물었다.

"수장이 누구인가?"

그러자 삼십 대 후반의 젊은 장수 한 명이 나섰다.

"장해(張楷)가 태감님을 뵙습니다."

당유량은 못마땅한 표정으로 그를 훑어보았다.

"네가 책임자라고?"

"지금 현재는 그렇습니다."

"네 벼슬이 무엇이냐?"

"순무(巡撫)입니다."

당유량의 미간이 찌푸려졌다.

"말씨에 사투리가 남아 있는데……."

"예. 본래 복건에서 나고 자라 그쪽 사정에 밝기 때문에 이번 출정에 참여하게 되었습니다."

"흥……!"

당유량은 불편한 속내를 드러냈다.

경사에 날고 기는 장수들이 수없이 많은데, 고작 이런 촌놈을 보냈다는 사실에 화가 난 것이다.

"어쨌거나 인원과 군량에 대한 보고부터 해 보거라."

그러자 장해가 대답했다.

"군무를 외인에게 함부로 얘기할 수 없습니다."

당유량은 기가 막혔다.

"바, 방금 뭐라고 했느냐? 내가 누구인지 모르는 게냐?"

"알고 있습니다. 그리고 태감님은 군대의 운용과 관련하여 아무런 권한도 없으십니다."

"허어! 어, 어떻게 이런……."

당유량의 얼굴이 벌겋게 상기되었다.

동창의 제 이인자인 자신이 부하들 보는 앞에서 고작 순무에 불과한 시골 출신 무장에게 모욕을 당한 것이다.

그는 칼자루를 쥐고 즉시 몸을 날렸다.

안장 위에 있다가 장해의 머리 위로 날아가기까지 그의 신법은 민첩하기 이를 데 없었다. 동시에 그의 예리한 칼날은 장해의 목을 향하며 날카로운 파공음을 토해 냈다.

동창의 천호라면 즉석에서 장수를 참할 정도의 권력이 있었다. 물론 뒤처리가 귀찮긴 하겠지만 그 정도는 얼마든지 감내할 수 있는 게 동창의 권력이었다.

당유량의 칼이 장해의 목을 그었다고 생각하는 순간, 장해의 보법이 펼쳐졌다. 신속하고도 군더더기 없는 동작으로 인해 장해는 간발의 차이로 목숨을 구할 수 있었다.

땅에 내려선 당유량은 냉소를 지었다.

"흥! 제법 한가락 하는 놈이었구나. 하지만 다음 공격까지 피하지는 못할 것이다."

"멈추시오! 이게 무슨 짓이오!"

당유량은 눈썹을 치켜 올렸다.

"감히 내게 호통을 쳐? 하하! 네놈이 정말 세상 물정을 몰라도 너무 모르는구나."

장해는 허리에 차고 있던 검을 뽑아 들었다.

"계속 이런 식으로 나온다면 당신을 체포하겠소."

"체포?"

당유량은 이제 웃음조차 나오지 않았다.

"네놈이 정말 미치지 않고서야 어찌 감히 내게……."

그가 한 걸음 다가서자 장해 좌우의 무장들이 일제히 검을 뽑아 들었다. 당유량은 버럭 소리를 질렀다.

"네놈들이 한꺼번에 내게 반하겠다는 게냐?"

그러자 군막 안에서 굵은 사내의 음성이 들려왔다.

"네놈 따위가 뭐라고 반하고 말고 할 게 있겠느냐?"

당유량은 군막을 향해 고함을 질렀다.

"넌 또 누구냐? 당장 모습을 드러내라!"

"조칙을 받고 출정한 군대를 찾아와 사사로운 명령을 내린 관원에 대해 어떤 처벌이 내려질지는 잘 알고 있겠지?"

당유량은 순간 등골이 서늘해지는 것을 느꼈다.

사내의 목소리를 들어본 것 같았기 때문이다.

잠시 후 군막이 열리고 한 사람이 모습을 드러냈다.

놀랍게도 그는 병부시랑 우겸이었다.

"그, 그대가 여긴 어쩐 일이시오."

아무리 동창의 천호라고 해도 우겸을 함부로 대할 수는 없었다. 단지 그의 벼슬이 병부시랑이라서가 아니라 병부에서 그의 영향력이 대단히 크기 때문이었다.

우겸은 당유량을 노려보며 말했다.

"지난번에 오군도독부가 단독으로 군대를 움직여 산동 일대를 봉쇄했던 일 때문에 이번 출정은 황상께서 내게 특별히 전권을 맡기셨다. 동창에서 내 군대의 인원을 점고하고자 하는 것은 무슨 이유 때문이냐?"

당유량은 꼬리를 내릴 수밖에 없었다.

"저는 단지 군대를 위로할 술과 고기를 사고자 인원을 파악하려 한 것일 뿐, 다른 의도는 없었습니다."

"칼을 들고 있는 것은 무슨 뜻이냐?"

"아! 이, 이것은…… 무관들을 만나니 잠시 못난 재주를 자랑하고 싶어서 칼춤을 추어 본 것입니다."

당유량은 화가 났지만 우겸 앞에선 그걸 드러낼 수 없었다. 들고 있던 칼을 수하에게 건네고 그저 어색한 미소를 지을 뿐이었다.

우겸이 그에게 손짓을 했다.

"우리는 바쁘니까 그만 가 보거라. 술과 고기는 삼만 명분을 준비하면 얼추 될 것이다."

당유량은 우겸에게 예를 올린 후 군영을 빠져나갔다.

등 뒤에서 무장들의 웃음소리가 들려왔다.

그가 간 후 우겸 옆으로 한 사람이 모습을 드러냈다.

그는 바로 성왕 주기옥이었다.

"과연 동창이 관군을 사사로운 목적에 이용하려는 속

셈이 있었군요."

"그렇습니다. 편의만 취하고 책임은 군문에 떠넘기는 게 저들의 방식이지요."

성왕은 못마땅한 표정으로 당유량 일행이 사라진 쪽을 보았다.

그는 우겸과의 친분을 이용하여 이번 출정에 동행했다.

백성들의 삶이 얼마나 어려우면 반란까지 일으키는 것인지 직접 확인하겠다는 게 표면적인 이유였다.

그러나 설가영을 다시 만나고 싶은 것이 그의 솔직한 속마음이었다. 진평이 이곳에 있다면 그녀 역시 함께 있을 거라고 기대하는 것이다.

진평은 영은사를 찾은 의외의 손님을 반가이 맞았다.

양우건이 성왕의 명을 전하기 위해 찾아온 것이다.

마주 앉아 차를 마시면서, 양우건의 표정은 여러 차례 변했다. 진평에게 일어난 변화를 감지했기 때문이다.

그 변화가 뚜렷하게 드러나지 않아서 더 놀라웠다.

마치 거대한 물고기가 깊은 물속에서 유영하는 데 수면 위에선 어른거리는 시커먼 그림자만 보는 것 같은 느낌이었다.

진평은 예전과 다름없이 그를 대했다.

그리고 설가영과 함께 양우건을 따라나섰다.

삼목객이 쫓아왔지만 양우건이 정색을 하고 막아서자 그가 내뿜는 예기에 거북함을 느낀 데다, 목적지가 군영이라는 말에 결국 포기하고 말았다.

관군 진영 한쪽 구석에 자리한 성왕의 군막.

그곳에서 우겸과 성왕, 진평과 설가영이 자리를 함께했다.

우겸은 아끼는 조카와 친왕, 그리고 연적 관계라고 할 수 있는 진평이 한자리에 있다는 사실이 좀 거북했다.

성왕은 설가영과 진평을 번갈아 보며 속으로 한숨만 내쉬었고, 설가영은 숙부를 다시 만난 기쁨과 성왕에 대한 미안함 때문에 복잡한 심경이었다.

진평만이 담담한 평정심을 유지하고 있었다.

"전하께서 친정하시니 병사들의 사기가 하늘을 찌를 것입니다."

성왕은 손을 내저었다.

"내가 여기 있는 것은 비공식적인 일이니 소문이 나지 않았으면 좋겠네."

"명심하겠습니다."

일단 말문이 트이자 화제는 곧 공통 관심사로 넘어갔다. 탁자엔 지도 한 장이 펼쳐졌고, 진평은 자기가 이제까지 파악하고 있는 진감호 진영의 위치와 이동 경위, 병력 규모에 대해 상세히 얘기했다.

우겸은 크게 놀란 표정을 지었다.

"그 정도일 줄은 몰랐는데. 상황이 심각하군요."

"관군은 얼마나 됩니까?"

"숫자로는 이만을 헤아리지만, 그중 절반 이상이 토병이고, 정예병이라 할 수 있는 수는 오천 정도에 불과합니다."

진평이 관리가 아님에도 불구하고 우겸은 군사기밀이라고 할 수 있는 정확한 병력 수치를 얘기했다.

진감호 진영에 대한 정보를 낱낱이 공개해 준 데 대한 보답이라고 할 수 있었다.

이만이란 숫자에 진평은 나직이 한숨을 내쉬었다. 조정에서 이번 반란을 대수롭지 않게 받아들인 게 분명했다.

"쉽지 않은 일이 되겠군요."

우겸의 표정도 굳었다.

이번 출정은 사실, 자기들 마음대로 오군도독부를 움직인 동창에 맞서 병부의 통수권을 원칙대로 발휘한다는 데 의의를 두고 있었다.

명분은 섭종유와 진감호의 반란을 토벌한다는 것이었지만, 광부 무리가 모여서 소란을 피워 봤자 뭐 별것 있겠느냐 하는 게 우겸의 생각이었다.

그러나 그들에게 동조하는 진감호 무리의 규모만 해도 예상을 훨씬 뛰어넘는 인원수 였을 뿐만 아니라, 강시라는 마물까지 준비되어 있다는 얘기를 듣고 나니 여간 당혹스러운 게 아니었다.

당장 병력 충원이 절실했다.

“일단 표(表)를 올려야겠습니다.”

우겸이 군무를 보기 위해 성왕에게 예를 표한 후 물러가자 장막 안엔 세 사람만 남게 되었다.

분위기는 더 어색해졌다.

진평이 일어나서 말했다.

“저는 대장군과 할 얘기가 있어서 나가 보겠습니다.”

“그리하게.”

성왕은 기꺼이 허락해 주었다.

두 사람만 남게 되자 성왕은 주변 물린 것을 확인한 후 설가영에게 말했다.

“누님, 정말 오랜만입니다.”

“그래. 그동안 어떻게 지냈어?”

“술이 늘었습니다.”

설가영은 아무 말도 할 수 없었다.

성왕도 진평이 두 사람만의 시간을 줄 때부터 이미 상황이 돌이킬 수 없게 되었다는 사실을 직감하고 있었다.

침묵의 시간이 길게 이어졌다.

한쪽은 차마 말을 할 수 없고, 다른 한쪽은 직접 듣고 싶지 않아서 입을 다물고 있는 침묵.

그 기나긴 적막을 깬 사람은 성왕이었다.

그가 아주 긴 한숨을 내쉰 후 입을 열었다.

"누님의 행복을 빌겠습니다."

"옥 아우……."

설가영은 성왕을 바라보았다. 그는 경직된, 그러나 나름대로 담담한 표정으로 자신을 보고 있었다.

"고마워."

성왕은 이를 악물었다.

자신의 속마음을 표정으로 들키지 않기 위해서였다.

그녀에게 그 말을 하는 상상을 여러 번 했었지만, 실제로 하는 것은 전혀 다른 문제였다.

"앞으로 필요한 일이 있으면 언제든 제게 얘기해 주십시오."

"그, 그렇게 할게."

"빈말이 아닙니다. 부담 가지지 않으셔도 됩니다. 앞으로는 누님을 망월정에서 처음 뵈었을 때와 같이 대할 테니까요."

성왕은 미소까지 지어 보였다.

그렇게라도 끈을 이어 놓고 싶었던 것이다.

설가영도 마주 미소를 지었다.

자신을 이해해 줘서 고마웠다. 그리고 성왕이 나이에 비해 참으로 속이 깊은 사람이라는 생각을 했다.

진평은 우겸을 찾아가 말했다.

"긴히 드릴 말씀이 있습니다."

우겸은 진평의 표정이 굳어 있는 것을 보고 주위를 물리친 후 그에게 자리를 권해 앉혔다.

"말씀해 보시오."

진평은 잠시 사이를 두고 말했다.

"영아와 혼인하고 싶습니다. 허락해 주십시오."

"으음……."

어느 정도 예상했던 얘기였다.

우겸은 입맛을 다시며 고개를 가로젓다가 물었다.

"영아를 오로지 제자로만 생각한다 하지 않았소?"

진평은 솔직히 대답했다.

"그때는 그런 줄 알았습니다. 하지만 지금 와서 생각해 보니 제 속마음은 달랐습니다."

"허어! 그것참……."

우겸은 계속 고개를 가로저었다.

진평은 조바심을 느꼈다.

사실, 설가영과 결혼하는 데 있어 이제까지 생사도 모르던 외가의 허락을 꼭 받아야 하는 것은 아니었다.

하지만 설가영에게 외가 식구들이 어떤 의미인지 잘 알기에 번거롭고 힘들더라도 그녀를 위해 꼭 승낙을 받고 싶었다.

그게 그녀를 위해 해 줄 수 있는 최소한의 성의라는 생각이 들었다.

우겸이 고개를 가로젓는 것은 진평이 마음에 들지 않아서가 아니었다.

아내에게 설명하고 달랠 일이 까마득하게 느껴졌기 때문이었다. 그는 다른 무엇보다도 설가영의 선택을 중요하게 생각했다.

자기 여동생의 일이 겹쳐져서 더욱 그러했다.

한참 후 우겸이 물었다.

"그 아이를 행복하게 해 줄 수 있소?"

진평은 확신에 찬 어조로 대답했다.

"제 목숨보다 더 그녀를 사랑합니다."

그것이 그의 진심이었다.

우겸은 흡족한 표정으로 고개를 끄덕였다.

"결혼식엔 나도 참석하겠소."

"감사합니다!"

진평은 일어서서 그에게 고개를 숙였다.

우겸도 마주 서서 진평의 팔을 잡으며 말했다.

"내게도 조카사위가 생겼군."

"그렇습니다. 이제부터는 말씀 편하게 하십시오."

"하하하……! 이런 경사스러운 날 어찌 술 한잔이 없을 수 있겠는가."

우겸은 부관에게 술을 내오게 하여 진평과 거푸 석 잔씩을 나누어 마셨다.

진평 일행이 돌아간 후, 우겸은 조정에 표를 올리는 한편 섭종유의 진영으로 사자를 보내어 항복을 종용했다.

그러나 돌아온 회신엔 완강한 주장만 적혀 있었다.

금광구(禁鑛區) 내에서의 채굴을 허락하라는 것.

거기에 더해 향후 삼 년간 세금을 면제해 달라는 요구사항까지 추가되어 있었다.

관군 입장에서는 절대로 들어줄 수 없는 요구였다.

우겸은 지리를 잘 아는 장해에게 척후 임무와 함께 진격로를 미리 살피도록 했다.

그런데 섭종유가 이끄는 반군은 관군을 기다려 주지 않았다. 일시에 대병을 일으켜 문성현(文成縣)을 쳤고, 하루 만에 함락시켜 버렸다.

이제 그들은 청전현(靑田縣), 복안현(福安縣)에 이어 문성현까지 삼개 군현에 이르는 점령지를 가지게 된 것이다.

급보를 받은 우겸은 즉시 출정명령을 내렸다. 원군이 도착하지 않았지만 더 두고 볼 수가 없는 상황이었다.

성왕도 종군하기로 했다.

비록 설가영과의 재회가 그의 기대와 다른 결말을 맺었지만 그것은 개인적인 일일 뿐이었다. 전쟁을 경험할 수 있는 기회를 놓치고 싶지 않다는 게 그의 생각이었다.

공격목표는 항주와 가장 가까운 청전현.

반군의 주력이 집결되어 있는 곳이었다.

장해를 선봉으로 삼고 우겸과 성왕은 중군이 되어 호호탕탕 남진을 한 것까지는 좋았는데, 부대가 서계진(西溪津)을 지나면서부터 병사들이 밤잠을 설치게 되었다.

야영지 근처 숲에서 새벽마다 금고(金鼓)소리가 요란하게 울려서 병사들을 깨웠기 때문이다.

횃불을 든 기병들이 숲을 뒤지기도 하고, 궁병들이 활도 쏘아 봤지만 소란을 피운 자들은 찾을 수 없었다.

병사들은 불안감을 느꼈다.

그렇게 행군을 하여 청전현 앞에 이른 우겸은 군영 주변에 목책을 겹겹이 두르고 방어태세를 공고히 했다.

처음엔 반군을 무찌를 생각으로 출정한 것이지만, 오는 도중 그들의 준비가 철저한 것을 보고 전략을 바꾼 것이다.

성왕이 그에게 물었다.

"고작 광적(鑛賊)들을 상대하면서 너무 신중하신 것 아닙니까?"

"전하, 그렇지가 않습니다. 때론 과감하게 진격해야 할 때도 있지만, 낯선 땅에 들어와서 적을 경시하는 것은 현명하지 못한 행동입니다."

“하지만 여기까지 오는 동안 저들이 보인 행동은 마치 겁먹은 개가 짖는 것 같았습니다.”

“물론 그들의 행동을 허장성세로 볼 수도 있습니다. 하지만 그 허실을 서둘러 예단할 이유는 없습니다. 우리가 여기 주둔하고 있으면 반란군은 다른 곳으로 눈을 돌리지 못할 것입니다. 또한, 주민들도 우리의 존재를 든든히 여기고 적에게 합류하기를 망설일 것입니다. 일단 여러 경로로 정보를 수집한 후 그것들을 종합 판단한 후에 움직여도 늦지 않습니다.”

“그렇군요.”

관군이 진형을 갖추자 반란군 역시 성문을 굳게 닫고 움직이지 않았다. 그러나 우겸의 기대와 달리, 주민들의 협조는 거의 이루어지지 않았다.

오히려 그들은 관군을 적으로 여기는 분위기였다.

유민(流民)들도 비슷했다.

그들은 섭종유가 일으킨 반란 때문에 집과 땅을 잃고 떠돌아다니는 신세가 되었을 거라는 게 관군의 생각이었다.

그러나 반란 이전부터 관리와 지주들, 거기에 더해 왜구에게 시달리다 못해 고향을 떠난 사람들이 훨씬 더 많았다.

그들은 반란군뿐만 아니라 관군도 똑같이 무서워했다.

우겸은 인근 지방관들에게 서찰을 보냈다.

그들에게서 온 답신은 한심하기 짝이 없었다.

자기 고을이 당할 수도 있다는 사실 때문에 병력을 빼줄 수 없다고 애원하는 것까지는 이해한다고 해도, 반란군에 대해 제대로 된 정보를 가지고 있는 게 하나도 없었다.

들리는 소문들만 대충 엮어서 보냈기 때문에 그들의 보고를 결합해 보면 섭종유의 부대는 십만이 넘는 규모가 될 터였다. 말도 안 되는 얘기였다.

우겸은 자신의 군영이 호수 한가운데 떠 있는 섬과 같다고 생각했다.

주위엔 적 아니면 방관자들뿐이었다.

경사를 떠나올 때 전혀 예상치 못한 상황이었다.

그러나 우겸은 그런 속마음을 겉으로 드러내지 않았다.

주장(主將)이 불안해하는 모습을 보여선 안 되는 것이다.

그는 매일 정찰대를 운용하고 부하 장수들을 독려했다.

그렇게 적과 대치한 지 이레째가 되는 날.

항주로부터 전갈이 왔다.

반군의 움직임이 심상치 않으니 돌아와서 자기들을 지켜달라는 내용으로, 절강성 도지휘사(都指揮使)의 직인이 찍혀 있었다.

우겸은 즉시 철군명령을 내렸다.

성왕이 급히 달려와 물었다.

"장군님, 철군을 준비한다고 들었습니다."

"그렇습니다."

"이 먼 곳까지 와서 화살 한 대 날려 보지 않고 그냥 돌아간다니. 저는 도저히 이해할 수 없습니다."

우겸은 문서를 꺼내어 보여 주었다.

"항주에서 서찰이 왔습니다."

성왕은 다 읽은 후 고개를 가로저었다.

"광적의 주력이 여기 묶여 있는데, 어디서 군대가 솟아나서 항주를 위협한단 말입니까?"

"진감호의 무리가 있지 않습니까?"

"그들만으로 항주 같은 큰 도시를 점령한다는 건 말도 안 됩니다. 필경 도지휘사가 헛소문에 겁을 먹고 자기 앞가림만 생각했기에 이런 편지를 보냈을 것입니다."

"그럴지도 모르지요."

성왕은 우겸의 표정을 보고 그가 적에게 휘둘리는 게 아니라 다른 생각이 있음을 알아차렸다.

"장군님도 실제로는 항주가 위험하지 않다는 사실을 알고 계시는군요?"

"그렇습니다. 우리는 지금 승산 없는 땅으로 너무 깊이 들어와 있는 상태입니다. 빠져나갈 명분이 주어졌다면 그게 옳건, 그르건 잡아야 합니다.”

성왕이 잠시 생각한 후 미소와 함께 말했다.

“평소에는 장군님이 전장에서 용맹스럽기 그지없을 거라 생각했는데, 막상 직접 뵈니 몹시 신중하시군요.”

너무 움츠리는 것 아니냐는 의미였다.

우겸도 미소를 지었다.

그리고 단호한 어조로 말했다.

“지지 않는 것도 이기는 것입니다.”

성왕은 천천히 고개를 끄덕였다.

장수의 자질이라는 게 일신의 무공이 얼마나 뛰어나고 병서를 몇 권이나 읽었나보다 얼마나 참을성이 뛰어난가에 달려 있을지도 모른다는 생각이 들었다.

자기가 반란군의 수장이라고 가정해 보니 상황은 더 명백했다. 병력 규모가 크고 규율도 잘 잡힌 관군이 거듭된 도발에도 흔들리지 않고 바짝 다가와 단단하게 방어진을 구축한 채 움직이지 않고 있으면 위압감을 느낄 수밖에 없었다.

나름대로 배후를 자극하여 군사를 나누도록 계교를 짜냈는데 군 전체가 물러간다면 필경 의표를 찔릴 게 분명했다.

철군은 질서정연하게 이루어졌다.

항주의 위험이 과장된 것이라는 사실을 알기에 우겸은

절대 서두르지 않았다.

그는 느리지만 사방을 경계하며 부대 단위로 나뉘어 순서대로 이동하는 과정을 직접 지휘했고, 좋은 훈련의 기회로 이용했다.

우겸이 지켜본다는 사실을 알기에 각 부대의 지휘관들은 더욱 집중하여 병사들을 독려했다.

관군이 그렇게 움직이다 보니 반란군은 공격할 엄두도 내지 못했다. 관군은 올 때의 두 배나 오랜 시일이 걸려 서계진까지 퇴각했고, 군영을 새로 만들었다.

서계진은 항주와 가깝기 때문에 이전에 주둔했던 청전현과 달리 지방관과 주민들 모두 관군에 협조적이었다.

관군이 주둔지를 옮긴 이후 절강, 복건성 일대엔 우겸을 조롱하는 얘기들이 퍼져 나갔다.

청전현까지 갔다가 섭종유의 위세에 눌려서 제대로 싸워 보지도 못하고 꽁무니를 뺐다는 내용이었다.

항주가 공격당할 거라고 소문을 퍼뜨린 자들이 관군의 수장을 자극하기 위해 그리하는 게 분명했다.

어수선한 시기에 퍼지는 유언비어는 그 힘이 막강해서 병사와 주민들이 동요하는 것은 막을 수 없었다.

필시 반군 진영에 뛰어난 모사가 있는 게 분명했다.

그러나 우겸 본인은 그런 얘기에 흔들리지 않았다.

상대가 심리전까지 동원할 정도로 만만치 않다는 생각

에 전의를 새롭게 다질 뿐이었다.

현재 관군에게 가장 필요한 것은 병력이었다.

우겸은 조정에 다시 한 번 상소를 올렸고, 자신의 상관인 병부상서와 다른 대신들에게도 서찰을 보내어 조정의 여론을 환기시켜 달라고 부탁했다.

* * *

그즈음 영은사는 집결하는 무림인의 수가 계속 늘어나 소림사를 옮겨 온 듯한 착각마저 들 정도였다.

실제로 무림맹주 원각대사가 도착한 이후 경내 어디에서나 소림승들을 볼 수 있었다.

영은사 주지는 매일 손님들을 찾아가 얼굴도장을 찍느라 바빴다. 평소엔 한 번 찾아가기도 힘든 무림 문파의 수장들이 모두 자기 절에 와서 묵고 있으니 인맥 넓히기에 그보다 좋은 기회가 없었던 것이다.

무림맹 사람들은 모두 다 영은사 주지의 넓은 도량에 감사를 표했다. 진평이 거액의 전표 써 준 얘기를 아무에게도 하지 않았기 때문이다.

그 때문에 영은사 주지는 진평을 더욱 각별히 대했다.

당장 진평 일행이 머무는 거처가 무림맹주의 거처보다 더 넓었다.

진평은 관군이 청전현까지 갔다가 되돌아온 사실에 대해 자세한 정보를 입수하고 있었다.

그가 보기에 우겸은 바른 선택을 했다.

관군이 움직이는 동안 기린맹과 뇌전대를 동원하여 주변의 병력 이동을 낱낱이 파악했는데, 진감호의 부대가 퇴각하는 관군의 허리를 자르고 섭종유의 본진이 협공할 태세가 완전히 갖추어져 있었다.

그러나 그런 일은 일어나지 않았다.

우겸의 신중한 병력운용 덕분이었다.

섣불리 공격하지 않은 반군 쪽도 신중하기는 마찬가지였다고 할 수 있었다.

성질 급하고 포악한 섭종유가 그런 결정을 내렸을 리는 없고, 필경 진감호가 그리하자고 주창했을 가능성이 높았다.

진평은 무림맹 측에서도 많은 준비가 필요하다고 생각했다. 현재의 관군이 도맡기에는 버겁다고 판단한 것이다.

그는 무림맹주 원각대사와 둘만의 시간을 자주 가졌다.

무림맹 이십팔좌와 함께 의논하기에는 군사와 관련된 비밀스러운 내용이 많았다.

그들을 의심하는 것은 아니지만, 사람이 많으면 그만큼 입도 많은 것이니 얘기가 언제 어디서 어떻게 새어 나갈지 알 수 없었다.

무림맹의 전력은 진평의 예상보다 강했다.

지난번 정사대전에서 무림맹이 입은 피해는 극심했지만, 현재 영은사에 모인 정파 무림인의 수는 무림대회를 열던 날과 비교해도 결코 적다고 할 수 없었다.

거기엔 이유가 있었다.

마교의 패퇴 소식.

그것이 결정적이었다.

이미 승부가 갈렸으니까 다들 이긴 편에 서려는 것이었다. 무림대회 때는 신중한 태도를 보이던 문파, 특히 세가의 수가 급격히 늘었다는 사실이 그 증거였다.

원각대사와 진평 모두 그들의 속을 훤히 들여다보았지만 그렇다고 해서 그들을 내칠 마음은 없었다.

속내야 어찌 되었건, 목적이 같다면 보탬이 될 것이기 때문이다.

그런 의미에서 라마승들에게도 숙소가 주어졌다.

그들은 본래 동창의 부름을 받고 중원에 들어왔지만 당장 국사(國師) 자리를 되찾을 거라는 기대는 하지 않았다.

황모파로 개혁된 라마교의 진심을 중원에 알리는 게 우선적인 목표였다.

지난번 정사대전 이후, 무림인들의 태도가 최소한 적대적이지는 않게 되었기 때문에 서장으로 돌아가지 않고 무림맹에 좀 더 머물며 마음의 벽을 허무는 데 집중하기로 한 것이다.

원각대사가 찻잔을 내려놓으며 말했다.

"내게 걱정이 하나 있습니다."

"그게 무엇입니까?"

"군웅들이 모인 것까지는 좋은데, 그들의 힘을 올바른 방향으로 이끌지 못할까 봐 두렵습니다."

"맹주님은 잘하고 계십니다."

원각대사는 고개를 가로저었다.

"우리 맹이 움직이려면 명분이 필요합니다."

그것은 진평도 생각하고 있던 바였다.

마교 척결이라는 명분은 무림이라는 제한적인 세계에서만 통용될 수 있는 얘기였다.

천하를 대상으로 하자면 여러 가지 제약이 따랐다.

관에서는 사람들이 무기를 들고 무리 짓는 것을 근본적으로 싫어했다.

더구나 요즈음의 절강과 복건처럼 정세가 어수선하다면 장정들이 떼를 지어 다니는 것만으로도 반란군 취급당하기 십상이었다.

천하의 안정이라는 좋은 의도로 이곳까지 왔지만 정작 움직이기는 현실적으로 쉽지 않은 것이다.

"그 길은 제가 열어 보겠습니다."

진평은 자신이 나서야 할 때라고 생각했다.

관군은 반란군을 토벌해야 하고, 무림맹은 반란군과 손잡은 마교를 척결해야 했다.

그러나 관과 무림이 힘을 모으는 것은 쉬운 일이 아니었다. 여러 가지 문제가 발생할 수 있었고, 특히 서로 간의 신뢰를 보장받을 수 있느냐 하는 것이 몹시 중요했다.

자칫 이용만 당할 수도 있기 때문이다.

현재로선 그 일을 할 수 있는 게 자신뿐이라는 게 진평이 내린 결론이었다.

맹주의 거처에서 나온 진평은 우겸을 만나기 위해 서계진의 관군 진영으로 찾아갔다.

그러나 그는 목책에 도착하기도 전에 병사들에 둘러싸여 검문을 당해야 했다.

지난번에는 양우건은 따라 들어갔기 때문에 아무 문제가 없었지만, 전시에 서민이 군문에 들어가는 것은 쉬운 일이 아니었다.

대장군 우겸을 만나게 해 달라는 말에 병사들은 코웃음을 쳤다. 진평 입장에선 그들을 모두 때려눕힐 수도 있고 아예 들어가는지조차 모르게 경신술을 펼칠 수도 있었다.

그러나 그것은 경계근무를 열심히 서는 병사들에게 할 짓이 아니고 우겸에 대한 예의도 아니었다.

진평을 둘러싼 병사들의 수가 늘어나자 순찰 중이던 무장 서너 명이 다가와 물었다.

"무슨 일이냐?"

병사들은 장수에게 군례를 올린 후 대답했다.

"수상한 자가 대장군님을 만나겠다고 해서 잡아 두고 있습니다."

장수는 진평을 위아래로 살펴보다가 눈빛에 이채를 띄었다. 그는 말에서 내려 병사들을 모두 꾸짖어 물리친 후 진평에게 포권을 한 후 물었다.

"혹시 무림맹에서 오셨습니까?"

"그렇습니다."

"아! 역시 그러셨군요. 저는 장해라고 합니다. 부하들의 무례를 용서하십시오. 제가 안으로 모시겠습니다."

"고맙습니다."

진평은 가볍게 미소를 지었다.

지금 자신이 드러내고 있는 기도는 무림 고수와는 거리가 먼 것이었다. 내공이 천화란추의 단계를 넘어선 이후, 그는 자신의 기운을 자유자재로 바꿀 수 있었다. 그래서 병사들에겐 만만한 백면서생 정도로 느껴졌던 것이다.

그런데 장해라는 이 장수는 자신을 알아보았다.

드러나지도 않는 기도를 감지한 것은 아닐 것이고, 인상이나 분위기를 보고 짐작한 듯했다.

진평은 따라가면서 장해를 찬찬히 살펴보았다.

자신의 기도는 드러내지 않지만 상대의 무공수위는 낱낱이 살필 수 있었다.

탄탄한 진원지기에서 출발한 진기가 기경팔맥을 따라 유연하게 흐르고 있었다.

상당한 수준의 고수임이 분명했다.

무림맹이나 동창에만 고수가 있는 게 아니고 군문에도 뛰어난 고수가 있다는 사실이 적잖이 위안이 되었다.

대장군의 군막에 도착하자 우겸이 진평을 반가이 맞았다.

마주 앉아 차를 마시는 동안, 그의 얼굴엔 근심과 걱정이 가득해 보였다.

예전과 달리 속마음이 표정에 솔직하게 드러나는 이유는 조카사위 앞이라 애써 숨기지 않으려 하기 때문일 수 있었다. 진평을 남으로 생각하지 않는 것이다.

진평이 조심스럽게 먼저 얘기를 꺼냈다.

"요즘 풍문 때문에 백성들이 불안해하고 있습니다."

"그건 걱정하지 말게. 아직 저들에게 항주를 칠 정도의 힘은 없으니까."

"원군은 언제 옵니까?"

"그게 말이지……."

우겸은 한숨부터 내쉰 후 저간의 얘기를 시작했다.

"본래 이번 출정의 목적은 동창의 전횡을 견제하기 위함이었는데, 거기에 대해서라면 이미 충분한 효과를 보았네. 하지만 왕진이 나와 병부에 대해 복수할 기회를 노리고 있다는 게 문제야. 이미 여러 차례 같은 내용의 상소가 올라갔는데도 불구하고 소식이 없는 것을 보면, 사례감의 장인태감인 그가 중간에 문서를 차단했거나 아니면 황상께 전달되었더라도 요언(妖言)으로 훼방을 놓는 게 분명하네."

"그렇다면……."

"원군은 오지 않을 걸세."

단정적인 어조였다.

"으음……."

진평은 침음성을 흘렸다.

심각한 문제였다.

국가대사를 사사로운 감정으로 처리한다는 게 말이 되지 않았다. 그러나 왕진이라면 그러고도 남을 인간이라는 생각이 들었다.

진평이 물었다.

"그렇다면 동창이 철수한 것도 그 때문인가요?"

우겸은 놀란 표정을 지었다.

"철수? 동창이 철수했다고?"

"예. 그렇습니다. 항주 일대에 있던 동창들이 단 한 명도 남기지 않고 모두 사라졌습니다."

우겸이 물었다.

"확실한가?"

"그렇습니다."

"어떻게 자신하나?"

"동창의 움직임을 보고하는 정보원들이 있습니다."

우겸은 찬탄을 금치 못했다.

"대단하군! 무림맹의 능력이 그 정도일 줄이야."

동창의 움직임은 은밀하기 이를 데 없었다. 병부에서도 그들의 동향을 파악하려고 시도한 적이 있었는데 실패로 돌아갔기 때문에 우겸이 누구보다 잘 알고 있었다.

"무림맹이 아니라 제가 개인적으로 데리고 있는 자들이 알아낸 정보입니다."

우겸은 놀라지 않을 수 없었다.

그는 고개를 가로저으며 말했다.

"자네 정말 대단하군. 사람들이 호림공이라고 부르는 것도 무리가 아냐."

호랑이보다는 기린이나 용에 어울린다고 생각했지만 그걸 입 밖으로 말하지는 않았다.

진평이 물었다.

"장군님, 원군이 오지 않으면 어쩔 생각이십니까? 적의 병력은 지금도 계속해서 늘어나고 있습니다."

"어떻게든 해 봐야지."

진평이 속에 담아 온 말을 꺼냈다.

"무림맹과 힘을 합치는 것에 대해 어떻게 생각하십니까?"

"그것은……."

우겸은 무림맹의 힘을 잘 알고 있었다.

패퇴한 마교를 척결하겠다는 그들의 의지가 반군토벌이라는 관군의 목적과 일치한다는 사실도 알고 있었다.

문제는 개인적으로라면 모를까, 황명을 받고 출정한 장수의 입장에선 그런 세력과 함부로 손을 잡을 수가 없다는 것이다. 일이 잘 풀려도 뒷말이 나올 것이고, 행여 일이 틀어지기라도 하면 감당하기 어려운 문제가 발생할 게 뻔했다.

정파 무림인의 모임이라고 해도 관의 입장에서 보면 적법한 절차 없이 무리를 지은 것이기 때문이었다.

진평이 말했다.

"장군님은 무림맹은 물론, 어떠한 세가나 문파와도 접촉하실 필요가 없습니다."

우겸의 눈빛이 이채를 띄었다.

"그게 무슨 뜻인가?"

"그들에게 어떠한 약속도 하지 않으셔도 된다는 뜻입니다. 제가 중간 고리 역할을 하다가 나중에 논공행상이라도 요구할라치면 그 고리를 끊겠습니다."

우겸의 눈이 더욱 빛났다.

그렇게만 된다면 관군 입장에선 득이 될지언정 책임을 지거나 손해 볼일은 하나도 없었다.

"그리해도 되겠는가?"

"지금 맹주를 맡은 원각대사는 사욕이 없는 분입니다. 마교 잔당을 모두 토벌하고 나면 무문관(無門關)으로 돌아가 참선에만 열중하실 겁니다."

소림사뿐만 아니라 구파의 다른 문파들도 다들 도교나 불교의 수행을 근본으로 삼고 있으니 큰 문제는 없을 거라 할 수 있었다.

무림맹이 마교를 패퇴시켰다는 소식을 듣고 합류한 문파들이 나중에 문제의 소지가 될 수 있었다.

그들의 처리를 진평이 자처한 것이다.

우겸이 기대감 가득한 어조로 말했다.

"이 일을 꼭 성사시켜 주게."

"그리되도록 하겠습니다."

우겸은 기쁨을 감추지 못했다. 무림맹이 도와준다면 정말 천군만마를 얻은 거나 마찬가지였다.

진평이 다시 말했다.

"무림맹뿐만 아니라 다른 무리도 있습니다."

"그게 누군가?"

"장강수로맹입니다."

"수로맹?"

우겸의 표정이 굳었다.

수로맹이라면 도적들이니 근본부터 무림맹과 달랐다.

아무리 병력이 필요하다고 해도 껄끄러운 게 사실이었다.

그러나 곽예걸의 복수심이 얼마나 깊은지 잘 알고 있는 진평으로서는 그들을 빼놓을 수 없었다.

"수로맹이 가세한다면 절강과 복건의 모든 강과 호수를 장악할 수 있습니다."

"음……."

그것은 전략적으로 엄청난 이점이었다.

"그들은 왜 반군과 싸우려 하는 건가?"

진평은 수로맹주 곽예걸의 사부가 모산파 장문인에 대해 강시가 되었던 전말을 얘기해 주었다.

우겸은 주먹을 움켜쥐었다.

"그런 천인공노할 짓을 하다니!"

"반란군에 대한 수로맹주의 원한은 관군이나 무림맹에 비할 바가 못 됩니다. 우리 쪽으로 끌어들이지 않는다 해도 그들은 이번 전쟁에 반드시 개입할 것입니다."

우겸이 잠시 생각한 후 물었다.

"그들 역시 자네가 중간역할을 해 주겠나?"

"그리하겠습니다."

"좋아! 부탁하겠네."

그렇게 하여 진평은 불가근불가원의 입장을 견지하는

관과 무림, 그리고 정과 사로 갈리는 무림맹과 수로맹의 사이에서 마치 저울의 축과 같은 자리를 담당하게 되었다.

우겸은 진평에게 구리로 만든 패 세 개를 내밀었다.

하나는 크고 두 개는 작았는데, 앞으로 그와 전령들이 병영에 드나들 때 신분증으로 쓰라는 의미였다.

진평이 구리패 챙기는 모습을 보다가 우겸이 갑자기 생각난 듯 물었다.

"아까 동창이 전부 철수했다는 게, 하급 번장이나 번자까지 전부 없어졌다는 뜻은 아니겠지?"

"번자까지 전부 사라졌습니다."

"정말인가?"

우겸은 미간을 찌푸렸다.

관군의 일거수일투족을 왕진에게 고해바칠 감시의 눈길이 사라졌다는 것은 기쁜 일이지만, 그건 상식적으로 말이 되지 않았다.

당유량 정도면 모욕을 당한 게 부끄러워서 경사로 되돌아갈 수 있다 쳐도 하급의 번장이나 번자까지 다 끌고 갈 이유는 없는 것이다.

"혹시……."

우겸은 경사에서 온 서찰들을 뒤적거렸다.

그중에는 공문서가 아닌 개인적으로 친분이 있는 병부의 장수들이 보낸 편지들도 많았다.

한참 만에 그는 손바닥으로 탁자를 내리쳤다.

"왕진이 기어이 사고를 치려고 하는군!"

우겸은 몹시 격노한 표정이었다.

진평이 물었다.

"무슨 일입니까?"

우겸은 한숨을 내쉰 후 말했다.

"북쪽의 오이라트(瓦剌)족이 국경을 겁박하고 있다는 사실은 자네도 알고 있을 걸세."

"예. 마시(馬市)를 열어 교역을 하고 있지 않습니까."

몽골의 일족인 오이라트는 명나라에 큰 위협이었다.

그래서 그들을 달래기 위해 만든 것이 마시였다.

유목민은 기근으로 초원이 황폐해지거나 겨울이 되어 양 떼 먹일 풀이 부족하게 되면 곧바로 생사의 기로에 놓이기 마련이라 한족을 습격하여 식량을 마련하는 일이 다반사였다.

마시는 그들의 말이나 양을 곡식으로 바꿔 주는 역할을 했다. 전쟁이 아닌 교역으로 어려운 시기를 버틸 수 있도록 길을 열어 준 것이다. 그 정책이 이어져 오는 게 벌써 사십 년이 넘었다.

마시와 병행하여 조공사절단도 오고 있었다.

말이 조공이지, 그들은 상단이었다.

말, 양, 가죽 등을 가지고 와서 식량, 비단, 옷감 등으로 바꿔 가는 장사꾼.

그런데 일반 장사꾼들과는 달랐다. 그들은 힘의 우위에 있는 오이라트 부족이기 때문에 말 값에 바가지를 씌웠다.

평범한 말들을 끌고 와서는 천하 명마라며 비싼 값을 요구하는 식이었다. 보통의 상인이라면 그런 값에 말들을 사줄 리가 없지만 조정의 입장은 달랐다. 애당초 오이라트의 남침을 막기 위한 정책이다 보니 그들이 부르는 대로 모두 지불했다.

일종의 평화를 위한 비용인 셈이었다.

거저먹기 장사가 되다 보니 사절단의 규모는 매년 커졌다. 처음엔 오이라트를 대표하는 오십여 명 정도가 전부였지만 근자에 이르러서는 삼천 명이 넘었다. 오이라트뿐만 아니라 이웃 부족들까지 끼어든 것이다.

조정에서는 그래도 그들이 제시하는 비싼 말 값을 모두 지불했다. 어찌 되었건 전쟁보다는 싸기 때문이다.

우겸이 말했다.

"얼마 전부터 왕진이 오이라트의 사절단 규모를 제한하려 한다는 소문이 돌고 있었네."

"제한이라면……."

"인원도 조약에 정한 대로 줄이고, 말 값도 시세에 맞춰 주겠다는 것이지."

진평이 놀란 표정으로 물었다.

"그러면 오이라트가 가만히 있을까요? 에센은 대단히 호전적인 자라고 들었습니다만……."

에센(也先)은 현재 오이라트의 지도자였다.

우겸이 다시 한숨을 내쉬었다.

"왕진은 그들에게 지불하는 돈이 아까운 게야."

진평은 이해할 수 없었다.

"말 값이 비싸 봐야 군량보다 더하겠습니까?"

오이라트와 싸울 만큼의 병력을 일으키고, 그들의 무기와 갑주를 준비하고, 군량을 비축하려면 수십 배의 비용이 들 터였다.

"환관의 재물욕심은 끝이 없네. 왕진은 이미 조정의 돈을 자기 돈으로 보는 단계에 들어선 거야."

"그런 터무니없는……."

아무리 왕진이라고 해도 국가의 재정을 자기 금고로 생각한다는 것은 정말 상식을 벗어난 일이었다.

"아무리 물욕에 눈이 어두워졌다고 해도 오이라트를 상대로 벌이는 전쟁의 승산이 결코 높지 않다는 사실 정도는 알고 있을 것 아닙니까?"

"그가 전쟁에까지 자신감을 가지게 된 이유가 무엇인지는 나도 알 수 없네. 어쩌면 무소불위의 권세를 가지다 보니 세상일이 전부 우습게 보이는 것일 수도 있지."

그것은 위험한 일이었다.

황제보다 더 큰 권세를 가지고 있다 해도 과언이 아닌 왕진. 그런 그가 그릇된 판단을 하면 그 피해는 만백성에게 미칠 것이었다.

진평은 이를 갈았다.

"환관 한 놈의 재물욕심 때문에 나라가 망해선 안 됩니다. 어찌하여 그런 자가 아직도 숨을 쉬고 있는지……."

우겸이 자조적인 어조로 말했다.

"곳간을 맡겨 놓으면 그게 자기 것인 줄 알고 파먹는 쥐새끼가 늘 생기기 마련이지."

진평이 잠시 생각한 후 말했다.

"혹시, 저들은 장군님이 경사에 안 계신 지금을 노리고 일을 추진하려는 것 아닐까요?"

우겸도 그게 걱정이었다.

자기가 조정에 있었다면 어리석은 짓을 막기 위해 가능한 모든 방책을 동원했겠지만, 지금은 황명을 받고 나온 상태이다 보니 임무를 완수하기 전까지는 돌아갈 수 없었다.

"여기서 시간을 오래 끌 수 없네."

"알겠습니다. 서두르겠습니다."

진평은 바로 군영을 나와 영은사로 돌아갔다.

# 제4장 반격

진평의 보고를 받은 원각대사는 몹시 기뻐했다.

"정말 대단한 일을 해내셨습니다!"

마교와 싸우는 데 있어 관의 불필요한 오해를 없애는 것만도 쉽지 않은 일인데 관과 합동작전을 하게 되었다니 이보다 더 좋을 수 없었다.

마교 잔당도 척결하고 반란군도 제압한다면 천하를 위해 큰 근심을 덜 수 있을 것이었다.

소문이 퍼지자 무림맹 군웅들도 다들 기뻐했다.

진평은 자기 거처에서 따로 모임을 가지고 홍패는 수로맹, 마충과 왕립은 관군, 구재원은 무림맹과의 연락책으로 정했다. 홍패는 본래 수적 출신이고, 구재원은 뇌전대원이며, 마충과 왕립은 성왕부 무사 출신이기 때문에 관리를 대하는 데 익숙해서 저마다 역할을 충실히 해 줄 것으로 기대되었다.

진평은 설가영을 본혈방의 새 총단이 있는 양주로 보냈다. 호법 정려군을 불러오기 위함이었다. 그녀까지 가세시킬 정도로 이번 전쟁에 임하는 진평의 각오는 결연했다.

진평은 또한 장계상에게 진감호와 섭종유 진영에 대한 정밀 정찰을 지시했다. 동창이 모두 빠져나간 다음이라 기린맹 첩자들은 자유롭게 반란군 진영을 드나들 수 있었다.

그런데 의외의 상황이 발생했다.

진평의 거처에 방문객이 줄을 선 것이다.

그것은 상당히 번거로운 일이었다.

구파일방은 덜한데, 세가들은 새벽부터 찾아와 귀찮게 했다. 회피패(回避牌)를 걸어도 마찬가지였다.

세가들이 호림공에게 줄을 대려고 애쓰는 데는 이유가 있었다. 병부시랑 우겸과 보통 사이가 아니라는 소문이 퍼진 것이다.

진평이 우겸의 군막에서 오랜 시간 머문 것을 본 군영의 누군가가 자기 가문에 알린 것이 한 입, 두 입 건너면서 세가들 사이에 널리 알려지게 된 것이다.

무림맹이 관군과 협조하기로 했다는 사실은 이미 확인

되었으니 그 핵심 역할을 한 진평이 병부의 실권자와 긴밀한 사이라는 소문은 힘을 얻을 수밖에 없었다.

세가들은 척마멸사의 명분으로 무림맹에 참여하긴 했지만, 세력가와 친해질 기회가 있다면 잡지 않을 이유가 없었다.

그래서 진평에게 얼굴도장을 찍으려고 몰려오는 것이었다.

무림맹주 원각대사의 거처보다 진평이 머무는 객사 쪽에 사람이 더 많았다.

홍패가 창밖을 내다본 후 키득거렸다.

"비싼 선물 가져온 순서로 줄을 세울까요? 히히!"

진평은 가볍게 미소 지은 후 말했다.

"네가 맡아서 뇌전대 훈련시간을 빼고 적당히 시간을 나누어 약속을 정하도록 해. 서서 기다리는 모습은 보기 좋지 않으니까."

홍패가 의외라는 표정으로 물었다.

"저들을 다 만나주실 겁니까?"

"만나야지."

"전 형님이 피하실 줄 알았는데요?"

"이번엔 그럴 수 없어."

본혈방 방주 입장이라면 외인 만나기를 꺼려하겠지만, 지금 그의 역할은 관군과 무림맹의 연합을 공고히 하는 것이었다.

세가들에게 권력에 가까이 다가선다는 느낌을 가지게 해 줌으로써 전투력을 끌어 올릴 수 있다면 마다할 이유가 없었다.

접견은 지루했다.

속이 들여다보이는 인사말과 과장된 영웅담, 걸리는 대로 병부의 관리들을 거명하면서 호의를 부탁하는 얘기들이 세가마다 반복되었다.

진평은 구재원을 불러 계속 옆에 앉혀 두었고, 손님들과 시종 온화한 얼굴로 대화를 나누었다.

예전의 그 같았으면 짜증을 냈을 상대도 있었지만 오히려 측은지심이 일어 더 진지하게 얘기를 들어 주었다.

포용력이 늘어난 것이 일의 중대성 때문인지, 아니면 내공증진으로 인한 심기(心氣)의 변화 때문인지는 확실하지 않았다. 분명한 차이는 무공뿐만 아니라 감정의 흐름과 대인관계에도 여유가 많이 생겼다는 것이다.

설가영이 정려군과 함께 돌아오면서, 진평은 오랜만에 당가에서 선물한 철적을 다시 잡을 수 있었다.

단지 움켜쥐는 것만으로도 우웅! 하고 우는 소리를 내는 것으로 보아 자신과 상성이 잘 맞는다는 생각이 거듭 들었다.

설가영이 말했다.

"형님, 한 곡조 불어 주세요."

"나중에."

"나중 언제요?"

"반란군 토벌이 끝난 뒤에."

설가영은 다시 졸랐지만 진평은 음률에 취할 기분이 아니었다.

그는 마충을 보내 먼저 통보를 한 후 그동안 모은 정보들을 가지고 직접 관군 진영으로 갔다.

곧바로 회의가 소집되었고 우겸과 성왕, 진평과 장해가 긴장한 표정으로 지도 주위에 둘러앉았다.

진평이 보고를 마치자 지리를 잘 아는 장해가 상세한 보조설명을 했다.

성왕과 우겸은 듣고만 있었다.

성왕은 참관인이기 때문에 애당초 발언할 생각이 없었고, 우겸은 머릿속으로 전략을 구상하느라 바빴던 것이다.

우겸이 진평에게 물었다.

"호림공은 어떻게 생각하시오?"

단둘만 있을 때는 사위라고 부르지만 다른 사람, 특히 성왕의 옆에서는 그 호칭을 쓰지 않았다.

진평이 지도 상의 두 지점을 번갈아 가리키며 말했다.

"이곳과 이곳에 적의 군량이 숨겨져 있음을 확인했습니

다. 일시를 정하여 동시에 기습하면 반란군의 본진은 크게 흔들릴 것입니다."

"흐음…… 기습이라."

"교만한 적에게 제대로 한 방 먹여 줄 수 있을 겁니다."

"자신 있소?"

"운이 좋으면 군량을 전부 다 태우거나 빼앗을 수 있을 것이고, 상황이 여의치 않다고 해도 적을 흔들기에는 충분할 것입니다."

우겸은 천천히 고개를 끄덕였다. 그러나 그의 표정이 끝내 펴지지 않는 것을 보고 성왕이 물었다.

"뭔가 마음에 걸리는 일이 있으십니까?"

"예, 전하. 섭종유와 진감호는 함께 반란을 일으켰습니다. 하지만 들어온 정보를 종합해 보건대, 병력을 합치지 않고 있습니다. 군대를 따로 운용하는 이유가 무엇인지 알 수 없어 마음 한구석에 불안감이 남아 있습니다."

그 이유는 진평이 알았다.

"진감호가 섭종유를 믿지 못하기 때문입니다."

"그게 무슨 뜻이오?"

진평은 아는 바를 얘기했다.

"섭종유는 본래 성정이 포악하고 화급합니다. 진감호는 그런 그의 모사로서 반군을 지휘할 생각이었는데, 마교가 가세하면서 많은 것이 달라졌습니다. 섭종유 입장에선 진감호의 간섭에 시달리지 않고도 진영에 머리 좋은 모사와 경륜 있는 지휘관들을 많이 거느리게 된 것이지요."

"그래서 진감호가 순순히 물러섰단 말이오?"

"그는 섭종유와 달리 생각이 많고 심계가 깊은 인물입니다. 그가 두려워하는 것은 아마 마교에게 먹힐 가능성 때문일 것입니다."

"마교에 먹힌다?"

"그렇습니다. 마교 교주의 무공이 자기 예상보다 뛰어나다는 사실을 알게 된 것이지요. 그가 요상을 마치고 복귀하면 반란의 주인이 섭종유에서 동악율로 바뀔 가능성이 크다고 보기 때문에 따로 움직이는 것입니다."

"으음…… 그렇군요."

성왕이 진평에게 물었다.

"그대는 그런 사실들을 어떻게 알게 되었소?"

군대의 배치 정보를 알아낸 건 그렇다 쳐도, 수괴의 심리 상태까지 파악한 건 의외였다.

진평은 적당히 둘러댔다.

"수로맹에서 진감호 진영에 첩자를 여러 명 잠입시켰습니다. 그들을 통해 알게 된 일들입니다."

자기와 진감호가 사촌 간이라는 사실이 밝혀지면 불필요한 오해가 생기고, 모처럼 준비된 합동작전도 틀어질 수 있었다.

마음 한구석에 남아 있던 의문을 해소한 우겸은 적극적인 모습을 보였다.

"호림공이 날짜를 정하시오. 우리 군은 거기에 맞추겠소."

"좋습니다. 따로 전령을 보내겠습니다."

성왕은 자기를 못 믿어서 그런다는 생각에 살짝 섭섭한 마음이 들었다. 그러나 군문의 일이라는 게 본래 비밀을 중시하는 것이니 이해할 수밖에 없었다.

수로맹은 형안호(淳安湖)에 집결하고 있었다.

절강과 복건의 경계에 자리 잡은 데다 동으로는 항주, 서로는 장강과 이어져 있기 때문에 언제든 원하는 곳으로 병력을 보낼 수 있었다.

홍패를 통해 진평의 밀지를 받은 곽예걸은 채주들을 전부 한자리에 모은 후 말했다.

"이번 전쟁은 나의 원한을 씻기 위한 것이다. 너희는 앞으로 만나는 모든 적을 죽이고, 그들의 무기와 갑주, 기치와 군량을 약탈하라! 그 양에 따라 나중에 따로 상을 내릴 것이다. 한 가지 명심할 일은, 칼끝에 추호의 인정도 남겨 두어서는 안 된다는 것이다!"

"명에 따르겠습니다!"

채주들은 평소 곽예걸을 두려워했다.

무공도 무공이거니와 사사로움에 얽매이지 않고 규율을 엄격히 적용했기 때문이다.

동시에 그를 좋아하기도 했는데, 그것은 벌을 약속했을 때 아무리 총애하던 채주라고 해도 반드시 벌을 내리는 것과 마찬가지로, 상을 약속하면 반드시 그 상을 주었기 때문이다.

온통 흰빛 일색의 전포를 차려입고 머리엔 흰 두건까지 두른 수로맹주가 복수를 하겠다고 나섰으니, 수로맹 채주와 졸개들 입장에선 기꺼이 목숨을 걸고 함께 싸울 의욕에 불타올랐다.

장강수로맹 전력의 거의 절반 가까이가 집결한 형안호.

날이 어두워지자 배들이 서서히 움직였고 이튿날 아침엔 호수 위에 단 한 척의 배도 남아 있지 않았다.

무림맹의 목표는 서안령(西岸嶺)이었다.

그곳에 반군의 군량과 보급품이 가장 많이 집결되어 있는 것은 굳건한 요새 때문이었다.

방산관(方山關)은 바위 능선을 따라 돌로 성벽을 쌓았기 때문에 공격하는 입장에선 한없이 힘들고, 수비하는 입장에선 훤히 내려다보이는 적을 향해 화살만 쏘면 되는 천혜의 관문이었다.

전략적 중요성에 걸맞게 방비도 튼튼했다.

기린맹의 정찰 결과 궁수와 보병만 오천이 넘었고 수백기의 기병까지 배치되어 있었다.

거기에 더해 요소를 지키는 무림 고수들이 발견되었다. 마교 잔당이 요충지를 선택하는 일과 방어하는 일 모두에 도움을 주는 것이었다.

진평은 뇌전대와 함께 먼저 출발했고, 무림맹 본진은 하루 뒤에 서안령으로 향했다.

진평과 뇌전대는 산을 멀리 우회하여 방산관의 배후로 침투했다.

애당초 길도 없는 절벽이라 경공에 뛰어난 뇌전대원들 중에도 발을 헛디디거나 미끄러지는 사람이 속출했다.

그런 험난한 경로를 택한 것은 마교의 파수꾼들이 의외의 지점에까지 촘촘히 배치되어 있었기 때문이다.

진평은 장계상이 그린 지도를 참고했지만 그것을 전적으로 믿지는 않았다.

기습을 완벽하게 성공시키려면 어떠한 실수도 용납할 수 없기 때문에 자신이 직접 선두에 나서서 전방을 살폈고, 안전이 확보된 뒤에야 비로소 밧줄을 늘어뜨려 뇌전대원들을 올라오게 하는 식으로 전진했다.

눈으로는 상대를 놓칠 수도 있지만, 기를 읽는 방법으로는 빠트리지 않고 찾아낼 수 있었다. 마교의 초병이 있으면 진평이 직접 가서 그를 제압했다.

그렇게 서안령의 북벽을 오른 진평과 뇌전대는 날이 어두워지기를 기다려 곧바로 공격을 시작했다.

펑!

꽈광!

사방에서 벽력탄들이 한꺼번에 터지자 반군은 정신을 못 차렸다. 저녁 먹을 준비를 하던 그들에겐 그야말로 마른하늘에 날벼락이었던 것이다.

반군이 우왕좌왕하는 사이 방산관 위쪽의 봉우리에서 수십 개의 밧줄들이 한꺼번에 떨어졌고 뇌전대원들이 관문 내부에 난입하기 시작했다.

진평은 함께 온 설가영, 삼목객, 정려군, 구재원, 곽완, 조병건, 당소민 등이 모두 전장에 뛰어든 이후에도 봉우리 위에 서 있었다.

그에겐 선봉으로 나서는 것보다 중요한 일이 있었다. 바로 마교의 고수를 찾아서 제압하는 일이었다.

싸움은 뇌전대에 유리하게 전개되고 있었다.

우선 기습이 성공하여 반군들의 넋이 나간 데다 무공에서도 차이가 컸기 때문에 숫자상의 우위는 별 위력을 발휘할 수 없었다.

그리고 산 아래쪽에 대기하던 무림맹 본진이 어떠한 공격도 받지 않고 올라와 안쪽에서 열어 준 관문을 통과함으로 인해 더욱 확고한 우위를 점하게 되었다.

무림맹의 수가 급격히 늘어나자 겁을 먹은 반군은 살길을 찾느라 바빴고 그나마 마교도로 추정되는 자들만 끝까지 남아 저항을 했다.

전장을 내려다보던 진평의 눈썹이 꿈틀거렸다.

이제까지 느낄 수 없던 고수의 기가 둘이나 한꺼번에 출현했기 때문이다.

진평은 그쪽을 향해 뛰어내렸다.

밧줄도 없이 십여 장이 넘는 높이를 하강한 진평은 마치 한 마리 학처럼 적의 앞에 부드럽게 착지했다.

두 마교 고수는 그런 진평을 보고 깜짝 놀랐다.

"네, 네놈은……!"

진평도 익히 아는 두 사람이었다.

"오랜만이군."

바로 마교 장로 심원교와 명왕각주 능산풍이었다.

심원교가 악에 받친 고함을 질렀다.

"잘 만났다! 네놈을 찢어 죽일 것이다!"

두 사람의 외모는 예전과 달라져 있었다.

심원교는 얼굴 근처에서 터진 벽력탄 때문에 심한 화상을 입었는데, 그 몰골이 끔찍하기 이를 데 없었다. 성한 쪽은 머리카락도 남아 있고 얼굴도 그대로이지만 화상을 입은 쪽은 녹고 일그러진 살갗이 흉측하게 드러나 있었다.

진평의 주의를 끈 것은 그녀 옆에 선 능산풍의 얼굴이었다. 그는 당시에 상처를 입은 적이 없었는데 지금 보니 얼굴이 온통 흉터투성이였고 한쪽 귀도 잘려 나가 있었다.

진평이 심원교에게 물었다.

"네가 저렇게 했느냐?"

잘린 귀에 이빨 자국 같은 형상이 남아 있어서 혹시나 하고 물어본 것이다.

심원교가 악 받친 소리로 말했다.

"흥! 내가 이 꼴이 되도록 내버려 둬 놓고, 자기만 성한 몰골을 유지하면 안 되지."

진평은 고개를 가로저었다.

그녀에게 광인 기질이 있다는 사실은 알고 있었지만 같은 편에게 이런 짓까지 한 것은 뜻밖이었다.

능산풍은 원한 가득한 눈으로 진평을 노려봤다.

차마 심원교에게로는 향하지 못하는 원망과 분노를 진평 쪽으로 돌리는 모습이었다.

그는 일월쌍권(日月雙圈)을 꺼내어 들었다.

진평과 여러 번 싸워 봤기 때문에 처음부터 전력을 다하지 않으면 안 된다는 사실을 잘 알고 있었다.

진평은 그들과의 싸움을 서두르지 않았다.

"교주는 어디 있지?"

그 물음에 심원교와 능산풍의 얼굴에 긴장의 빛이 스쳤다.

"곧 죽을 놈이 그건 알아서 뭐 하려고?"

진평은 두 사람을 번갈아 본 후 말했다.

"얼굴이 그 꼴이 되고 나니까 표정을 알아보기 힘들구나. 그래도 한 가지 사실은 짐작하기 어렵지 않군. 교주가 이곳에 있는 거지?"

"허, 헛소리하지 마라!"

심원교가 득달같이 몸을 날렸다.

동시에 능산풍의 일월쌍권도 날카로운 파공음과 함께 진평의 요혈을 향해 날아왔다.

진평은 철적을 뽑아 쌍권을 쳐 냄과 동시에 어깨를 비틀어 심원교의 일장을 흘렸다.

심원교는 손목이 진평의 어깨에 걸리자 즉시 장(掌)을 지(指)로 바꾸어 견정혈을 찌르려 했다. 고수다운 변초였고 몹시 위협적인 공격이었다.

그런데 바로 그 순간 진평의 어깨가 반탄력을 일으켰다.

"으윽……!"

심원교는 신음을 토하며 몸을 회전시켰다.

멀찍이 서너 바퀴를 돈 후에야 겨우 균형을 잡은 그녀는 욱신거리는 손목을 어루만졌다.

몸을 회전시켜 힘을 흘리지 않았다면 필경 손목이 부러졌을 만큼 강력한 반탄력이었다.

"어, 어떻게 이런……."

심원교는 그 한 번의 손 나눔을 통해 진평이 예전의 그가 아니라는 사실을 알아차렸다.

진평도 느낀 바가 있었다.

깨달음 이후 장지균과의 대결에선 뭔가 미진함이 있었는데 심원교와 겨뤄 보니까 차이점을 확연히 알 수 있었다.

적어도 한두 계단 이상 올라선 느낌.

그것은 곧장 자신감으로 이어졌다.

"무얼 그리 서두르나? 교주에 대해 좀 더 얘기해 보자고. 몸은 다 낫나 모르겠군."

"흥! 교주님이 너 같은 줄 아느냐? 숭산을 내려오시면서 이미 다 나으셨다."

"그렇다면 어째서 이 궁벽한 곳까지 도망쳐 와서 숨어 지내는 거지?"

심원교는 발끈했다.

"누가 도망을 쳤단 말이냐?"

"절강과 복건이라면 중원에서 너무 멀지 않은가? 게다가 섭종유 정도의 인물에게 충성을 바치는 모습도 우습고."

"흥! 너는 권토중래(捲土重來)라는 말도 모르느냐? 그리고 누가 누구에게 충성을 바친단 말이냐?"

진평은 미소를 지었다.

"권토중래라. 내상을 치료하는 것이 아니라 무슨 신공이라도 익히느라 시간이 필요한 모양이군."

"무, 무슨 소리를 하는 거냐?"

"섭종유가 너희의 속내를 알면 꽤 충격을 받겠구나. 교주의 신공이 완성되는 날 충성을 바치는 방향이 뒤바뀔 테니까 말이다."

심원교는 당황했다. 그리고 자신의 실언을 덮기 위해서는 진평을 죽여야 한다 생각하고 내공을 끌어 올리기 시작했다.

그녀의 피부가 붉은빛을 띠는가 싶더니 등 뒤로 일곱 자루 단검이 한꺼번에 떠올라 공중에서 원을 이루었다.

"키히히…… 죽어랏!"

눈빛까지 변한 심원교의 입에서 괴소가 새어 나왔고, 동시에 단검들이 푸른 선을 그으며 종횡으로 날아가기 시작했다.

진평은 지난번에 이 수법에 걸려 꽤 고생을 한 적이 있었다. 그러나 지금은 달랐다.

예전엔 화살보다 빠른 단검들을 막고 쳐 내기에 바빴지만 지금은 그녀와 단검 사이에 이어진 기를 읽을 수 있었다.

단검이 아무리 빠른 속도로 날아도 결국 그녀의 의지에 따르는 것이니, 예전처럼 허둥대며 시각에만 의존하지 않아도 되었다.

잠깐 사이에 수십 번의 굉음과 함께 진평의 철적이 단검들을 쳐 내자 심원교는 악을 쓰며 단검들을 더 빨리 움직였다.

싸움이 워낙 무시무시하게 펼쳐지다 보니 다가와서 구경하는 무림맹 사람들의 수가 점점 늘었다.

이미 방산관 전투의 승패는 기울었기 때문에 달아나는 패잔병과 마교 잔당들을 쫓기보다는 진평과 마녀의 대결이 더 흥미로웠던 것이다.

심원교의 내공이 더욱 집중되자 단검에 실린 경력도 증대되었고, 진평이 쳐 낼 때마다 튕겨 나는 범위도 확장되어서 구경꾼들은 멀찍이 물러서야만 했다.

무림맹 사람들은 진평의 무위에 찬탄을 금치 못했다.

심원교의 일곱 자루 단검 공격은 가히 절세 고수 일곱 명이 협공을 하는 거나 마찬가지였다.

무림맹엔 고수가 많지만, 그들 중 현재 진평이 선 위치에서 심원교의 공격을 막아 낼 수 있다고 자신할 사람은 한 명도 없었다.

그러나 진평은 당당히 맞서고 있었다.

한 걸음씩 심원교를 향해 다가서는 그의 움직임에선 여유로움마저 느껴질 정도였다.

원각대사를 비롯하여 무공이 높은 사람일수록 진평이

보여 주는 신위가 얼마나 대단한 것인지 절감할 수 있었다.

심원교는 잠재력을 끌어 올리는 사법(邪法)을 펼친 상태라 이성이 마비된 상태였다.

그럼에도 불구하고 그녀는 진평이 다가올 때마다 뒷걸음질을 쳤다. 그녀의 본능이 두려움을 느끼는 것이었다.

진평은 단순히 단검을 쳐 내기만 하는 것이 아니라 단검과 그녀 사이에 이어진 기의 끈을 주의 깊게 관찰했다.

처음엔 막연했지만 시간이 지나면서 조금씩 감을 잡게 되었고, 급기야는 단검에 자신의 의지를 얹는 게 가능해졌다.

인월신공을 자유롭게 내뻗고 거두어들이는 게 가능한 진평으로서는 심원교의 단검을 움직이는 것쯤 그다지 어려운 일이 아니었다.

일곱 자루 단검 중 한 자루가 갑자기 심원교를 향해 날아가자 그녀는 화들짝 놀라 몸을 피했고, 다른 단검 두 자루를 불러와 그 한 자루의 단검으로부터 자신을 지키려 했다.

그렇게 집중이 흐트러지자 진평의 의지를 따르는 단검의 수는 두 자루, 세 자루로 계속 늘어났다.

"꺄아악……!"

궁지에 몰려 어찌할 바를 모르게 된 심원교는 괴성을 질렸고, 그녀의 몸에 일곱 자루 단검이 연달아 박혔다.

심원교가 나무 둥치처럼 쿵! 소리를 내며 쓰러지자 무림맹 진영에선 커다란 환호성이 터져 나왔다.

마지막 상황은 고수가 아니더라도 어떻게 된 일인지 다들 알 수 있었다.

말로만 듣던 이기어검술을 무려 일곱 개로 나누어 시전하던 마녀가 도리어 자기 검에 당한 것은, 바로 진평이 훨씬 더 강한 내공으로 이기어검술을 펼쳤기 때문이다.

같은 편에 그런 고명한 수법을 쓸 줄 아는 고수가 있다는 것은 무림맹 구성원 모두에게 큰 의미로 다가왔다.

방산관을 중심으로 서안령 일대엔 승리의 함성이 한참 동안 이어져서 골짜기마다 메아리를 만들었다.

진평은 주변을 둘러보다가 살짝 미간을 찌푸렸다.

심원교와 상대하는 사이 능산풍이 사라져 버린 것이다.

진평이 큰 소리로 말했다.

"주변을 샅샅이 뒤지십시오! 마교도들이 달아난 비밀 통로가 있을 것입니다!"

횃불과 관솔불이 있는 대로 밝혀지고 대대적인 수색이 시작되었다.

진평은 그동안 동료들의 생존과 부상 여부를 확인했다.

설가영은 삼목객, 정려군 등과 함께 있었기 때문에 다친 곳이 전혀 없었다. 하지만 옷 여기저기에 묻은 피를 보면 안전하게 뒤에만 있지는 않은 것 같았다.

선두에 나서서 싸우느라 적의 피가 묻은 것이다.

정려군이 진평에게 말했다.

"축하드립니다."

방주의 무공 수위는 그녀가 누구보다 잘 알고 있었다.

그런데 심원교와 싸우는 광경을 보고 그녀는 자신이 가지고 있던 생각을 수정해야 했다.

그것은 확실히 축하할 만한 일이었다.

진평은 목례와 함께 미소를 지어 보였다.

"나중에 이야기할 시간을 마련하겠습니다."

자신이 체득한 묘의를 전수해 주겠다는 뜻이었다.

"감사합니다."

설가영이 빠질 수 없었다.

"형님, 그때 저도 끼워 주셔야 해요."

"물론이지."

그때는 부부가 된 이후이니 모든 일을 함께하는 게 당연할 것이었다.

'부부라…….'

생각하니 절로 미소가 지어졌다.

그전에, 진평의 마음에 걸리는 일이 두 가지 있었다.

하나는 사촌 형이고, 다른 하나는 마교 교주였다.

깨달음과 내공 증진을 통해 이전보다 무공이 고강해진

것은 분명한 사실이지만 그것이 동악율보다 강해졌다는 증거는 아니었다.

소림사에서 겨룰 때, 진평은 자신의 한계까지 끌어냈지만 동악율은 여유가 있었다.

세 사람이 협공하고, 특이한 수법을 의외의 순간에 적중시켰기 때문에 그에게 부상을 입힐 수 있었을 뿐, 그 대결의 결과를 묻는다면 패배라고 하는 게 옳았다.

지금 다시 싸운다면 과연 이길 수 있을까?

그것이 진평이 가진 의문이었다.

상대도 전력을 다한다면, 새로운 신공까지 익혔다면 자신이 질 수도 있는 문제였다.

만약 자기가 죽고 마교 교주가 살아남는다면 오늘 자신이 앞장서서 방산관을 수월하게 점령했듯이 도로 빼앗길 수도 있었다.

그때, 관문의 한쪽 구석이 갑자기 소란스러워졌다.

"여기 이상한 발자국이 있습니다!"

진평이 가보니 뇌전대원 중 한 명이 횃불로 발자국을 가리켰다. 뒤보다 앞이 깊이 파인 것으로 보아 도약을 한 게 분명한데, 향한 방향엔 석벽이 있었다.

뇌전대원들은 불을 밝히고 석벽을 가린 덩굴들을 걷어냈다. 그러자 은밀하게 숨겨져 있던 동굴이 모습을 드러냈다.

"문입니다."

철판을 덧댄 나무 문짝을 뜯어내고 안으로 들어가 보니 긴 통로가 이어져 있었다.

진평은 선두에 서서 진입했다.

통로 좌우로 크고 작은 석실들이 있었는데 선반을 올린 방도 있고 침상이 놓인 방도 있었다.

마교도들이 은신처로 쓴 게 분명했다. 여기저기 물건들이 어질러진 것은 급히 빠져나간 흔적으로 보였다.

통로의 끝은 아래쪽으로 한참이나 이어졌다.

그러나 통로가 끝나는 곳까지 모든 석실을 다 뒤져도 사람의 흔적은 찾을 수 없었다.

구재원이 진평에게 물었다.

"추격대를 조직할까요?"

진평은 고개를 가로저었다.

"이 정도로 깔끔하게 철수한 걸 보면 준비가 되어 있었던 것이 분명해. 이제 와서 따라간다고 해도 잡을 수 없을 거야."

진평은 석실들 중 가장 넓은 곳으로 되돌아갔다.

횃불을 들어 살펴보니 석실 벽에 온통 흔적들이 남아 있었다. 정을 대고 망치로 쳐서 깎아낸 것 같은 인공의 흔적들. 진평은 그게 도구로 만든 자국이 아님을 알 수 있었다.

이곳에서 동악율이 뭔가 연공을 한 게 분명했다.

싸우지 않고 달아난 것은 아직 완성이 덜 되었다는 의미로 받아들일 수 있었다.

진평은 심호흡을 한 차례 했다.

더 강해진 동악율을 상상하니까 두려움과 호승심이 동시에 일어나서 심장박동 수를 상승시켰다.

그것은 나쁘지만은 않은 기분이었다.

*　　*　　*

진평과 뇌전대, 그리고 무림맹이 서안령의 방산관을 점령하는 동안 다른 곳에서도 전투가 벌어지고 있었다.

거포진(巨逋津)에는 반군의 또 다른 군량고가 있었다.

수송이 용이한 강변에 자리 잡고 있기 때문에 각처에서 약탈한 곡식들을 일차적으로 모아 두는 장소였다.

해가 지고 사방이 어둠에 잠길 무렵 수로맹 소속의 쾌속선 수백 척이 거포진으로 몰려들었다.

반군은 거포진 군량고의 전략적 중요성을 잘 알기 때문에 다른 어느 곳보다 경계를 삼엄하게 하는 중이었다. 그래서 이상 징후를 발견하는 즉시 전군에 비상령을 내리고 병력을 나루터로 집중시켰다.

그러나 수로맹 배들은 강상에 뜬 상태로 더 이상 접근

하지 않았다. 그리고 첫 접전은 엉뚱한 곳에서 시작되었다.

나루터와 정반대 방향에서 일지군이 공격해 온 것이다.

반군 지휘관은 적의 수가 많지 않은 것을 확인하고 예비 병력을 투입했는데 놀라운 보고가 잇달아 들어왔다.

병력을 보내는 족족 전멸당하고 있다는 것이다.

배후를 친 부대는 바로 석위와 복운표국의 제자들이었다.

"모조리 죽여라!"

석위가 선두에 섰고, 장진화를 비롯한 제자들이 좌우로 쐐기 모양의 돌격대형을 만들었다.

그들의 칼 앞에 반란군은 무기력하기 그지없었다.

보군(步軍)은 물론이고 기병이라 해도 말 다리부터 자르고 보는 그들을 당해 내지 못했다.

결국 반군 지휘관은 나루터로 나갔던 병력 중 일부를 후방으로 돌릴 수밖에 없었다.

곽예걸은 기회를 놓치지 않고 공격명령을 내렸다.

수적들은 우선 자신 있는 화살 공격부터 퍼부은 후에 상륙하여 반군의 흐트러진 진형을 유린했다.

거포진의 군량고는 험준한 산맥이나 높은 담으로 보호되는 곳이 아니었다.

언덕 위에 수십 개의 대형 군막을 세우고 목책을 둘러 방어하는 정도에 불과했다.

수로맹과 석위의 부대가 양쪽에서 치고 들어가자 방어선은 오래 버티지 못하고 뚫렸다.

일단 무너진 진형은 다시 복구되지 않았다. 반란군의 훈련 상태가 그 정도에까지는 이르지 못했던 것이다.

대형이 흐트러진 반군은 죽거나 달아나기 바빴고, 한 시진 정도가 지난 후 전투도 끝을 맺었다.

사방엔 온통 반군의 시체가 즐비했다.

곽예걸은 군량고에 있는 수레들을 총동원하여 실을 수 있는 물건은 전부 나루터로 옮기도록 했다.

완전한 승리를 거둔 터라 작업은 넉넉하고 여유 있기 이루어졌다.

배가 무거워져서 더 이상 실을 수 없을 때까지 들어내고 남은 군량들은 어유를 뿌린 후 불을 붙여 모두 태워 버렸다.

반란군이 쓰지 못하도록 한 것이다.

군량고의 위급함을 보고받은 반군의 기병들이 달려온 것은 인시(寅時) 무렵.

그러나 그때는 이미 군막들 모두가 잿더미로 변한 다음이었고, 수로맹의 배는 단 한 척도 남아 있지 않았다.

*　　*　　*

관군도 가만히 있지 않았다.

약속한 일시가 되자 우겸은 전군에 출진명령을 내렸다.

기병이 선두에 나서 반란군의 초계 부대들을 박살 내며 길을 열었고, 그 길을 따라 본진이 쉬지 않고 남서진하여 청전현 앞에 이르러 진형을 갖추었다.

이미 한 번 왔다가 퇴각한 경험이 있는 곳이지만 예전과는 모든 것이 달랐다.

방산관을 빼앗기고 거포진의 군량을 태워 먹은 반군은 크게 동요하는 중이었고, 반대로 같은 소식을 들은 관군의 사기는 하늘을 찌를 듯했다.

우겸은 시간을 지체하지 않고 공격명령을 내렸다.

청전현의 성벽이 한꺼번에 들이치는 관군 이만 명을 감당할 정도로 높고 단단한 것은 아니었다.

결국 반군은 한나절 만에 성을 포기하고 달아났다.

관군은 승전가를 부르며 입성한 후 우선 백성들부터 돌보고 위로했다.

# 제5장
# 용을 구하다

청전현의 관아.

반군이 관리들을 모두 죽이고 주둔하던 장소이다 보니 지금은 온통 부서지고 텅 비어서 마치 흉가 같았다.

그러나 정청(政廳) 쪽은 분위기가 좋았다.

승전을 축하하는 조촐한 연회가 열린 것이다.

참석한 사람은 우겸과 성왕, 그리고 진평 세 사람이었다.

청전현을 빼앗았음에도 불구하고 우겸은 군사들에게 술을 나누어 주지 않았다. 오히려 이튿날 새벽밥을 먹고 곧바로 출진할 수 있도록 일찍 잠자리에 들라는 명령을 내려놓은 상태였다.

반란군을 상대로 고작 현 하나 되찾았다고 해서 벌써 쉴 생각은 없었던 것이다.

성왕이 우겸에게 잔을 권하며 말했다.

"오늘 정말 장군님의 용병술에 감탄했습니다."

우겸은 겸양했다.

"감당할 수 없습니다."

"아닙니다! 그동안 계속 군영만 지키고 있다가 한 번 떨쳐 일어남으로써 단숨에 적진을 유린하고 성까지 빼앗지 않았습니까. 마치 날개를 펴면 구만리를 날아간 뒤에야 쉰다는 대붕과 같았습니다."

우겸은 손을 내저었다.

"군문에서 흔히 있는 일입니다. 전쟁이란 본시 기세를 중시하는데 그것을 놓치지 않은 것뿐입니다."

그러나 성왕은 여전히 들떠 있었다.

그동안 말로만 듣던 전쟁에 직접 참관하면서 기대감이 컸던 게 사실이었다. 그러나 우겸이 보여 준 것은 적에게 화살 한 대 날려 보지 않고 퇴각하는 모습뿐이었다.

그때는 겉으로 드러내어 말하지는 않았지만 우겸이 소심하다는 생각까지 했었다.

그러나 오늘의 진격을 함께하고 보니, 시간이 한참 지난 뒤에도 가슴의 두근거림이 멈추지 않았다.

상상만 하던 진짜 전쟁을 제대로 경험한 것이다.

우겸이 진평에게 물었다.

"방산관은 어떻소?"

"군량과 무기가 넉넉하게 비치되어 있습니다. 무림맹이 영은사로 돌아가지 않고 그곳에 머무는 방안을 고려하는 중입니다."

"아! 그거 좋은 생각이오. 요충지를 장악하고 있으면 반군이 계속 부담을 느낄 테니까 말이오."

"예. 저희도 그러기를 바라고 있습니다."

우겸은 술잔과 음식 접시를 모두 치우게 한 후 탁자에 지도를 펼치고 장해를 불러오게 했다.

축하연을 끝내고 작전 회의에 돌입한 것이다.

다음 목표는 반군이 얼마 전에 점령한 문성현이었다.

장해는 문성현의 방어 시설이 청전현만 못하다는 사실을 보고했고 진격로도 서너 개 정도를 제안했다.

진평이 돕기를 자청하고 나섰다.

"장군님이 길을 정하시면 무림맹 병력 일부로 나머지 길 하나를 맡아 따라가겠습니다."

"고맙소."

그러자 성왕이 말했다.

"장군님, 이번 전투엔 저도 참가하고 싶습니다."

"예. 저와 함께 중군을 지휘하시면 될 것입니다."

"아닙니다. 장군님을 따라다니는 것 말고 제가 지휘관이 되어 직접 부대를 움직여보고 싶습니다."

우겸은 선뜻 대답을 하지 못했다.

성왕이 현명하고 결단력도 있다는 사실을 알지만 군대를 지휘하는 것은 많은 경험을 필요로 했다.

일조일석에 배울 수 있는 일이 아니었다.

우겸이 대답하지 않자 성왕은 그 뜻을 알아차렸다.

"저는 어려서부터 경전 못지않게 병서도 많이 읽었습니다. 게다가 이번에 저를 따라 종군한 가신들 중에 군문 출신도 많이 있습니다."

우겸은 잠시 생각한 후 말했다.

"그렇다면 기병 오백과 보군 이천을 내어드릴 테니 이쪽 길을 따라 우익을 맡아 주십시오."

"고맙습니다!"

성왕은 어린아이처럼 좋아하며 우겸이 가리켰던 지도 위의 경로를 거듭 확인했다.

우겸은 진평과 시선을 교환했다.

진평의 표정엔 우려의 기운이 담겨 있었지만, 우겸은 승리의 기세를 몰아 문성현까지 단번에 점령할 자신이 있었다.

그래서 한 번쯤 성왕의 기분을 맞춰주는 것도 무방하다고 생각했다.

이튿날 이른 아침.

관군은 문성현을 향해 진격을 개시했다.

지리에 익숙한 장해가 선봉을 맡았고 우겸은 중군을, 그리고 진평과 뇌전대는 방산관에서 따로 출발하여 나중에 합류하기로 했다.

성왕의 부대는 맨 나중에 출발했다.

우겸이 따로 장수들을 불러 적의 주력 부대와 마주치지 않도록 행군 속도를 늦추라고 지시한 것이다.

성왕은 기치와 창검에 둘러싸여 진군하는 즐거움에 흠뻑 취했다. 기병 일부를 뽑아 척후병으로 내보내기도 하고, 자신이 직접 말을 달려 앞장서 보기도 했다.

한 가지 아쉬운 점은 정오가 지날 때까지 적은커녕 지나가는 행인조차 만나 보지 못했다는 사실이었다.

성왕은 행군 속도를 높이자고 채근했으나 보병이 대부분인지라 그다지 빨라지지 않았다.

그렇게 미시(未時)가 지날 무렵.

멀리서 깃발 펄럭이는 게 보였다.

이십여 명쯤 되어 보이는 한 무리의 병사들이 홍기를 들고 마주 다가오는 중이었다.

"적이다!"

성왕은 즉시 말을 달렸다.

드디어 제대로 된 전투를 할 수 있게 되었다는 사실에

심장은 뛰고, 손바닥엔 땀이 났다.

멧돼지 사냥 따위와 비교할 바가 아니었다.

성왕이 움직이자 양우건을 비롯한 가신들도 말을 달렸고, 기병들도 대형을 갖추며 성왕의 좌우를 호위하였다.

반란군 무리는 관군이 달려오는 것을 보고는 화들짝 놀라 도망치기 시작했다.

성왕은 그들을 놓칠까 봐 채찍을 연거푸 휘둘렀다.

"거기 서라!"

반란군 무리는 꽁지가 빠지게 언덕을 넘어 달아났고, 성왕의 기병들은 오래지 않아 그 언덕을 따라서 넘었다.

그리고 선두의 성왕은 깜짝 놀라 고삐를 잡아당겼다.

그의 앞에 펼쳐진 광경은 실로 충격적이었다. 언덕 너머 벌판에 반란군이 새까맣게 몰려 있었던 것이다.

그들은 관군을 발견하자마자 대뜸 화살부터 쏘았다.

"전하! 위험합니다!"

양우건이 급히 달려와 검으로 화살들을 쳐 내며 성왕을 보호했다. 성왕은 말머리를 돌렸는데, 아까와는 다른 의미로 손이 떨렸다.

그 떨림은 곧바로 전신으로 퍼져 나갔고 등줄기엔 식은 땀까지 흘러내렸다.

반란군은 진감호의 군사들이었다.

그들은 관군의 주력이 문성현으로 향했다는 사실을 알

고 역으로 청전현을 도로 빼앗기 위해 부대를 둘로 나누어 우회하는 중이었다.

반군 기병들은 곧바로 대열을 정비한 후 성왕 일행을 추격하기 시작했고, 보병들도 함성을 지르며 달려들었다.

식은땀을 흘리며 언덕을 넘은 성왕은 관군 보병들이 자기 뒤를 따라 달려오고 있는 광경을 보았다.

성왕은 즉시 명령을 내렸다.

"퇴각하라!"

언덕 위에서 보니 양측 병력의 차이가 확연히 비교되었다.

현재 관군의 수는 반란군의 삼분지 일도 되지 않기 때문에 퇴각을 결정하는 데 두 번 생각할 필요도 없었다.

성왕의 명령에 의아해하던 관군은 북소리와 함께 반란군이 언덕 위를 새까맣게 뒤덮으며 넘어오자 창을 거꾸로 쥐고 달아나기 시작했다.

성왕은 기가 막혔다.

"대형을 유지하라!"

목이 쉬어라 소리를 질렀지만 관군의 귀에는 들리지 않는 듯했다. 성왕의 가신들 중에 군관 출신이 있다고 해도 공식적인 지휘권이 주어진 게 아니다 보니 병사들을 독려하는 데 한계가 있었고, 정예병은 우겸이 다 뽑아간 것도 대오가 쉽게 무너지게 된 이유 중 하나였다.

기병이 합류하여 겨우 보병들을 진정시킬 무렵 곧바로 반란군 기병이 등 뒤로 들이닥쳤다.

성왕은 창을 들고 그들과 맞서 싸웠다.

계속 물러설 수만은 없다는 생각에 그동안 익힌 무공 실력을 발휘하기로 한 것이다. 그러나 말에 탄 채 무기를 휘두르는 것은 생각만큼 쉽지 않았다.

게다가 반란군은 성왕의 차림새를 주목했다.

"은빛 갑옷 입은 놈을 잡아라!"

"백마 탄 자를 놓치지 마라!"

적 기병과 화살 공격이 집중되자 성왕은 앞으로 나설 엄두도 내지 못했다. 양우건이 나서서 그를 보호하며 말했다.

"전하, 먼저 피하셔야 합니다."

"그럴 수는 없네!"

성왕은 결연한 어조로 말했다.

전공을 세우지는 못할망정, 병사들을 버려두고 장수만 몸을 피하는 짓은 절대로 할 수 없었다,

그가 고집을 부리자 양우건은 보다 효율적인 방어를 위해 적극적으로 적진을 향해 뛰어 들었다.

새파란 검광이 번뜩이면서 잠깐 사이에 기병 십여 명이 목숨을 잃자 반군의 기세도 주춤했다.

관군은 그 사이 진형을 다소나마 추슬렀다.

양우건이 적의 일진을 시살하는 것을 보고 두려워하던 마음이 진정되기도 했거니와, 살아남으려면 계속 등을 보일 수는 없다는 공감대가 형성된 것이다.

"놈들을 막아라!"

"물러서지 마라!"

그러나 관군의 반격은 잠시뿐.

반란군의 기병에 이어서 보병까지 들이닥치자 곧바로 열세에 처하게 되었다.

진평과 뇌전대, 그리고 무림맹 병력은 아침 일찍 출발 준비를 마쳤다.

목적지는 문성현이고, 임무는 관군을 돕는 것이었다.

진평은 출발 전에 늘 하던 대로 장계상으로부터 반군의 병력 배치 현황을 보고받았다.

그런데 한 가지 이상한 점이 있었다.

그는 지난 사나흘간의 배치 상황이 적힌 첩지를 꺼내어 비교해 보았다. 진평의 표정이 심각해지자 설가영이 물었다.

"왜 그러세요? 형님."

"병력이 사라졌어."

"당연하죠. 문성현이 떨어지게 생겼으니까 그리로 다들 집결했겠죠."

"아니. 그렇지 않아."

진감호는 이미 섭종유에게서 마음이 멀어진 상황.

그의 점령지를 함께 지켜 주기 위해 자기 병력의 손실을 감수할 리가 없었다.

진평이 단정적으로 말했다.

"청전현을 치려는 게 분명해."

설가영의 표정이 굳었다.

"거기엔 지금 수비 병력이 얼마 없는 것 아닌가요?"

"그러니까 최적의 공격 목표지."

"하지만, 진감호 단독으로 움직인다면 설령 청전현을 치는 데 성공한다고 해도 그곳을 지켜낼 만큼의 병력은 되지 않는 것 아닌가요?"

진평은 고개를 가로저었다.

"관군을 상대로 전공을 세우는 것만으로도 충분한 의미가 있지. 백성들에게 섭종유는 성을 빼앗기지만 자기는 되찾는다는 선전을 할 수도 있고. 현실적으로 관군의 군량만 털어 가도 큰 이익이 될 거야."

우겸이 신속한 진군을 선택한 것은 어느 정도의 위험은 감수하는 작전이기도 했다.

병력이 충분했다면 양쪽을 다 지켰겠지만, 그러지 못한 상황에선 선택한 한쪽에 집중할 수밖에 없었다.

반군 입장에서 당장 문성현이 떨어지게 생겼는데 청전현

을 노릴 여유는 없을 거라고 생각한 것이다.

그러나 진감호가 작정하고 배후를 노린다면 문제가 심각해질 수 있었다.

진평은 원각대사와 상의한 후 부대를 둘로 나누었다.

자신과 뇌전대는 서쪽 길, 나머지 무림맹 병력은 북서쪽 길을 통해 각각 청전현을 향해 가기로 한 것이다.

무림맹 간부들 사이에서 볼멘소리가 나왔다.

선봉에 서서 전공을 세우기에도 하루해가 짧다 할 판인데, 확실한 근거도 없이 짐작만으로 후방을 지키러 간다는 사실이 마음에 들지 않았던 것이다.

그러나 진평의 의지는 확고했다.

문성현을 치는 것은 관군만으로도 충분히 가능한 일이라 무림맹이 굳이 가세하지 않아도 되지만, 청전현을 지키는 일은 무림맹이 아니면 할 수 없는 일이기 때문이었다.

설령 자신의 예상이 틀려 헛걸음을 한다 해도 만약의 경우에 대비하는 게 바른 선택이라 할 수 있었다.

다행히 원각대사도 그런 진평의 의견에 동조했다. 공명에 욕심이 없다 보니 합리적인 판단을 할 수 있는 것이다.

진평은 뇌전대의 인원을 점고한 후 곧바로 출발했다.

경공이 가장 늦은 대원에 맞추어 속도를 정했는데, 가장 느리다고 해도 명문 무가 출신이다 보니 기병보다 훨씬 빠른 이동이 가능했다.

반나절을 달려도 반군은 보이지 않았다.

그러나 탁산 벌판을 지날 무렵 전방에 흙먼지가 보이기 시작했다.

누렇게 피어오른 먼지는 마치 구름이 땅에 내려앉기라도 한 듯 광범위한 지역을 뒤덮고 있었다.

대대적인 전투가 벌어지고 있는 게 분명했다.

포위된 쪽이 성왕의 부대라는 사실을 직감한 진평은 즉시 속도를 내어 전장으로 달려갔고, 그의 뒤를 따라 뇌전대원들도 마치 경공 대결이라도 벌이듯 몸을 날리기 시작했다.

진평은 한 번 도약할 때마다 십여 장씩을 날아올랐기 때문에 뇌전대원들 중 누구도 그와의 간격을 좁히지 못했다.

진평은 공중에 뜰 때마다 깃발들을 살폈다.

홍기를 든 자들은 진감호의 병력이 분명한데 대장기가 없는 것으로 보아 본진은 아닌 듯했다.

관군의 기는 찾아볼 수 없었다.

아직 전멸당한 것은 아니지만 그에 준하는 상황에 놓였다고 할 수 있었다.

관군과 반란군이 온통 뒤섞인 난전,

진평은 성왕의 위치를 알아내려 했지만 흙먼지 때문에 시야가 제한되었다.

잠시 방법을 궁리한 그는 철적을 입에 대고 불었다.

함성과 비명, 북소리와 징소리로 가득한 전장이지만 진평의 피리 소리는 날카로운 고음으로 그 모든 잡음들을 뚫고 퍼져 나갔다.

그리고 얼마 지나지 않아 한쪽에서 장소성이 들려왔다.

진평은 철적을 입에서 떼었다.

장소성은 누구라도 낼 수 있지만 그 소리는 달랐다.

자신의 음률에 음률로서 대답할 수 있는 단 한 사람.

양우건이 내는 소리가 분명했다.

양우건을 찾으면 바로 그 옆에 바로 성왕이 있을 터였다.

진평은 장소성이 들린 방향으로 달려갔다.

그때, 그의 앞을 가로막는 자가 있었다.

갑주를 제대로 갖추어 입고 커다란 대도를 능수능란하게 다루는 반란군 기병이었다.

진평은 진감호의 장원에 고수들이 많이 있었다는 사실을 기억해 냈다. 이자도 그때의 고수들 중 하나였을 거라는 생각이 들었다.

대도 든 기병은 갑옷도, 무기도 없는 진평을 단번에 두 쪽 낼 기세로 칼을 휘둘렀다.

진평은 육중한 대도를 철적으로 빗겨 막은 후 곧바로 자루를 잡아당기며 몸을 날렸다.

기병은 진평의 민첩한 움직임에 깜짝 놀랐지만 미처 대응하기도 전에 턱을 걷어차여 뒤로 날아갔다.

진평은 그의 안장에 올라타고, 그의 대도를 든 채 말머리를 돌려 장소성 들렸던 쪽으로 달려갔다.

"물러서라!"

진평은 대도의 긴 자루 끝을 잡고 좌우로 휘둘렀다.

칼의 무게와 자루의 길이로 봤을 때 보통 힘으로는 불가능한 움직임이었다.

대도에 워낙 많은 힘이 실리다 보니 한 번 움직일 때마다 반란군 병사들 서너 명이 한꺼번에 나가떨어졌는데, 그 모습이 마치 빗자루로 낙엽을 쓸어버리는 듯했다.

진평이 길을 열자 뇌전대가 따라 들어와 좌우로 펼쳐 서며 그 길의 폭을 확장시켰다. 진평을 중심으로 마치 커다란 화살촉 모양의 진형이 만들어진 것이다.

그 화살촉은 거침없이 반란군 사이를 파고들었고 오래지 않아 분투하는 성왕과 양우건, 그리고 성왕부 가신들을 만나게 되었다.

"전하! 괜찮으십니까?"

"아! 진평, 그대가 와 주었구려."

성왕이 진평을 반가이 맞았다.

난전 중에 투구도 잃어버리고 갑옷도 뜯겨 나간 낭패한 모습이었지만 다행히 부상은 없어 보였다.

그에 반해 양우건은 온몸이 상처투성이었다.

아무리 무공이 고강하다고 해도, 혼자라면 모를까 성왕을 보호하면서 싸우는 것은 결코 쉽지 않은 일이었던 것이다.

진평과 양우건은 시선을 마주쳤다.

양우건의 입가에 가볍게 떠오른 미소.

그 정도면 두 사람 사이엔 충분한 대화였다.

진평은 뇌전대에 명령을 내렸다.

"곽완. 원진을 구성하여 전하를 보호하라! 구재원과 조병건은 좌우로 종대를 유지하라!"

진평의 한마디에 뇌전대는 즉각 진형을 펼쳤다.

무림 고수들이 대형까지 갖추자 즉시 위력이 드러났다.

반란군은 개인적으로도 뇌전대와 맞설 실력을 지닌 자가 많지 않은 데다 진형으로도 밀렸다.

수가 많다고 해도 직접 무기를 맞대고 싸울 수 있는 인원은 정해져 있기 마련이었다.

뇌전대의 방진은 다가오는 모든 위협을 차단해 냈고, 종일 싸우느라 피곤했던 사람들은 겨우 숨을 돌릴 수 있었다.

설가영은 성왕에게 마실 물을 주었다.

"전하, 이제 안심하세요."

성왕은 낯선 얼굴에서 나오는 익숙한 목소리에 당황했

으나 곧 그녀가 면구 쓴 설가영임을 알아차렸다.

그가 웃으며 말했다.

"누님의 변장술은 정말 대단하군요."

다른 사람들 있는 데서 누님이란 말이 나온 것은 실언이었다. 그러나 죽다 살아난 상황이다 보니 그런 일쯤은 아무래도 좋았다.

성왕은 양우건의 상처를 살폈다. 자기 목숨이 이제까지 붙어 있는 것은 온전히 그의 공로였다.

"경이 나 때문에 이렇게 다쳤구려."

"저는 괜찮습니다."

그러나 양우건의 상처 중엔 출혈이 심한 곳도 있었다.

설가영은 암기 날리기에 여념 없는 당소민에게 가서 잘 듣는 지혈제를 얻어 왔고 양우건의 상처에 뿌려 주었다.

양우건의 출혈이 멎은 것을 확인한 성왕은 비로소 뇌전대의 활약을 관찰할 여유가 생겼다.

그것은 참으로 인상적이었다.

대원들 개개인의 무공이 뛰어난 것도 있지만, 그보다는 하나의 부대로 뭉쳐진 힘이 놀라웠다.

진형은 그다지 복잡하지 않았다. 관군들도 충분히 해낼 수 있는 대형이었다.

그러나 구성원 개개인의 능력이 달랐다.

또한 유효적절한 진평의 지휘에 따름으로 인해 적에게

어떠한 허점도 드러내지 않았다.

성왕은 자신이 애독하던 병서를 떠올렸다. 한 부대의 전력은 지휘관에 대한 신뢰에 비례한다는 내용이 있었는데, 그게 바로 지금의 상황을 얘기하는 것 같았다.

뇌전대의 단합된 움직임은 바로 뇌전대장 진평에 대한 무한한 신뢰에 기반하고 있다는 사실이 제삼자의 눈에도 훤히 드러나 보였다.

뇌전대가 저마다 개성과 자존심 강한 무림 문파의 젊은 고수들로 이루어져 있다는 사실을 고려하면, 그들을 하나로 묶은 것은 정말 대단한 일이라 할 수 있었다.

성왕은 진평을 좀 더 자세히 보았다.

수많은 적을 마주하면서도 흔들리지 않고 의연한 모습, 굳건하면서도 담담한 그의 표정을 보면서, 꼭 자신의 가신으로 만들고 싶다는 욕심이 강하게 일었다.

이제까지는 진평을 볼 때면 늘 설가영이 겹쳐서 떠올랐다. 그녀를 자신에게서 빼앗아 간 남자에게 질투의 감정이 없다면 거짓말이었다.

그러나 지난번 군영에서 만나 그녀의 확고한 결심을 듣고 난 후 마음의 정리를 하려고 애쓰는 중이었고, 그로 인해 예전보다는 조금 더 객관적으로 진평을 볼 수 있게 된 것이다.

뇌전대의 좌우 진형은 그 폭이 점점 넓어졌다.

살아남은 관군들이 계속해서 방진 안쪽으로 들어 왔기 때문이다.

그러면서 처음엔 크지 않던 변화가 차츰 전장 전체에 영향을 미치기 시작했다.

반군의 기세가 위축된 게 눈에 보일 정도였다.

거의 다 이겼다고 생각하던 싸움이 난데없는 병력 난입으로 인해 더 이상 진척이 없게 되자, 승리를 장담할 수 없다는 생각이 널리 퍼져 나가게 되었다.

거기서 시간이 좀 더 흐르자 반군 병사들의 심리는 질지도 모른다는 불안감으로 바뀌기 시작했다.

반군 진영에선 상황을 바꾸기 위해 고수들이 나서서 뇌전대의 진형을 깨려고 했다.

그러나 그때마다 방진은 그대로 있고 진평 혼자 나와서 반군 측 고수를 제압해 버렸다.

단 일합에 나가떨어지는 압도적 우위를 몇 차례 선보이자 반군 측에선 더 이상 나서는 자가 없었고, 결국 뇌전대의 방진은 돌격 대형으로 변신하게 되었다.

"공격하라!"

"전원 돌격!"

반란군은 뇌전대의 기세를 감당하지 못했다.

"퇴각하라!"

"모두 물러서라!"

뇌전대와 관군은 십 리 남짓 반란군을 추격하며 시살했고, 성왕은 첫 실전을 승리로 마무리 지을 수 있게 되었다.

대열을 정비하는 동안 진평이 성왕에게 말했다.

"지금 즉시 청전현으로 돌아가야 합니다. 진감호의 다른 부대가 그곳을 공격하고 있을 가능성이 높습니다."

성왕은 그 의견을 받아들였다.

진평의 예상은 들어맞았다.

진감호의 주력 부대가 청전현을 공격하고 있었던 것이다.

수비하는 관군의 상황은 위태롭기 짝이 없었다.

방어하는 쪽이 공격하는 쪽보다 유리하다고는 하지만 현성은 높지 않았고 병력은 턱없이 부족했다.

언제 함락당해도 이상하지 않을 정도의 열세.

그러나 다행히 뇌전대와 관군이 제시간에 도착했다.

뇌전대는 도착과 동시에 반란군의 후방을 공격했다.

반군은 잠시 주춤했지만 병력 일부를 돌려 맞대응했고, 양측은 밀고 밀리는 백중세를 이루었다.

진평과 뇌전대가 분전했지만 전세를 역전시키기는 쉽지 않았다.

성 함락을 눈앞에 둔 부대와 먼 길을 달려오느라 지친 부대의 전투력엔 큰 차이가 있었던 것이다.

성왕 지휘하의 관군들이 당장 쓰러져도 이상하지 않을 만큼 탈진한 상태이다 보니 실질적으로는 뇌전대만 싸우는 것과 마찬가지였다.

진평은 답답했다.

그러나 뇌전대원들을 더 몰아붙이기도 어려웠다.

아무리 무공을 익혔다고 해도 이미 한 번의 치열한 전투를 치른 데다 그 먼 거리를 쉬지 않고 달려오기까지 했으니 더 이상을 바라는 건 무리였다.

그때 삼목객이 다가와서 말했다.

"내게 방책이 하나 있는데 시험해 보겠는가?"

"어떤 겁니까? 선배님."

삼목객은 어두워지는 하늘을 한 바퀴 둘러본 후 말했다.

"소리를 좀 질러줬으면 좋겠어."

진평은 그가 무슨 일을 하려는 건지 알 수 없었다.

삼목객은 현교의 기도문을 외우면서 양손을 소매 안에 엇갈려 찔러 넣었다가 활짝 펼쳤다.

그러자 놀라운 광경이 펼쳐졌다. 관군 좌우로 수천, 수만의 병력들이 모습을 드러낸 것이다.

지난번 연회 자리에서 불러냈던 선녀들처럼 화려하고 생생한 모습은 아니었지만 기치와 창검을 위아래로 흔들어대는 모습은 상당히 위협적이었다.

진평은 뇌전대에게 명령했다.

"함성을 질러라!"

내공을 닦은 무림인들이 내지르는 함성은 소리가 크기도 하거니와 멀리까지 전파되었다.

반군 진영엔 변화가 생겼다.

큰 소리에 놀라 뒤를 돌아보니 사방이 온통 관군이었다. 어둠과 먼지 때문에 병력의 정확한 규모는 파악할 수 없었지만 대략적으로 보기에 우겸의 본진이 돌아온 것 같았다.

반란군의 동요가 점점 크게 번졌다.

관군이 청전현을 비우는 척하고 되돌아와서 치는 것이라면 진감호의 병력이 단독으로 맞서 싸우기는 불가능하기 때문이었다.

결국 그들은 퇴각하기 시작했다.

진평은 크게 기뻤다.

그는 뇌전대의 지휘를 구재원에게 맡기고 따로 움직였다.

설가영이 물었다.

"형님, 어디 가세요?"

"해결할 일이 있어."

진감호를 잡는 것이 그 일이었다. 그가 아니라면 모산파 장문인 마맹기라도 잡고 싶었다.

전장에 떨어진 박도 한 자루를 집어 들고 붉은 천이 달린 전립을 주워 꾹 눌러쓴 진평은 퇴각하는 반란군 틈으로 파고들었다.

반군은 저마다 무장과 복색이 제각각이라 붉은 모자를 쓰고 옆으로 스쳐 지나가는 진평을 적이라고 생각하지 않았다.

알았다 해도 그의 경신술을 따라갈 사람은 없었다.

잠깐 시선을 돌리면 사람은 이미 사라지고 없는 것이다.

진평은 오래지 않아 대장기를 찾았다.

가까이 접근하여 보니 고수의 기도를 풍기는 호위 기병 두 명이 갑옷 입은 진감호를 호위하고 있었다.

진평은 옆의 병사에게서 창을 빼앗아 그것을 진감호의 등으로 던졌다. 그리고 몸을 날려 그들에게 돌진했다.

진평이 던진 창은 그 크기와 무게에도 불구하고 화살처럼 빠른 속도로 날아갔다.

그러나 진감호의 등 바로 앞에서 호위 기병 두 명의 검과 도에 가로막혔다. 민첩하기 이를 데 없는 대응이었다.

그러나 그것은 진평이 예상한 바였다.

그가 호위 기병들의 말 엉덩이에 올라타듯 바짝 다가서며 박도를 휘두르자 두 기병은 안장에서 벗어나며 마주 무기를 휘둘렀고 곧 이 대 일의 접전이 시작되었다.

진감호는 그 사이 뒤도 돌아보지 않고 달아났다.

진평은 호위병들과 싸우는 데 시간을 빼앗겨 그를 놓치고 싶지는 않았다.

한 기병의 검 공격을 인월신공으로 끌어당겨 맞은편 기병의 도에 얹고 두 사람이 당황하는 사이, 횡으로 칼을 휘둘러 두 사람을 동시에 베어 버렸다.

눈 깜빡할 사이에 고수 둘을 처치한 것이다.

두 호위 기병이 신음을 토하며 쓰러지는 사이, 진평은 이미 몸을 날려 그곳을 벗어났다.

그의 경공은 군마보다 빨랐다.

진감호를 금세 따라잡은 진평은 몸을 날렸고, 그의 머리를 단칼에 베어 버렸다.

피가 솟구치는 순간.

진평은 뭔가 잘못되었다는 사실을 깨달았다.

진감호가 이렇게 쉽게 당할 리 없었다.

바닥에 떨어진 머리를 돌려 놓고 보니 비슷하게 생기긴 했지만 진감호는 아니었다.

그가 대장기에 호위 기병까지 붙여서 가짜를 내세운 이유는 자명했다. 바로 진평을 의식한 것이다.

진평은 진감호를 찾기 위해 근처의 나무 위로 올라갔지만 다른 대장기는 보이지 않았다.

모산파 도사도 마찬가지였다.

어쩌면 모산파는 전쟁에 참여하지 않았을 수도 있었다.

강시가 없는 그들의 전력은 별 의미가 없기 때문이다.

진평은 기식을 가라앉히고 진감호의 기운을 찾기 위해 집중했다. 그러나 수천, 수만의 공포와 흥분이 가득한 전장에서 한 사람의 기도를 찾아내는 것은 아무리 진평이라고 해도 쉽지 않은 일이었다.

진감호가 내공을 잔뜩 끌어 올린 채 자신을 향해 다가오지나 않는 한 불가능하다고 볼 수 있었다.

결국 진평은 진감호 찾기를 포기하고 현성으로 돌아갔다.

*　　*　　*

성왕은 사비로 큰 연회를 열어 뇌전대와 관군을 위로했다.

죽기 직전까지 내몰렸다가 살아 돌아왔고, 적의 손에 떨어질 뻔한 성을 지켜 내기까지 했으니 술과 고기를 아낄 이유가 없었다.

그는 특히 뇌전대의 연회 자리를 직접 찾아가 함께 시간을 보냈다. 대원들 입장에선 친왕과 한자리에 앉았다는 사실만으로도 크나큰 영광이었다.

황족. 그것도 현 황상의 동생인 친왕과 이렇게 가까이에 앉아 볼 기회가 언제 또 있겠는가.

모두 크게 기뻐했는데, 성왕의 관심은 그들 중 두 사람에게 집중되어 있었다.

바로 진평과 삼목객이었다.

성왕은 그들을 자신의 좌우에 앉히고 친히 술을 따라주기까지 했다.

삼목객은 왕이 내리는 어주(御酒)임에도 불구하고 입술만 적신 후 나머지는 몰래 버렸다.

친왕의 앞이기에 더더욱 실수를 하면 안 된다는 생각에 술을 마시지 않기로 한 것이다.

술이 서너 순배 돈 후 성왕이 진평에게 은근한 어조로 물었다.

"나라를 위해 큰일을 해 볼 생각 없는가?"

좌중의 모두의 눈과 귀가 집중되었다.

진평은 고사했다.

"저는 출신이 미천하고 배운 것이 없어 왕부에 누가 될 것입니다."

성왕은 손사래를 쳤다.

"신분이나 학식이 다 무슨 소용인가? 나는 그런 것들을 하나도 귀히 여기지 않네."

진평은 거듭 사양했다.

"저는 거칠고 속박 없는 강호의 삶에 익숙하기 때문에 전하께 심려만 끼쳐 드리게 될 것입니다."

성왕은 아쉬움에 입맛을 다셨다.

진평의 어조는 비록 부드러웠지만 그 의지가 바위처럼 단단하게 느껴졌기 때문이다.

그렇다면 계속 같은 얘기를 할 이유가 없었다.

"다음에 다시 얘기하도록 하지."

후일을 기약하는 게 나은 선택이었다.

뇌전대원들은 대장 진평이 친왕의 제안을 거절하는 것을 보고 다들 혀를 내둘렀다.

성왕은 고개를 오른쪽으로 돌렸다.

삼목객이라도 자기 가신으로 거두고 싶어서였다.

그가 보여 준 환술은 실로 놀라운 것이었다.

서너 명을 앞에 세워 두고 이목을 속이는 것도 쉬운 일이 아닌데, 수만 명의 가짜 병사를 만들어 반란군 전체를 속였으니 참으로 신묘한 재주라 할 수 있었다.

설가영을 통해 우내팔정으로 통칭되는 전대 고인이라는 얘기를 들었기에 태도가 좀 더 정중해졌다.

"그대의 재주는 참으로 놀라웠습니다."

삼목객은 몸 둘 바를 몰랐다.

무림에선 나름대로 자신 있는 몸이지만 황족 앞에선 백두(白頭)의 촌부에 불과하기 때문이었다.

"눈속임에 불과한데, 부끄럽습니다."

"아닙니다. 과인은 태어나서 이때까지 그런 광경은 처음

봤습니다. 혹시 천하 만민을 위해 그 재주를 쓰고 싶지 않으십니까?"

뇌전대원들은 이번에도 다들 호기심 가득한 표정으로 삼목객의 대답을 주시했다.

삼목객이 성왕에게 물었다.

"전하, 혹시 세상 만민이 고통과 번민에 시달리는 이유를 알고 계십니까?"

성왕은 살짝 당황했고 진평과 설가영은 고개를 다른 쪽으로 돌리고 웃음을 참느라 애썼다.

성왕이 대답했다.

"글쎄요. 나는 잘 모르겠습니다. 가르침을 주십시오."

"그것은 세상사를 주관하는 두 신 중 하나인 어둠의 신 아리만이 광명의 신 오르마즈드에 대항하여 싸우기 때문입니다."

성왕은 생전 처음 듣는 이상한 말에 어색한 웃음을 지었다.

"그, 그런가요? 하핫……!"

"웃으실 일이 아닙니다. 어둠이 광명을 이겨서야 되겠습니까? 태조께서 이 나라를 세우실 때 국호를 명(明)이라 하신 게 무엇 때문이겠습니까? 바로 광명의 신 오르마즈드를 받들어 어둠과 악의 무리를 물리치라는 의미로 밝을 명 자를 택하신 겁니다."

"그, 그랬군요."

성왕은 난감한 입장이 되었다.

삼목객을 가신을 삼으려고 했다가 오히려 자신이 포교의 대상이 된 것이다.

그는 얘기를 들어 주는 척하다가 적당히 자리를 피했고, 다시는 삼목객이 있는 쪽으로 가까이 가지 않았다.

이튿날 아침.

전령이 승전보를 알려 왔다.

우겸의 부대가 문성현을 점령한 것이다.

성왕이 우겸을 대붕에 비유한 것은 다소 과장이 섞였다고 할 수 있지만, 관군의 이어지는 행보엔 거침이 없었다.

우겸은 문성현을 점령한 지 이틀 만에 다시 병력을 전진시켜 섭종유가 처음 반란을 일으켰던 복안현으로 쳐들어갔다.

반군은 그곳마저 빼앗길 수는 없다는 결사의 각오로 방어전을 펼쳤지만 승세를 탄 관군을 막기엔 역부족이었다.

결국 복안현마저 관군에 점령당하고 말았다.

그것은 우겸의 승리라고 할 수 있었다.

뇌전대가 서안령 방산관이라는 요충지를 점령하고, 수로맹이 거포진의 군량고를 불태운 사건은 이제까지 승승

장구하던 반란군에게 큰 충격일 수밖에 없었다.

반군은 그런 상황에 적절하게 대처할 만큼 경험이 많지도 않았고, 하나의 조직으로 훈련한 시간도 적었다.

우겸은 그런 그들이 전열을 가다듬기도 전에 연달아 요충지를 점령함으로써 반격 의지가 피어나기도 전에 꺾어 버린 것이다.

반란군은 이른바 천둥소리에 귀를 가릴 여유가 없다는 식으로 당할 수밖에 없었다.

성왕은 진평 등과 함께 문성현을 지나 복안현까지 직접 가 보았다.

짧은 시간이지만 되찾은 현성의 분위기는 인상적이었다.

지난번에 처음 청전현 앞에 진을 구축했을 때는 주민들의 눈빛이 결코 호의적이지 않았지만, 지금은 전혀 달랐다.

반군을 단번에 박살 낸 관군의 힘을 보고 모두가 일시에 충성스러운 백성으로 변한 느낌이었다.

달라진 건 백성들뿐만이 아니었다.

도지휘사를 비롯한 지방관들이 서로 질세라 너도나도 병사를 보내 왔다.

섭종유의 세력이 강대할 때는 자기네 고을을 지키느라 단 한 명도 내어 줄 수 없다던 병력이 지금은 남아돌았다.

심지어는 현령이 직접 군사를 거느리고 온 경우도 있었

다. 승패가 확연히 갈렸으니 이제라도 나와서 얼굴을 알리자는 의도였다.

성왕은 씁쓸했지만 그래도 그들의 도움을 일부러 마다할 이유는 없었다.

복안현의 성은 청전현보다 훨씬 크고 견고했다.

강을 따라 바다로 쉽게 드나들 수 있는 탓에 왜구의 습격이 잦아 성벽이 높아진 것이다.

우겸은 정청에서 성왕을 맞았다.

성왕은 우겸의 노고를 치하했다.

"과연 장군님이십니다. 승리를 감축합니다."

"감사합니다. 하지만 적의 수괴를 잡지 못했으니 아직 승리라고 하기는 이릅니다."

성왕이 물었다.

"그는 어디로 갔습니까?"

"패잔병들과 함께 방안산(旁岸山)으로 숨었습니다."

"그렇다면 이제 독 안에 든 쥐로군요."

그러자 뒤쪽에서 삼목객이 말했다.

"방안산은 둘레만도 칠백 리가 넘고 능선이 사방팔방으로 이어져서 숨겠다고 작정하면 십만 대군을 동원해도 찾아내지 못할 것입니다. 더구나 도처에 은신처를 만들어 두기까지 했으니……."

섭종유와 마교 패거리가 방안산 구석구석 숨을 장소를

마련한 것은 그곳에 살던 삼목객이 누구보다 잘 알았다.

우겸은 그에게 지도를 보여 주고 조언을 구했다.

그러나 삼목객이 머물던 동부 주변은 방안선 전체로 보자면 극히 일부에 불과했기 때문에 큰 도움이 되지는 않았다.

성왕이 우겸에게 물었다.

"이제 어쩔 생각이십니까?"

우겸은 미간을 찌푸렸다.

그의 계산대로라면 지금쯤 반란군을 완전히 토벌하고 그 수괴의 목을 잘라 효시했어야 했다.

하지만 산속에 숨을 곳까지 미리 준비해 뒀다면 섭종유를 잡기까지 얼마나 많은 시간이 걸릴지 기약이 없었다.

현재의 관군 병력이 많지 않다는 점도 문제였다.

지방관의 병력까지 합친다 해도 광대한 방안산을 뒤지는 것은 헛수고가 될 가능성이 컸다.

"척후를 보내어 상황을 살펴본 후에 대처 방안을 생각해야 할 것 같습니다."

일단 그 정도로 얘기해 둘 수밖에 없었다.

그날 밤.

우겸이 진평에게 사람을 보냈다.

진평이 따라가 보니 우겸은 갑옷도 벗지 않은 상태로 수심 가득한 표정을 짓고 있었다.

"부르셨습니까?"

"거기 앉게."

우겸은 먼저 자리와 차를 권하고 잠시 시간이 지난 후 입을 열었다.

"방안산 수색을 좀 도와줄 수 있겠나?"

"이미 지시를 내렸습니다."

"뇌전대에 말인가?"

"아닙니다. 그들은 휴식을 취하도록 한 뒤 내일 오후에나 투입할 생각입니다."

"아! 동창을 감시했던 수하들을 다시 동원한 모양이군."

"그렇습니다."

"번번이 신세를 져서 미안하네."

"별말씀을 다 하십니다."

우겸은 한시름 덜었다. 진평의 휘하에 뛰어난 정보 수집 능력을 지닌 부하들이 있음을 알기 때문이었다.

그러나 며칠 뒤 보고된 기린맹과 뇌전대의 정찰 결과는 그다지 낙관적이지 못했다.

삼목객이 거처로 삼던 골짜기에선 진평과 뇌전대가 반군을 찾아내어 상당한 전과를 올렸다.

그러나 그것은 반란군 전체 병력을 놓고 봤을 때 일부에 불과했다. 또한 수괴 섭종유를 잡은 것도 아니기 때문에 전쟁을 끝낼 수도 없었다.

반군이 무림 고수들조차 찾아내기 어려울 정도로 꼭꼭 숨었다는 사실에 우겸은 낙담했다.

"얼마 남지도 않은 패잔병들이 속을 썩이는군."

마음 같아서는 시간이 얼마나 걸리건 모든 봉우리와 골짜기를 뒤져서 한 놈도 남김없이 소탕하고 싶었지만 그에겐 더 중요한 일들이 있었다.

가장 신경 쓰이는 것은 왕진이 동창을 전부 불러올린 일이었다. 원래대로라면 자신의 이동 경로를 따라다니면서 흠잡을 일을 수집해야 할 동창이 단 한 명도 남아 있지 않다는 것은 분명 뭔가 문제가 있는 것이었다.

왕진이 정말로 오이라트와의 교역에 사사로운 욕심이라도 부린다면 그것은 자칫 국가의 안위를 흔들 수 있었다.

그 생각을 하면 머나먼 복건 땅에서 광적의 뒤나 쫓아다닐 수는 없었다. 하루속히 조정으로 돌아가고 싶은 마음이 간절했다.

며칠을 고민하던 우겸은 결국 결단을 내렸다.

장해를 사령관으로 임명하여 복안현을 기점으로 방안산을 감시하도록 하고, 자신은 성왕과 함께 돌아가기로 한 것이다.

일을 다 마치지 못한 것이 마음에 걸리긴 했지만 현재로서는 시간을 더 지체할 수 없다는 판단이었다.

우겸은 진평을 따로 만나 조카를 잘 부탁한다는 얘기를 했다. 그리고 후임 사령관 진해에게는 만사를 진평과 의논하여 처리하라고 당부했다.

성왕도 설가영, 진평과 작별을 고했다.

마지막으로 본래 얼굴을 한 번만 더 보게 해 달라는 부탁을 설가영이 들어 주었는데, 그것은 사실 위안이 되기보다는 아픔만 더 컸다.

그래도 그 아픔을 감수할 만한 가치가 있었다는 게 성왕의 생각이었다.

성왕은 진평에게 한 번 더 자신의 왕부에 들어와 주기를 청했다. 그러나 진평은 뜻을 굽히지 않았다.

성왕 입장에선 이래저래 아쉬운 작별이었다.

진평과 양우건은 눈인사를 나누었다.

지난번엔 그에게 칠현금이 있지만 자신에게 철적이 없어서 이중주가 이루어지지 못했는데, 지금은 그 반대였다.

양우건은 성왕을 호위하는 중책을 맡았기 때문에 악기를 챙겨 오지 못했던 것이다.

그래도 서로 마주 보고 미소를 교환할 수 있는 것만으로도 마음은 넉넉해졌다.

# 제6장
# 난민촌

지휘권을 인수받은 장해는 의욕적으로 방어선을 조정했다.

그의 임무는 섭종유와 진감호를 잡아 처단하는 것이지만, 방법은 이제까지와 달랐다.

주둔지를 찾아가 점령하는 게 아니라 그들이 산 아래로 내려올 때까지 기다렸다.

우겸은 경사로 빨리 돌아가야 했지만, 장해는 달랐다.

그는 본래 복건 출신이라 자기 고향에서 근무하는 셈이었고, 급할 일이 하나도 없었다.

한 달이고, 두 달이고 산과 연결된 경로들을 지키다 보면 필시 섭종유 패거리들이 기어 나올 것이고, 관군은 편안히 기다리다가 나오는 족족 토벌하면 되는 것이다.

한두 달이 아니라 일 년이 넘게 걸리더라도 기다릴 자신이 있었다.

그들이 산을 내려오지 않는다면 병력 유지를 위한 군량이나 물자 보급이 어려울 게 분명했다.

식량이 부족하면 인원이 줄어들 수밖에 없고, 결국 병력이 산적 패거리 수준으로 줄어든다면 반란의 위협은 모두 사라지게 되는 것이다.

장해는 방어선을 구축함에 있어 진평에게 조언을 구했다. 그는 벼슬이 없는 서민이지만 함부로 대할 수 없었다.

우겸이 떠나기 전에 당부한 말 때문이었다.

'내 사위의 의견을 경시하지 말게.'

진평이 어떻게 우겸의 사위가 되는지는 알 수 없었지만, 본래 마음 깊이 우겸을 존경하는 장해인지라 그 말을 무조건 믿고 따랐다.

이유는 더 있었다.

장해는 가전의 비결을 익혀 나름대로 무공에 자신이 있었다. 그러나 전장에서 몇 차례 본 진평의 무위에는 그야말로 감탄밖에 나오지 않았다. 게다가 무림맹에서도 중책을 맡고 있고, 뇌전대 대원들도 믿고 따르는 진평이다 보니 우겸의 당부가 없었더라도 자청해서 도움을 구할 판이었다.

진평은 뇌전대의 수색 정보를 빠짐없이 장해에게 전해 주도록 구재원, 곽완, 조병건 등에게 지시했다.

하지만 기린맹은 방안산에서 철수시켰다.

그들에게는 따로 진감호와 모산파 장문인 마맹기를 찾는 임무를 맡기기 위해서였다.

우겸이 돌아가고 장해가 전술을 바꾼 지금은 기린맹이 섭종유 패거리의 위치를 찾아낸다고 해도 달라질 게 없었다.

어차피 대대적인 토벌전은 포기했기 때문이다.

그에 반해 진감호의 무리는 현재 잠잠하지만 병력을 온존하고 있는 터라 언제 어디서 무슨 짓을 벌일지 알 수 없었다.

정찰 결과가 들어올 때까지 진평은 무림맹의 새 거점이 된 서안령 방산관에서 지냈다.

그의 하루 일과는 접견의 연속이었다.

전에도 찾아오는 손님이 많았지만, 지난번 청전현 방어에 성공한 날 성왕이 뇌전대를 위로하는 자리에서 진평에게 상당히 호의적인 모습을 보였다는 사실이 알려지자 방문객의 수가 더욱 늘어났다.

성왕부와 연결되어 있는 세가들은 자신들이 본래부터 호림공과 친하게 지내던 사이라며 과시를 했고, 다른 문파들도 어떻게든 진평과 연결된 끈을 찾기 위해 애썼다.

진평 입장에선 그런 그들을 그저 담담하게 맞았다. 비웃음이나 멸시의 감정은 없었다.

자기 문파의 젊고 유능한 제자를 뇌전대에 넣어 달라는 청탁도 이어졌는데, 진평은 웬만하면 모두 받아 주었다.

장차 큰 전투가 벌어질 수도 있기 때문이었다.

하루는 설가영이 진평에게 말했다.

"형님, 종일 산속에만 있으니까 따분해요."

반군과의 전투가 이어지던 때는 지루한 줄을 몰랐는데, 그들이 산속으로 숨은 이후에는 손님맞이 외에는 하는 게 없었다.

"우리 며칠 나갔다 올까?"

"좋아요!"

"그거 좋은 생각이다!"

설가영은 물론이고 뒤에서 연신 하품을 해 대던 삼목객도 벌떡 일어섰다.

진평은 구재원과 조병건을 불러 손님 맞는 일을 맡겼다.

그들 두 사람은 그동안 늘 진평과 합석했었기 때문에 각 문파의 문주 혹은 간부들과 두루 안면을 터 둔 상태였다.

또한 구재원이 워낙 친화력이 좋고, 조병건은 나이에 비해 경륜과 심계가 깊기 때문에 둘만 남겨 둔다 해도 문제는 없을 거라는 게 진평의 생각이었다.

방산관을 내려와 주변의 시선에 신경을 쓰지 않아도 된다 싶은 생각이 들자, 설가영은 진평 곁으로 바짝 다가서서 팔짱을 꼈다.

진평이 우겸에게 혼인 승낙까지 받았다는 사실을 알게 된 이후, 그를 향한 설가영의 마음은 더욱 애틋해졌다.

진평도 마찬가지였다. 그녀를 좋아하는 마음이 전보다 더 두터워졌다.

따라오는 삼목객이 헛기침을 하거나 말거나 두 사람은 한참을 그렇게 바짝 붙어서 걸었다.

설가영이 물었다.

"지금 우리 어디 가는 거예요?"

"보여 줄 게 있어."

"뭔데요?"

진평은 삼목객 쪽을 슬쩍 본 후 대답했다.

"가 보면 알 거야."

진평이 설가영을 데려간 곳은 야트막한 언덕들로 둘러싸인 분지였다.

수십 개의 천막이 세워진 그곳엔 십여 개의 커다란 솥이 걸려 김을 내고 있었고 수를 헤아리기도 힘들 만큼 많은 사람들이 모여 있는 게 보였다.

설가영은 한눈에 그들을 알아보았다.

남루한 행색, 피곤에 지친 얼굴들.

그들은 난리를 피해 다니는 유민(流民)이었다.

본혈방에서 번 돈으로 각지의 난민들을 구휼한다고 말은 들었지만 그 실체는 알지 못했는데, 오늘 진평이 그녀에게 제대로 보여 주는 것이었다.

설가영은 두리번거리며 아는 사람을 찾아보았다.

그러나 서총관, 정호법은 물론이고 사해전장에서 안면을 익혔던 그 어떤 사람도 보이지 않았다.

죽과 곡식을 나눠 주는 사람들 모두 생전 처음 보는 얼굴들이었다.

그녀가 진평에게 물었다.

"이 일을 하는 사람들이 따로 있나요?"

"매번 바뀌지."

"아……!"

이 사업의 주체가 사해전장이란 사실도, 그 뒤에 본혈방이 있다는 사실도 전혀 알려지지 않도록 하는 것이었다.

어찌 생각하면 좋은 일을 하면서도 숨기는 게 아쉬웠지만, 다른 한편으로 생각해 보면 그것이 본혈방다웠다.

설가영은 구석구석을 돌아다녀 보았다.

한쪽에선 음식을 주고, 다른 한쪽에선 의원이 치료를 해 주고 있었다.

배를 채운 아이들은 냇가를 오가며 뛰놀고, 부모들은 그런 자식들을 흐뭇한 표정으로 바라보는 정경.

설가영은 자기도 모르게 입가에 미소를 머금었다. 자신이 본혈방도라는 사실이 자랑스러웠던 것이다.

"형님, 저도 돕고 싶어요."

구경만 하는 게 아니라 직접 참여하고 싶었다.

진평은 그녀를 한쪽 구석으로 데리고 갔다.

"너는 여기서 일하는 게 좋을 거야."

천막을 젖히고 안으로 들어가 보니 아이들이 가득했다.

그들은 서너 개의 나무 상자에 줄을 서 있었는데, 그 상자 안에는 고운 모래가 채워져 있었다.

아이들은 모래를 고르게 편 후 가는 막대기로 글자를 썼고, 그 형태와 획순이 맞으면 상으로 꿀에 절인 사탕을 받았다.

설가영이 웃으며 진평에게 물었다.

"아이들에게 글을 가르치는 건가요?"

"가장 중요한 일이지."

백성들이 관리와 지주에게 늘 빼앗기기만 하는 것은 배우지 못했기 때문이라는 것이 평소 진평의 지론이었다.

무식하기 때문에 이용만 당하는 것이고, 무식하기 때문에 자신의 권익을 찾지 못하는 것이다.

새로운 황제가 들어선다고 해도 결국 배우지 못한 백성들은 똑같이 이용만 당할 수밖에 없었다.

꿀사탕을 먹기 위해 글자 하나를 외우는 게 과연 얼마

나 큰 도움이 될지는 알 수 없는 일이지만, 진평은 일단 작게라도 시작하는 게 중요하다고 생각했다.

일자무식인 사람과 한 글자라도 아는 사람은 평생을 살아가면서 주변에 미치는 영향이 다를 것이기 때문이다.

설가영은 아이들에게 글 가르치는 일에 금세 빠져들었다.

몇 가지 질문을 통해 얼마나 알고 있는지 가늠한 후 연상하여 외우기 쉬운 글자들을 순서대로 자상하게 가르쳐 주었기 때문에 아이들이 그녀에게 배우려고 줄을 섰다.

진평과 삼목객도 그녀를 거들었다.

한참 그렇게 시간을 보낸 세 사람은 밖으로 나와 유민들과 함께 줄을 서서 음식을 타 먹었다.

음식 나눠 주는 사람들은 허우대 멀쩡한 사람들이 끼었어도 개의치 않고 친절하게 배식을 해 주었다.

모두에게 친절한 것을 보면 이 일에 고용되면서 교육을 충분히 받은 듯했다.

요기를 한 진평은 이것저것 물어보기도 하고 식량이나 옷이 쌓인 곳을 살펴보기도 했다.

본혈방주 입장에서 자신의 돈이 제대로 쓰이고 있는지 확인하는 것이었다.

그렇게 하루를 보낸 후, 설가영은 이튿날부터 빠짐없이 그곳을 찾았다.

아이들 가르치는 데서 보람을 느낀 것이다.

진평도 매일 그녀와 동행했다.

온종일 손님들을 맞으며 지내는 것은 따분하기 짝이 없는 일이었다.

그 일이라면 구재원이 얼마든지 잘 해내고 있었다.

진평 입장에선 설가영이 애들에게 글을 가르치고, 그들과 어울려 놀고, 죽의 간을 맞춘다고 소금 단지를 들고 다니는 모습을 보는 것이 훨씬 더 좋았다.

그리고 조용한 곳에 앉아 느긋하게 호흡을 고르는 시간도 그에겐 소중했다.

집중을 위해서라면 폐관수련이 가장 좋겠지만 섭종유와 진감호가 살아 있는 동안 그것은 불가능한 일이었다. 무림맹과 관 사이의 연결고리 역할을 해야 하기 때문이었다.

그나마 매일 혼자만의 시간을 가지면서 무학이론에 대해 명상하고, 진기의 흐름을 시험해 보고, 머릿속으로 초식을 연구하는 것이 적지 않은 도움이 되었다.

짧게 운기해도 효과를 볼 수 있는 조식법을 충분히 활용했기 때문에 하루 한두 시진만 해도 진원지기가 점점 더 단단하게 다져지는 느낌이었다.

삼목객도 일거리를 찾았다.

성왕과 우겸이 떠난 후 딱히 할 일이 없게 된 마충과 왕립을 불러서 함께 다니면서 유민들과 얘기를 나누었다.

물론 주제는 어둠과 광명이었다.

하루는 설가영이 진평과 나란히 앉아 밥을 먹고 난 후 냇가에서 뛰노는 아이들을 보며 말했다.

"형님, 가끔은 이런 생각이 들어요."

"어떤?"

"내가 이 아이들에게 글을 가르치는 게 과연 어떤 의미가 있을까. 부질없는 짓을 하는 건 아닌가."

"왜 그렇게 생각하지?"

설가영은 나직이 한숨을 내쉰 후 말했다.

"사실, 저 아이들이 과거 시험을 볼 것도 아니잖아요. 유민에서 벗어난다 해도 남의 땅을 부치며 살아갈 것이고, 일이 잘 풀려 자기 땅을 가진다고 해도 결국은 평생 농투성이 신세를 면치 못할 게 거의 확실하잖아요."

가난한 부모 아래 태어난 아이가 그 가난에서 벗어나지 못하는 것은 늘 있는 일이었다.

그녀가 한 번 더 한숨을 내쉬며 말을 이었다.

"그런 그들이 자기 이름을 쓸 줄 아는 것과 모르는 것 사이에 무슨 차이가 있을까요?"

진평이 말했다.

"보람을 느끼지 못한다는 얘기군."

"아뇨. 그런 건 아니지만…… 아이들은 당장 눈앞의 꿀사탕을 받기 위해 열심히 글자를 외워요. 하지만 저는 가르친 보람이 곧바로 드러나는 게 아니다 보니 조금은……."

진평은 그녀의 마음을 이해했다.

"언젠가도 얘기했지만 이 일은 큰 솥에 물을 넣고 아래서 장작불을 지피는 것과 같아. 물이 언제 끓게 될지, 과연 데워지기나 할지에 대해 어떠한 보장도 없어. 그러니까 잠시 후에 받는 꿀사탕 같은 건 애당초 바라지 않는 게 좋을 거야."

설가영은 입맛을 다셨다.

"맞아요. 꼭 결과가 나오지 않더라도 가치 있는 일이 있기 마련이죠. 처음엔 그 수가 적더라도 같은 생각을 가진 사람이 조금씩 늘어나다 보면 둘은 넷이 되고, 넷은 여덟이 되고, 그런 식으로 결국 모두가 하나 되는 날도 오겠죠."

진평이 잠시 사이를 두고 말했다.

"그건 아냐."

"예? 뭐가요?"

"나는 모두가 하나 되는 세상 같은 건 바라지 않아."

설가영은 고개를 갸웃거렸다.

"왜 그런 말씀을 하세요? 임금은 임금답고, 신하는 신하답고, 백성은 백성답게 사는 세상이 좋은 것 아닌가요? 각자가 착하고 선량하게 자신의 본분을 다하면 모두 다행복하게 되는 거잖아요?"

진평은 고개를 가로저었다.

"나는 나답게 살고, 너는 너답게 살아야지. 임금과 신하와 백성이 마땅히 어떻게 살아야 한다는 기준을 정해 놓고 거기에 맞춰 사는 것은 바람직하지 않아."

설가영은 여전히 이해할 수 없었다.

"신하가 신하다운 게 나쁠 이유는 없잖아요?"

"신하가 신하답다는 것은 임금의 관점이야. 모반할 생각하지 말고 시키는 대로 다 하는 게 신하다운 거지. 마찬가지로 백성이 백성답다는 것은 세금 뜯어 가고, 고리 이자 뜯어 가도 그냥 착하고 선량하게 빼앗기기만 하기를 바라는 거야. 권력을 쥔 자들이 바라는 세상이지."

설가영은 천천히 고개를 끄덕였다.

"그렇게…… 생각할 수도 있겠네요. 그럼 형님이 생각하는 바른 세상은……."

"모두의 의견이 다 달라야지. 세금을 내라고 하면 누구도 거기에 순순히 따르지 않고 백 사람이면 백 가지 의견을 내놓고, 천 사람이면 천 가지 의견을 내놓는 세상이 정말 제대로 된 세상이라고 생각해."

"그러면 너무 혼란스럽지 않을까요?"

"세금을 징수하는 사람 입장에선 그렇겠지."

"아! 그렇군요."

"혼란 혹은 혼돈. 그것이야말로 진정 모두가 행복한 세상이라는 게 내 생각이야. 모두가 다른 의견을 가지기 위해서 교육이 필요한 거지."

"하지만 모두 같은 것을 배우잖아요."

"그건 교사가 잘못되었기 때문이야. 한 가지를 가르쳤으면 그걸 남과 똑같이 생각하지 말고 다른 식으로 생각해 보라고 조언을 해 줘야지."

설가영은 생각에 잠겼다.

그러나 혼돈을 추구한다는 진평의 뜻에는 아무래도 동조하기 어려웠다.

"예의염치나 인의예지신은 좋은 거잖아요. 거기에 대해서도 백 명이 백 가지 다른 생각을 하면 안 되잖아요?"

"왜 안 돼? 그런 가치야말로 진짜 생각을 해 봐야지. 그리고 거기서 스스로 깨달아야 마음에서 우러나와 예의를 차리고 염치 있게 행동할 수 있는 거야. 실제로는 만 권의 책을 읽고 과거 시험에 합격한 사람들이 염치없이 행동하는 경우가 훨씬 더 많잖아?"

설가영이 다시 생각한 후 말했다.

"그러니까 형님 말씀은, 아무리 좋은 일이라고 해도 세상 사람들 모두가 한 가지 생각을 하면 안 된다는 거군요?"

"혼돈이 아닌 의견통일을 이루면 꼭 엉뚱한 사람이 이

둑을 본다는 뜻이야."

설가영은 비로소 진평의 생각을 이해할 수 있었다.

"좋아요! 이제부터는 아이들에게 남과 다른 생각을 가지는 게 얼마나 중요한 일인지 꼭 얘기해 줘야겠어요."

그렇게 자신에게 주문이라도 걸듯 말한 설가영은 벌떡 일어서서 기운차게 아이들이 기다리는 천막으로 향했다.

진평은 그녀를 따라가지 않고 삼목객이 여는 모임 쪽으로 향했다.

며칠 사이 참여하는 사람의 수가 계속 늘고 있어서 궁금했던 것이다.

볕이 잘 드는 언덕.

어제보다 훨씬 많은 사람들이 모여서 삼목객과 마충, 왕립을 기다렸다.

잠시 후 등장한 삼목객은 쩌렁쩌렁한 목소리로 현교의 교리를 설파하기 시작했다.

내용은 진평도 익히 들어왔던 것이었다.

그런데 받아들이는 사람들이 달랐다.

다들 진지한 표정으로 귀를 기울였고, 발음하기 어려운 이름들을 열심히 반복해서 따라하며 외우려 했다.

그것은 어느 정도 이해가 가는 대목이었다.

일행 중에서도 홍패의 노예가 되다시피 한 마충과 왕립이 현교 교리에 관심을 가지고 가장 먼저 교도가 되었듯이 이곳 난민촌에서도 삶에 지친 사람들, 하루하루 살아남기 괴롭고 힘든 사람들이 종교에 쉽게 귀를 기울이는 것이었다.

모임의 마무리는 광명신에 대한 기도문을 외우는 것으로 마무리되었는데, 놀랍게도 그 기도문을 끝까지 따라하는 사람의 수가 절반 가까이 되었다.

모임을 끝낸 삼목객은 만면에 미소를 머금은 채 사람들과 담소를 나누고 손을 잡아주었다.

그리고 한참 만에 진평을 발견하고 다가와 말을 걸었다.

"여긴 어쩐 일인가? 입교하려고?"

"하하! 아닙니다."

삼목객은 정색하고 말했다.

"이렇게 찾아와서 강연을 들은 것은 마음속에 빛을 찾으려는 의지가 있기 때문이야. 그걸 무시하지 말라고."

"저는 제 나름대로 빛을 향해 나아가고 있습니다."

삼목객은 검지를 가로저었다.

"그건 아니지. 세상엔 바른길도 있지만 어둠으로 향하는 길도 있기 마련이야. 올바른 인도에 귀 기울이지 않으면 자칫 잘못된 길로 들어설 수도 있어."

"현교가 바른길입니까?"

"당연하지!"

"선배님에게만 바른길일 수도 있지 않습니까."

"우리 자리를 옮겨서 좀 더 얘기해 보세."

삼목객은 아나히타의 남편 될 사람과 현교에 대해 얘기하는 이 기회를 놓치고 싶지 않았다.

진평만 입교시키면 엄청나게 많은 교도들이 따라 들어올 거라고 기대하는 것이었다.

진평과 삼목객, 그리고 마충과 왕립은 설가영의 천막 입구가 보이는 호젓한 곳에 자리를 잡고 앉아 본격적으로 대화를 시작했다.

우선 삼목객은 현교의 교리에 대해 처음부터 끝까지 자세히 설명해 주었다.

진평은 모든 얘기를 경청했다.

그의 그런 태도에 만족한 삼목객이 말했다.

"자! 이제 우리 현교에 대해 궁금한 게 있으면 뭐든지 물어보게. 내가 다 대답해 주지."

"그러니까 천궁의 신 오르마즈드와 악신 아리만이 세상을 절반씩 나누어 다스린다는 겁니까?"

"그렇지. 자넨 처음부터 발음이 정확하군. 아무래도 우리 현교와 숙생의 인연이 있는 게 분명해."

진평은 미소 지었다. 어떻게든 얽어매려는 삼목객의 시도가 애처로울 지경이었다.

"그 비율은 어느 정도나 됩니까?"

"비율이라니?"

"선과 악이 각각 이 세상을 관장하는 비율 말입니다."

"밤과 낮의 비율이라고 보면 될 거야. 하늘의 이치가 땅에서도 그대로 이어지기 마련이거든."

"그렇다면 같은 시간이군요."

"낮이 좀 더 길지."

"추분 이후엔 밤이 더 깁니다."

"하핫……! 그거야 뭐. 그런 시기도 있지."

"결국 세상의 절반씩을 나누어 가진다고 봐야겠군요."

삼목객이 힘주어 말했다.

"어둠을 물리치고 광명의 시간을 늘려 가는 게 바로 우리의 임무일세."

마충과 왕립이 옆에서 고개를 끄덕였다.

진평은 동조하지 않았다.

"하늘의 이치를 따른다면, 광명의 시간이 길 때도 있지만 결국 시간이 흐르면 다시 어둠의 시간이 길어질 것 아니겠습니까? 무의미한 노력 아닐까요?"

삼목객은 언성을 높였다.

"무의미하다니! 그건 아니지. 광명신을 위해 노력하면 그만한 보상을 받게 되어 있어."

"그건 죽은 뒤의 일이지요."

"천국에 간다는 게 얼마나 멋진 얘기인지 아나? 거기에 대해 내가 얘기해 줌세."

삼목객은 천국에서 누릴 수 있는 온갖 복락과 환희에 대해 침을 튀겨 가며 얘기했다.

진평은 모든 얘기를 경청한 후 물었다.

"어둠의 신을 섬긴 사람들에게도 그런 보상이 주어질 것 아니겠습니까?"

"말도 안 되는 소리! 그들을 기다리는 건 지옥이야."

삼목객은 지옥에서 겪을 온갖 고통과 괴로움에 대해 다시 한 번 열변을 토했다.

진평은 고개를 가로저었다.

"그것은 광명신을 믿는 쪽의 얘기일 뿐, 악신을 믿는 쪽에선 다른 얘기를 할지도 모르는 일이지요."

삼목객은 답답해서 가슴을 쳤다.

"광명은 빛과 행복이고, 어둠은 고통과 저주뿐이야. 그런데 어떻게 아리만이 천국을 약속할 수 있겠나?"

진평은 수긍하지 않았다.

"처음에 이 세상을 절반씩 나누어 통치한다고 하지 않으셨습니까? 그것은 악신도 광명신과 비슷한 권능을 지니고 있다는 의미 아닙니까? 힘에 차이가 있다면 빛이 어둠을 그냥 놔두고 있지는 않을 테니까요."

"그, 그건 그렇지."

"그렇다면 악신을 섬기는 쪽도 광명신과 비슷한 보상을

받을 수 있는 것 아닙니까."

"으으……."

삼목객은 마충과 왕립 쪽을 한 번 본 후 말했다.

"음과 양엔 분명한 차이가 있네. 그것도 정반대의 성질을 지니고 있지. 설령 아리만이 자신을 따르는 자들에게 보상을 한다고 해도 그것이 사람들의 행복과 부합된다고 볼 수는 없어. 그게 우리의 입장일세."

"그렇다면 악신에게 권능이 있다는 건 인정하시는군요."

삼목객은 고개를 끄덕이며 난민촌을 가리켰다.

"지금도 저렇게 많은 사람들이 고통 받는 걸 보면 그 힘이 아주 크다고 할 수 있지."

진평 역시 유민들을 둘러보았다.

그리고 나직이 한숨을 내쉬었다.

정말 어둠의 신이 있다면 그는 사람의 형상을 하고 있을 것 같았다.

저들에게서 밭과 집을 빼앗은 자들은 관리와 지주, 그리고 고리대금업자들이었다.

그들이 어둠의 신 아리만의 하수인이라면, 살아생전에 남의 피땀으로 부귀영화를 누리고 죽은 뒤에 보상까지 받는다고 생각하고 싶지는 않았다.

악신을 섬긴 자에겐 천국이 없다고 생각하는 편이 마음 편했다.

그러나 그것은 단정 지어 말할 수 없는 일이었다.

삼목객에 슬그머니 물었다.

"자네도 광명의 대열에 동참하지 않겠나?"

진평은 잠시 생각했다.

그러나 곧 고개를 가로저었다.

"제 생각엔 어느 한 편에 기울어져야 할 이유가 없을 것 같습니다. 어차피 하루는 낮과 밤으로 이루어져 있는데 낮만 좋아한다는 게 말이 안 되는 것 아니겠습니까. 그렇게 한다고 해서 낮만 계속될 것도 아니고요."

"하지만 광명신을 섬기면 천국에 갈 수 있다네."

진평은 단정적으로 말했다.

"천국도 지옥도 없습니다."

"왜 그렇게 생각하나?"

"광명신을 따르던 자들이 보상을 받는다면, 악신을 따르던 자들도 보상을 받지 않겠습니까? 그럴 거라면 차라리 둘 다 없는 게 나을 겁니다."

삼목객이 답답하다는 듯 인상을 쓰며 말했다.

"악신의 보상은 지옥이라니까 그러네."

"죽은 뒤의 일은 어차피 모르는 겁니다. 무슨 말로 꾸며대건 증명이 불가능하지요. 그걸 대가로 현생을 희생하는 건 바보짓이라고 생각합니다. 선배님은 견마난(犬馬難)이라는 말을 들어 보셨습니까?"

"개와 말은 어렵다고? 그게 무슨 뜻인가?"

"개와 말은 그리기 어렵고, 귀매이(鬼魅易) 즉, 귀신과 도깨비는 그리기 쉽다고 합니다. 개와 말은 사람들이 늘 보니까 똑같이 그리기 어렵지만, 귀신과 도깨비는 본 사람이 없으니까 화공 마음대로 그려도 누구 하나 따지지 않습니다. 살아 있는 동안 세상을 바꾸는 것은 어려운 일이고, 있는지 없는지도 모르는 죽은 뒤의 천국을 얘기하는 것은 쉬운 일이지요."

삼목객은 한숨을 내쉬었다.

진평이 쉽게 넘어오지 않았기 때문이다.

"우리 현교에는 좀 더 깊은 교리가 있네. 악신이 세상의 절반을 지배하는 것에 대한 불만에서 출발한 교리지."

"얘기해 주십시오."

"악신과 선신을 모두 아우르는 절대적인 존재가 있는데, 그것이 바로 주르반, 즉 시간이라는 교리일세."

진평은 천천히 고개를 끄덕였다.

"그건 흥미가 좀 생기는군요."

선과 악을 초월한다는 면에서 구미에 맞았다.

그러나 삼목객은 주르반교의 경전을 읽어 보기만 했을 뿐 제대로 깊이 공부하거나 가르침 받은 적은 없었다.

그때는 이미 교가 무너진 뒤였기 때문이다.

그래서 이어지는 진평의 질문에 깊이 있는 답변을 해 줄 수 없었다.

결국 진평을 끌어들이는 건 실패였다.

그러나 진평은 유민들이 고단한 삶 속에서 그나마 천국의 약속을 믿고 위안을 얻는다는 점에서 현교의 긍정적인 부분을 인정해 주었다.

일반 백성들도 사는 게 어렵기는 마찬가지지만, 이곳 난민촌까지 온 사람들에게는 그야말로 어떠한 희망도 남아 있지 않았기 때문이다.

음식과 옷. 거기에 더해 위안까지 줄 수 있다면 나쁠 것 없다는 게 진평의 판단이었다.

덕분에 삼목객과 마충, 왕립은 천막을 하나 새로 배정받아 본격적으로 포교활동을 시작할 수 있게 되었다.

삼목객으로서는 새로운 도전이라고 할 수 있었다.

그는 환술을 사용하지 않았다.

몇 가지 재주를 선보이면 교세를 폭발적으로 키울 수도 있지만 그 부작용도 생기기 때문에 특별한 축일에만 보여주기로 하고 마충, 왕립과 함께 교리를 얘기하는 방식으로만 교도들을 늘려 갔다.

빛은 선하고 어둠은 악하다. 매일 정해진 시간에 불을 보며 기도문을 외우고 바르게 살도록 노력하면 나중에 천국에 가서 영원한 행복을 누릴 수 있다.

이해하기 쉽고 실천하기도 쉬운 현교는 오래지 않아 난

민촌 전체로 퍼져 나가게 되었다.

* * *

난민촌으로 몰려드는 사람의 수는 계속 늘어났다.

섭종유의 반란은 진즉에 일단락이 되었지만 그때 생긴 유민들이 소식을 전해 듣고 뒤늦게 모여드는 것이었다.

소문을 들은 것은 유민만이 아니었다.

하루는 진평과 설가영이 잠시 쉬는 시간에 언덕에 앉아 담소를 나누고 있는데 흙먼지가 일더니 기병 서너 명과 보군 십여 명이 다가왔다.

유민들은 군인만 보고도 겁을 먹고 다들 달아날 준비를 했고, 일부는 벌써 언덕을 넘어가는 사람들도 있었다.

진평과 설가영, 삼목객과 마충, 왕립 등은 병사들을 향해 다가갔다.

그들이 해코지라도 할라치면 제지하기 위해서였다.

난민촌 운영을 맡고 있는 우권(禹劵)이라는 사십 대 사내도 나와서 병사들을 맞이했다.

"무슨 일로 오셨습니까?"

병사들의 우두머리는 얼굴이 넙데데하고 입이 메기처럼 큰 오십 대 초반의 군관이었다.

그는 거만한 눈빛으로 우권과 다른 동료들을 훑어본

후 물었다.

"그대가 이곳을 책임자요?"

"그렇습니다."

"여기서 무슨 일을 하고 있는 게요?"

"유민들에게 먹을 것과 입을 것을 나눠 주고 있습니다."

"누구 마음대로?"

"예? 무슨 말씀이신지……."

군관은 언성을 높였다.

"누구 허락을 받고 이런 짓을 하고 있느냔 말이오. 무리를 이루고 작당하는 일을 국법으로 엄히 금하고 있다는 사실을 모르는 건 아닐 텐데."

우권은 손을 내저었다.

"작당이라니요! 말도 안 됩니다. 이곳에 사람이 많긴 하지만 모두 끼니를 걱정해야 하는 난민들입니다."

군관은 코웃음을 쳤다.

"흥! 그거야 모르는 일이지. 요즘처럼 시절이 하수상할 때는 사람이 모이는 것만으로도 문제가 생길 수 있는 일이거든. 누구라도 창칼만 쥐여 주면 곧바로 반란군 병사가 될 수 있으니까 말야."

우권 등을 범법자 대하듯 아예 말투까지 바뀌었다.

우권은 머리를 조아리며 말했다.

"그건 천부당, 만부당한 말씀입니다. 이곳으로 모이는

사람들은 다들 며칠째 굶어서 제 몸조차 가누기 어려운 사람인데 무슨 무기를 들고 전쟁을 할 수 있겠습니까. 게다가 대부분 여자와 아이, 노인들이고 장정은 거의 없습니다."

군관은 주변을 둘러본 후 말했다.

"어쨌거나 우리 관할 지역에서 이런 일을 벌이도록 놔둘 수는 없으니 당장 다른 곳으로 옮기도록 해."

"관할이라면……."

"여기는 구계현(九溪縣)에 속한 땅이야."

"나으리, 구계현이라면 강을 건너야 하는데 어찌 이곳이 관할이 되는지요?"

군관은 호통을 쳤다.

"내가 그렇다면 그런 줄 알 것이지! 뭘 안다고 떠드는가? 설마하니 내가 거짓말이라도 한다는 건가?"

우권은 당황했다.

"아, 아닙니다. 그럴 리가요."

"너희는 어디서 왔지?"

"항주에서 왔습니다."

"항주 무슨 상단?"

"저희는 따로 상단에 속한 게 아닙니다."

군관이 눈을 가늘게 떴다.

"상단 소속이 아니라고?"

"그렇습니다."

"그럼 이 돈은 다 어디서 난 거야?"

"저희를 고용한 분이 주셨습니다."

"그러니까 그 고용주가 누구냐고."

"왕 대인이란 분인데. 저희에게 따로 출신 내력을 얘기해 주지는 않으셨습니다."

군관은 못마땅한 표정을 지었다.

"뭔가 수상하군. 이런 일을 하면 자랑을 해도 시원치 않을 판인데, 자기를 숨긴단 말이지?"

우권은 더 아는 바가 없어서 그저 군관의 처분만 기다렸다. 군관이 입을 열었다.

"너희를 고용한 사람에게 전해라. 여기서 이 짓을 계속하고 싶다면 구계현의 지현 나리를 찾아뵙거나 백호소(百戶所)에 와서 나 장광(張廣)을 찾으라고. 만약 사흘 내에 아무런 기별이 없다면 이곳을 모조리 쓸어 엎고 네놈들도 옥에 처넣을 테니까 그리 알아!"

우권이 항변했다.

"사흘은 너무 촉박합니다! 여기서 항주까지 가는 데만도 빠듯합니다."

"좋아. 그럼 닷새를 주겠다. 더 이상은 안 돼."

군관은 그렇게 일방적으로 통보하고는 병사들을 데리고 돌아갔다.

물주를 만나자고 하는 걸 보니 결국 그의 목적은 돈이었다. 국법이 어떠니, 작당이 어떠니, 관할이 어떠니 하는 것은 다 겁을 주려는 수작일 뿐이었던 것이다.

설가영이 분개한 어조로 진평에게 말했다.

"형님, 저놈들 혼내주세요!"

그녀도 군관이 원하는 바를 알아차린 것이다.

진평은 씁쓸한 미소를 지었다.

이런 일이 처음이 아니었기 때문이다.

다른 곳에서도 관리가 집적대는 일은 늘 있었다.

마충과 왕립이 말했다.

"저희가 쫓아가서 죽여 버릴까요?"

두 사람이 감당하기엔 수가 많지만 우두머리 장광 정도는 제압할 수도 있을 것이었다.

그러나 진평은 그들을 제지했다.

"그만둬. 문제가 더 커질 수 있어."

그러자 삼목객이 말했다.

"그 누구냐. 장씨 성 가진 장군한테 얘기하면 간단히 해결될 문제 아닌가?"

우겸이 떠난 이후 관군의 수장 임무를 맡은 장해를 얘기하는 것이었다.

그러나 진평은 그럴 생각도 없었다.

그와의 사이에 이런 시시콜콜한 일로 부담감을 만들 이

유가 없는 것이다.

늘 하던 대로 해결하는 게 최선이었다.

진평은 사람을 시켜 적당히 몇 푼 쥐여 주기로 했다.

관과 마찰이 생기면 유민들이 밥을 굶게 될 것이고, 장소를 옮기면 소문을 듣고 찾아오는 사람들이 헛걸음을 하게 될 것이었다.

그러느니 먹고 떨어지라고 돈을 주는 게 나았다.

진평은 우권을 따로 만나 얘기했다.

"문제는 내가 해결하겠습니다."

우권이 궁금한 표정으로 물었다.

"당신은 누구십니까?"

"실은 나도 왕 대인에게 고용된 사람입니다. 배식이 제대로 이루어지는지 감시하는 일을 맡았지요."

우권은 손뼉을 쳤다.

"아! 역시 그랬군요. 허우대도 멀쩡하고 입성도 말끔한 사람이 매일 찾아와서 좀 이상하다고 생각하던 참이었습니다. 하하! 왕 대인은 본래 철두철미한 분이군요."

"그런 편이지요."

우권은 안도의 한숨을 내쉬었다.

짐을 내려놓아 다행이라는 표정이었다.

"그럼 부탁드리겠습니다."

"맡겨 주십시오."

진평은 마충과 왕립을 불러 은량을 주면서 당부했다.

"백호소를 찾아가서 아까 그 군관에게 이걸 주고 얘기를 잘하고 돌아와라. 절대로 그를 자극해서는 안 돼."

마충과 왕립은 그런 놈에게 아쉬운 소리 하기가 싫었지만 진평의 명에 따를 수밖에 없었다.

"알겠습니다. 저희가 관리들 상대한 경험은 많으니까 믿고 맡겨 주십시오."

두 사람은 하루 만에 임무를 무사히 마치고 돌아와 진평에게 보고했다.

"잘 끝났습니다."

"그 큰 입이 쩍 벌어져서 다물어지지를 않더라고요."

"수고했다."

그러나 거기서 끝이 아니었다.

장광은 이틀 뒤 다시 나타났다.

우권이 다시 나서서 대거리를 했다.

"오늘은 또 무슨 일로 오셨습니까?"

장광은 탐욕스런 눈을 번뜩이며 말했다.

"얘기를 들어 보니 지난번에 지현상공을 빼놓고 나에게만 인사를 했더군. 그래서야 쓰나?"

우권은 그저 진평을 바라볼 수밖에 없었다.

진평이 가만히 고개를 끄덕이자 그가 말했다.

"알겠습니다. 현에도 따로 사람을 보내겠습니다."

"좋아, 좋아! 말이 잘 통하는군. 하하하!"

한참 웃던 장광은 좌우를 둘러본 후 말을 이었다.

"먼 길을 왔더니 배고 고프고 목도 좀 마르군."

우권이 얼른 말했다.

"식사를 차려드릴까요?"

장광은 버럭 소리를 질렀다.

"뭐라고? 이놈이 제정신이 아니구나. 나더러 저 거지들이 먹는 음식을 먹으란 말이냐?"

우권은 쩔쩔맸다.

"아! 저, 저는 단지……."

"에잉! 기분 잡쳤네. 나처럼 공사다망한 분이 먼 길을 왕림했으면 돌아가는 길에 병사들 밥과 술이라도 사 먹이라고 내놓는 게 좀 있어야 할 것 아냐."

이젠 아예 노골적으로 돈을 요구했다.

우권이 어쩔 줄 몰라 하자 진평은 마충에게 턱짓을 했다.

마충이 얼굴 가득 미소를 머금으며 나섰다.

"아이고! 장소기(張小旗) 나리. 오늘 또 뵙네요."

소기는 장광의 관직으로, 군관 중에서는 가장 말단이었다. 그럼에도 불구하고 그가 이렇게 설쳐 댈 수 있는 것은 구계현의 지현이 바로 그의 숙부였기 때문이다.

마충은 장광에게 다가가 그의 손을 잡으면서 슬그머니

돈주머니 하나를 그의 손아귀에 넣어 주었다.

"원로에 고생이 많으셨습니다."

장광은 주머니의 무게를 대충 가늠해 본 후 입가에 미소를 지었다.

"고생은 무슨. 자네를 보기 위해서라면 매일이라도 올 수 있네. 하하하!"

그건 모두가 바라지 않는 일이었다.

돈을 뜯어 가는 것도 마음에 들지 않지만 그보다 더 큰 문제는 그와 부하들이 올 때마다 난민촌 사람들이 놀라고 겁을 먹는다는 점이었다.

장광이 껄껄거리며 돌아간 후 설가영이 진평에게 말했다.

"형님, 제게 이 일을 맡겨 주세요."

"어쩌려고?"

그녀가 씩 웃으며 말했다.

"여자 삼도천이 나설 때가 된 것 같아요."

"죽일 생각인가?"

설가영은 고개를 끄덕였다.

"걱정 마세요. 고통은 주지 않을 거니까요. 빠르고 깨끗하게 끝내고 올게요."

"지현도 연루된 것 같던데……."

"둘 다 처리할게요."

진평은 미소 지었다. 사람 죽이겠다는 얘기를 눈 한 번 깜빡 않고 천연덕스레 하는 것을 보니 설가영도 무림인이 다 되었다는 생각이 들었다.

"하지만 관과 얽힌 일은 신중하게 처리해야 해. 우리는 일이 틀어진다 해도 아무 문제없이 몸을 뺄 수 있지만 유민들은 곤란해질 수 있거든."

설가영이 잠시 생각한 후 말했다.

"그럼 다른 방법을 쓰도록 할게요."

"어떤?"

"조용히 두 사람만 죽이면 될 거라고 생각했는데, 그건 아무래도 이쪽이 의심받을 수 있겠죠? 좀 시끌벅적하게 일을 벌여야겠어요."

진평은 고개를 끄덕였다.

"도와줄까?"

설가영이 생긋 웃었다.

"형님 없이도 삼도천이 가능하다는 걸 증명해 보고 싶어요."

옆에서 삼목객이 끼어들었다.

"아나히타 곁엔 내가 있을 테니까 걱정 말게."

진평은 그들에게 이번 일을 맡기기로 했다.

설가영과 삼목객 그리고 마충과 왕립은 우선 구계현을

찾아가 관아 건물의 구조와 진입로, 탈출로들을 확인했다.

그리고 객잔과 저자에서 만나는 사람들마다 지현에 대해 물어보았다.

그들의 평은 한결같았다.

이제까지 부임한 어떤 현령보다 악독한 자이고, 자기 부를 축적함에 있어 온갖 악행을 서슴지 않았기 때문에 당한 사람들 얘기가 끝도 없었다.

군관 장광에 대한 얘기도 나왔다.

원래 저자의 무뢰배였는데 아재비 덕에 무관 시험에 뒷구멍으로 합격하여 지금은 충실한 손발 노릇을 한다고 했다.

삼목객이 말했다.

"더 들을 것도 없군. 그들 숙질은 악신 아리만의 하수인이 분명해. 광명 세상을 위해 없어져야 할 존재들이야."

설가영도 전적으로 동의했다.

그날 밤.

설가영은 미리 준비한 옷으로 갈아입었다.

남장을 한 위에 붉은 두건으로 머리를 묶고 어깨와 겨드랑이 사이로 붉은 천까지 두르니, 바로 반란군의 차림새였다.

삼목객과 마충, 왕립도 얼굴에 검댕을 칠하여 누가 알

아보지 못하도록 한 후 다들 붉은 천을 둘렀다.

그리고 네 사람은 관아 담을 넘었다.

어수선한 시절이라 평소보다 지키는 병사가 많았지만 그들은 무공을 모르는 토병들이었다. 설가영과 삼목객의 접근을 전혀 알아차리지 못했고, 간단히 점혈당해 쓰러지고 말았다.

설가영은 그들이 들고 있던 창을 들고 안으로 들어가며 나머지 병사들은 물론 하인과 하녀들도 모두 수혈을 누르며 안채로 들어갔다.

객청엔 늦은 시간인데도 불이 훤히 켜져 있었다.

설가영을 비롯한 네 사람은 객청 주변의 사람들을 차례로 점혈한 후 내부를 살폈다.

장광과 비슷한 메기입을 가진 사내가 부호로 보이는 두 명의 사내와 마주 앉아 한창 연회를 벌이는 중이었다.

"걱정 마시오! 그 노파는 자식도 없고 일가친척도 없는데 어찌 그 땅을 지킬 수 있겠소? 적당히 계약서 한 장 만들어 송사를 걸면 내가 알아서 판결해 주겠소."

"아이고! 감사합니다. 하지만 사람들 이목이……."

"흥! 노파가 미쳤다고 옥에 가두면 그만이오. 적당한 시기에 죽어 주면 더 좋을 것이고. 흐흐흐……."

"그렇군요. 하하하!"

"그런데 내 몫이 얼마라고 했소?"

"그야 늘 하던 대로 삼 할을……."

"이번 일은 늘 하던 대로가 아닌데? 멀쩡한 땅을 거저먹자는 것 아니오?"

"하하하! 그렇군요. 절반을 드리겠습니다."

"역시 이 대인은 화통하시오. 하하하!"

설가영과 삼목객, 마충과 왕립은 그들의 대화를 듣고 치를 떨었다. 땅 주인이 외롭고 힘없는 노파라고 해서 털도 안 뽑고 집어삼키겠다는 수작이 분명했다.

설가영은 문을 박차고 들어갔다.

"이놈들! 꼼짝도 말거라!"

성대에 진기를 주입하여 음성을 바꾸는 설가영의 기술은 이미 경지에 올라 있어서 호통소리가 마치 천상 신장이 꾸짖는 것처럼 우렁찼다.

깜짝 놀란 지현과 두 부호는 도망칠 길을 찾느라 상을 엎고, 접시를 깨고, 난리를 벌였다.

그러나 그들은 서너 발자국도 가지 못해 삼목객, 마충, 왕립 등에게 붙잡혔다.

삼목객이 설가영에게 물었다.

"아나히…… 두령! 목을 벨까요?"

그것이 가장 손쉬운 방법이지만 설가영에겐 다른 생각이 있었다.

"놈들을 묶어라."

밧줄을 찾아와 세 사람을 꽁꽁 묶은 후 설가영은 그들을 관아의 서까래에 대롱대롱 매달도록 했다.

그리고 건물 중 하나에 불을 질렀다.

불길이 치솟아 오르자 마을 사람들이 저마다 불 끌 도구를 챙겨 들고 모여들었다.

그리고 네 명의 도적이 지현과 지주 두 명을 매달아 놓고 있는 희한한 광경을 보게 되었다.

설가영이 마을 사람들에게 말했다.

"우리는 하늘을 대신하여 도리를 행하고자 이곳에 왔습니다! 지현의 악행에 대한 소문이 자자한데, 과연 사실이 그러한지 알고 싶습니다. 이자가 죽어 마땅한 짓을 했습니까?"

지현은 매달린 채 발버둥 쳤다.

"아이고! 대왕님. 죽다니요. 원하는 것은 모두 다 드릴 테니 제발 저는 살려 주십시오."

급하니까 적도의 무리를 소탕해야 할 현령의 입에서 대왕 소리가 나왔다.

그리고 모여 있는 백성들을 향해서도 말했다.

"무엇을 멍하니 보고 있느냐? 어서 대왕님께 나를 살려 달라고 빌어라!"

매달려서 피가 쏠리는 데다 소리까지 지르니 얼굴이 보랏빛으로 변했다.

설가영은 창으로 그를 툭툭 쳐서 조용히 하게 한 후 주민들에게 다시 물었다.

"말씀해 보십시오. 여러분이 죽여야 한다고 하면 내가 죽이겠습니다."

진평과 그녀가 생각하는 삼도천이란 본래 자신이 판관이 되고 형 집행까지 하는 것이었다.

그런데 이번엔 그녀가 판결의 역할을 마을 사람들에게 넘기기로 했다.

자기 생각엔 죽이는 게 맞지만 과연 사람들도 그렇게 생각하는지, 그리고 자기 생각을 드러내어 말할 수 있는지 알고 싶었기 때문이다.

주민들은 머뭇거렸다.

늘 지현의 위세에 눌려만 살았기 때문에 속에 있는 말을 꺼내기가 두려웠던 것이다.

그들 중 한 사람이 용기를 내어 외쳤다.

"죽여야 합니다!"

그러자 봇물 터지듯 사방에서 동조하는 목소리가 터져 나오기 시작했다.

"그놈이 멋대로 만든 세금 때문에 죽을 지경입니다. 내가 먼저 놈을 죽이고 싶습니다!"

"난 하지 않아도 될 부역을 하다 허리를 다쳤소."

분위기가 일시에 험악해지자 지현은 호통도 쳐 보고 애

원도 해 보았다. 그러나 주민들의 성난 민심은 전혀 사그라질 줄을 몰랐다.

설가영이 손짓으로 주민들을 제지한 후 말했다.

“여기 두 사람은 지현과 함께 술을 마시면서 어느 노파를 미쳤다고 옥에 가두고 그 땅을 빼앗을 모의를 했습니다. 이들은 어떻게 하는 것이 좋겠습니까?”

그러자 주민들이 말했다.

“채가 놈과 변가 놈도 한통속입니다. 같이 죽이십시오!”

불을 보고 몰려든 사람의 수는 계속 늘어났다.

먼 곳에서 온 사람들은 나중에 도착한 것이다.

그들의 고함과 함성이 극에 달하자 설가영은 지현과 두 지주에게 물었다.

“이만하면 너희가 죽어야 하는 이유를 알겠지?”

지현이 다급하게 말했다.

“대왕님! 제게 숨겨 둔 재물이 있습니다. 그걸 모두 드릴 테니 제발 목숨만은 살려 주십시오.”

“숨겨 뒀다고?”

“그, 그렇습니다. 창고와 궤짝 말고도 땅에 묻어 둔 게 있습니다.”

설가영이 잠시 생각한 후 물었다.

“너를 살려 주는 조건으로 그걸 주겠다는 말이지?”

“그렇습니다! 삶만 보장해 주신다면 제 평생 모은 재물을 전부 다 드리겠습니다."

설가영은 코웃음을 쳤다.

"살아남기만 하면 그깟 재물쯤 언제든 다시 긁어모을 수 있다고 생각하는 것이구나."

"예? 아, 아닙니다. 절대로 그런 뜻은 없습니다."

"됐다. 네가 죽어야 한다는 사실엔 변함이 없어."

설가영은 돈에 욕심나서 이 일을 하는 게 아니었다.

돈을 찾아내고 나서 그를 죽이는 식으로 자신의 양심에 거스르는 행동을 할 이유도 없었다.

쉽고 간명했다.

죽을 짓을 한 놈을 죽이면 그만인 것이다.

설가영의 눈빛이 흔들리지 않는 것을 본 지현은 다시 한 번 다급하게 말했다.

"금액이라도 들어 보십시오. 귀가 솔깃하실 겁니다."

세상에 돈 싫다는 사람은 없다는 게 그의 생각이었다.

그러나 설가영은 달랐다.

본혈방과 사해전장을 통해 워낙 거액이 움직이는 것을 본 터라 은원보, 금원보가 쌓여 있다고 해서 마음이 흔들리지는 않았다.

"그 돈 전부 저승길에 노자로 가져가려무나."

"죽으면 그만이지. 그걸 어떻게 가져갑니까?"

"그럴 걸 왜 모았어?"

설가영은 더 말을 섞지 않고 창을 지현의 목에 찔러 넣고 비틀었다.

매달린 채 바동거리던 지현이 끝내 숨을 거두자 설가영은 다른 두 사람도 똑같이 죽였다.

판결은 주민들에게 맡겼지만 형의 집행은 남의 손을 빌리지 않고 직접 하는 것이 옳다고 생각한 것이다.

주민들은 환호성을 지르며 기뻐했다.

설가영이 그들에게 말했다.

"관아의 창고에 들어 있는 곡식과 돈과 비단을 모두 여러분의 것이니 마음대로 가져가십시오. 단, 이들 세 사람 외에는 더 이상 죽는 사람이 없었으면 좋겠습니다."

주민들은 함성을 지르며 창고로 달려갔다.

설가영은 창을 버리고 손에 묻은 피를 지현의 옷에 닦으면서 마충에게 물었다.

"백호소에서 여기까지 얼마나 걸릴까?"

"불을 보고 바로 출발했다면 곧 들이닥칠 겁니다."

"좋아. 그들이 방해하지 못하게 해야겠지?"

설가영은 무기 시렁에서 새로 칼 한 자루를 꺼내어 든 후 관아 밖으로 나가 백호소와 통하는 길 한가운데 섰다.

잠시 시간이 지나자 과연 장광이 부하들을 이끌고 달려오는 게 보였다.

설가영은 호통을 쳤다.

"백성들의 고혈을 빨아먹은 못된 자는 즉시 말에서 내려 무릎을 꿇어라!"

장광은 관아가 불타고 사람들 함성이 가득한 것을 보고 마음이 급했다.

"반역의 무리가 어디서 헛소리냐!"

말을 달리며 삼첨양인도를 휘둘러 설가영을 단번에 두 쪽 내려 했는데, 그의 무예는 그다지 대단할 게 없었다.

설가영은 별 힘들이지 않고 칼이 가는 방향대로 오히려 잡아당겨서 간단히 장광을 낙마시켰다.

"어이쿠!"

흙바닥에 나뒹군 장광은 곧바로 점혈을 당해 개구리처럼 땅바닥에 납작 엎어지고 말았다.

설가영은 그가 휘둘렀던 삼첨양인도를 들어 빙글빙글 돌리며 말했다.

"지현과 결탁하여 백성들을 괴롭혔으니 그 죄는 참형에 해당된다. 부디 내생에는 그 죄업을 씻기 바란다."

"자, 잠깐만!"

장광이 황급히 외쳤지만 설가영의 칼은 주저함 없이 그의 목을 잘라 버렸다.

수장이 단숨에 제압당해 목 없는 시신이 되자 따라오던 병사들은 겁을 먹고 도망쳤다.

그러자 삼목객의 호통이 터졌다.

"이놈들! 꼼짝도 말거라! 손가락 하나라도 움직였다가는 모두 다 고슴도치로 만들어 줄 것이다."

병사들은 좌우를 둘러보고 깜짝 놀랐다.

언제 나타났는지 주변 담과 지붕 위로 홍건(紅巾)을 쓴 반란군 궁수 수백 명이 활을 겨누고 있었다.

"살려 주십시오!"

병사들은 도망갈 엄두를 내지 못하고 일제히 무기를 버리며 투항했다.

설가영과 삼목객은 그들 사이로 들어가 모조리 수혈을 짚어 쓰러트렸다.

지붕 위의 궁수들은 곧 사라졌다.

그것은 삼목객이 만든 환영이었다.

병사들이 백호소로 돌아가 이곳의 상황을 전하면 더 많은 병사들이 몰려올 것이 뻔하기 때문에 번거로움을 피하기 위해 실력을 발휘한 것이다.

덕분에 시간을 벌게 된 설가영은 관아 안으로 들어가 보았다. 주민들이 어떻게 하고 있나 궁금했던 것이다.

그리고 놀라운 광경을 보게 되었다.

관아는 불타고 지현은 창에 찔려 죽은 상황이 펼쳐졌으니 다들 흥분해서 날뛸 것으로 생각했는데 의외로 차분했다.

한쪽에선 땅, 노비, 세금에 관련된 문서들을 태우고 다른 한쪽에선 돈과 비단, 무명, 곡식 등을 나누고 있었다.

힘 있는 자가 먼저 차지하는 게 아니라 나름대로 질서를 지키며 서로 배려하고 있었다.

더욱 인상적인 사실은 관아에 속해 있던 사람들을 모두 한자리에 모은 것이다.

점혈 당해 움쭉달싹 못하는 그들이 행여 불길에 화상이라도 입지 않도록 멀찍이 옮겨 준 것이었다.

설가영이 말했다.

"우린 없어도 되겠네요."

삼목객이 말했다.

"저 불을 보거라. 이 세상 모든 더러움과 악을 태우는 게 바로 불이야. 멋지지?"

설가영은 고개를 끄덕였다.

"정말 아름답네요."

관아의 지붕을 삼키며 번지는 불길은 일견 끔찍했지만, 한편으로 그 화염을 자세히 보노라면 노랗고 파랗고 붉은 형상들이 마치 살아 있는 것처럼 움직여서 참으로 신비로웠다.

삼목객이 웃으며 말을 이었다.

"그래서 우리 현교가 불을 숭배하는 거야."

설가영은 그럴 만도 하다고 생각했다.

방산관으로 돌아온 설가영은 신이 나서 밤사이 있었던 일들을 모두 얘기했다.

그녀의 말을 모두 들어 준 후 진평이 말했다.

"마을 사람들이 그렇게 행동했다니 놀랍군."

"아마 작은 고을이라 서로서로 잘 알기 때문이었을 거예요."

진평은 고개를 끄덕였다.

비슷한 피해를 입은 동지라는 의식도 작용했을 것이었다.

그가 표정을 바꾸어 설가영에게 물었다.

"지현이 숨겼다는 재물 찾고 싶지 않았어?"

"나중에 누군가 인연 있는 사람이 가지겠죠. 계속 땅속에 묻혀 있어도 상관없고요."

"우리 막내가 언제부터 물욕을 초탈했을까?"

"어차피 죽을 때 가져가지도 못하더라고요."

"하하! 그건 그렇지."

진평은 그녀를 가만히 안아 주었다.

# 제7장
# 총소갑

며칠 뒤.

장해가 보낸 전령이 진평을 찾았다.

경사에서 관료가 한 명 내려와서 호림공을 찾고 있다는 것이었다.

진평은 즉시 말을 타고 복안현으로 갔다.

장해의 집무실로 가니 한 사람이 마중 나와 환히 웃었는데, 상당히 호감이 가는 인상이었다.

나이는 삼십 대 후반에서 사십 대 초반쯤으로 보였고, 수염이 깔끔하게 잘 정돈되어 있었으며 미소가 친근하게 느껴졌다.

"말씀은 많이 들었습니다. 저는 감찰어사(監察御使) 유화(柳華)라고 합니다."

진평도 마주 포권을 했다.

"진 모라고 합니다."

감찰어사라는 애기를 듣고 나니 장해가 잔뜩 긴장한 모습을 보이고 있는 게 이해가 되었다.

그러나 유화는 군무를 감찰하러 온 것이 아니었다.

자리를 나누어 앉고 차를 마시면서, 그는 자기가 온 목적을 애기했다.

"병부시랑께서 저를 보내신 이유는 절강과 복건의 반란에 대한 근본적인 대비책을 찾기 위해서입니다."

그가 우겸의 사람임을 알게 되자 비로소 장해의 표정도 풀어졌다. 도찰원(都察院)에까지 심복이 있는 것을 보면 우겸이 참 대단하다는 생각이 들었다.

유화가 진평에게 말했다.

"장군님 말씀이, 호림공에게 먼저 물으라 하셨습니다. 부디 제게 가르침을 주십시오."

"감당할 수 없습니다."

정칠품 감찰어사가 서민에게 가르침을 청하는 것은 격에 맞지 않는 일이었다.

그러나 유화는 거듭 조언을 구했고, 진평이 마침내 입을 열어 평소 생각하던 바를 말했다.

"복건은 경사와 너무 멀어서 황은이 미치기 어렵습니다."

절강도 멀지만 대운하가 항주까지 이어져 있다 보니 심리적 거리는 그렇게 느껴지지 않았다. 경사의 관리들은 항주, 소주를 자신들 뒷마당의 곳집 정도로 여겼다.

항주에서 복건까지는 항주에서 경사까지 거리의 삼분지 일도 안 되지만 물길이 이어져 있지 않기 때문에 현실적으로는 아득히 먼 곳이라 할 수 있었다.

유화는 진평의 말이 무슨 뜻인지 잘 이해하지 못했다.

"멀다고 해도 지방관들이 배치되어 있지 않습니까."

"그들은 임기를 채우고 경사로 돌아갈 생각뿐, 다른 어떤 의지도 가지고 있지 않습니다."

"그들에게 어떤 의지가 필요합니까?"

"그야 당연히 백성들을 보살피겠다는 의지지요."

유화가 잠시 생각한 후 물었다.

"복건성의 관리들이 다른 지역에 비해 수탈이 더 심하단 말씀이십니까?"

진평은 고개를 가로저었다.

"복건의 백성들은 왜구에 시달리고 있습니다. 백성을 사랑하는 관리라면 응당 관군을 동원하여 왜구 소탕에 앞장서야 하겠지만, 사실 왜구를 상대로 전과를 올리는 것은 몹시 어려운 일입니다. 불시에 습격한 후 곧장 배를 타고 달아나 버리기 때문입니다. 달아나기 전에 따라잡는다고 해도 그들과의 싸움은 쉽지 않습니다. 오히려 병사들이 죽고 다치는 경우가 훨씬 더 많지요."

진평은 복건에 살지는 않았지만 이 땅에서 벌어지는 일들에 대해 누구보다 잘 알았다.

본혈방의 재물을 풀어 유민들에게 식량을 나누어 주는 곳이기도 했고, 절친한 친구 석위의 고향이기도 했다.

유화는 천천히 고개를 끄덕였다.

"사상자가 나오면 문책이 뒤따를 것이고, 그게 자신의 경력에 오점으로 남을 것이 두려워 관리들은 왜구 소탕에 적극적으로 나서지 않게 되겠군요."

"바로 그렇습니다."

"흐음……."

유화는 습관처럼 수염을 만지며 생각에 잠겼다.

왜구 토벌에 상을 걸면 나아질 것인가?

그럴 것 같지 않았다.

그는 감찰어사이기에 관리들의 특성을 누구보다 잘 알았다.

어떤 일에 적극적으로 나섰다가 실수라도 하면 온갖 비난을 떠안기 마련이었다. 그저 욕먹지 않을 만큼만, 딱 중간만 하면서 착실히 재물을 모아 요직으로 올라설 기회를 엿보는 게 최선의 처세술이었다.

장해가 끼어들었다.

"왜구 토벌을 위해 따로 부대를 편성하면 되지 않겠습니까? 그들에게 맡기면 문책이 두려워서 움츠리는 일은 없을 것입니다."

진평은 고개를 가로저었다.

"한두 부대로 그 넓은 해안을 다 지킬 수는 없습니다."

"그렇다면……."

장해는 말을 하려다 멈추었다.

부대의 규모를 늘리면 되지 않느냐고 항변할 생각이었는데, 그 부대를 운용하고 유지하는 데 들어갈 비용이 문제였다.

결국 백성들의 세금으로 충당해야 한다면 가까이 있는 관군이 멀리 있는 왜구보다 더 미워질 수도 있는 것이다.

유화가 진평에게 물었다.

"호림공께서는 어떤 고견을 가지고 계십니까?"

"왜구 퇴치라는 목적으로만 보자면 방법이 없는 것도 아닙니다."

유화와 장해가 모두 상체를 기울였다.

"그게 무엇입니까?"

"주민들 스스로 조직을 만들도록 하면 될 것입니다. 자기 마을을 지키는 데 그들보다 열심히 나설 사람이 또 어디 있겠습니까."

석위가 수많은 왜구를 잡을 수 있었던 것도 바로 주민들이 자청하여 파수꾼 역할을 해 주었기 때문이었다.

유화가 말했다.

"그들을 훈련시키고 무기를 지급하려면 꽤 많은 절차와 시간이 필요할 것입니다."

진평은 미소 지었다.

"제가 스스로라고 하지 않았습니까. 관이 개입하면 그 조직이 관군과 뭐가 다르겠습니까?"

유화는 의아한 표정을 지었다.

"그러면 지휘관까지 주민 중에서 임명하란 말씀인가요?"

"그리해야 비로소 관리들과 다르게 움직일 것입니다."

진평이 그런 생각을 하게 된 데는 설가영이 구계현에서 본 일들이 바탕이 되었다.

관에서 가르치고 이끌어 주지 않아도 주민들 스스로 더 잘 해낼 수도 있는 것이다.

유화는 심각한 표정으로 생각에 잠겼다가 물었다.

"처음 말씀하실 때, 왜구 퇴치 목적으로만 방법이 있다고 하신 것은 무슨 뜻입니까?"

"서민에게 토병을 지휘할 수 있도록 권한을 주면 다른 문제가 생길 수도 있습니다."

"이를테면요?"

"자신이 관리라도 된 양 백성 위에 군림할 수도 있고, 최악의 상황엔 섭종유처럼 될 수도 있을 겁니다."

유화가 걱정하는 바도 바로 그것이었다.

"거기에 대해선 어떤 대책이 있겠습니까?"

"없습니다."

진평은 단정적으로 말했다.

반란을 막으려면 안정적으로 생업에 종사할 수 있는 기반이 필요하고, 그러려면 왜구를 막아야 했다.

관군이 못하면 주민들 스스로 막아야 하는데, 그들에게 아무 권한도 주지 않고 전투를 지휘하게 할 수는 없는 것이다.

장해는 못마땅한 표정으로 입맛을 다셨다.

왜구들로부터 백성을 지키는 일은 본래 관리들의 의무였다. 하지만 다들 사고 없이 지내다가 경사로 진출할 생각만 하고 있다는 게 문제였다. 당장 우겸이 데리고 왔다가 자신에게 맡기고 간 병력만 해도 반군 때려잡을 생각보다 돌아갈 생각이 더 간절하다는 사실을 그는 잘 알고 있었다.

유화가 진평에게 말했다.

"여러모로 도움이 되었습니다. 감사합니다."

"도움이 되었다니 다행입니다."

진평은 유화가 백성들 입장에서 제대로 된 결정을 내려주기를 바랐다.

유화는 여느 관리들과 달랐다.

장해와 함께 이번 전란으로 인해 피해 본 지역들을 일일이 돌아다니며 태만한 지방관들을 꾸짖고, 양곡을 풀어 주민들에게 나누어 주도록 했다.

특히, 한순간의 판단 실수로 광적의 무리에 가담했던 자들에 대해 사면령을 내리고 그 사실을 널리 알렸기 때문에 눈치를 보며 산에 숨어 있던 섭종유의 무리들이 대거 고향으로 돌아오는 계기가 되었다.

관에서 곡식을 나누어 주면서 고향으로 돌아오는 유민의 수가 늘었고, 전란으로 황폐해졌던 고을들이 차츰 활기를 띠게 되었다.

방산관에 머물면서 소문을 통해 그런 소식들을 접한 진평은 유화라는 적임자를 골라 보내 준 우겸의 식견에 다시 한 번 감탄했다.

유화는 진평의 의견도 받아들였다.

총소갑(總小甲)이라는 제도를 신설한 것이다.

마을의 크기에 따라 소갑이 임명되어 관의 협조 아래 치안도 담당하고 왜구의 침탈에도 맞서는 제도였다.

소갑 여럿을 한꺼번에 지휘하는 자는 총갑이라 칭했다.

본래 복건뿐만 아니라 모든 향촌엔 리갑제(里甲制)라는 것이 시행되고 있었다.

열 집을 한 갑(甲)으로 묶고, 열 개의 갑이 하나의 리(里)

가 되는 것으로 세금을 걷고 부역을 부과하기 편하도록 만든 제도였다.

총소갑은 그 연장이라 할 수 있지만, 소갑과 총갑의 권한이 리갑제 속의 수호(首戶)의 권한보다 훨씬 커졌다. 수호는 어느 집에 식구가 몇이고, 누가 군역을 치를 나이가 되었는지를 관에 보고하는 심부름꾼 정도의 역할인 데 반해, 총갑과 소갑은 무리를 이끌고 마을의 치안을 책임지는 임무를 맡기 때문이다.

새로운 제도는 동시에 다른 변화도 가져왔다.

설가영은 진평을 만나고자 하는 문파의 수가 급증한 것에 대해 의문을 품었다.

"형님, 접견 신청이 두 배로 늘었어요."

"예전처럼만 약속을 잡아."

사람 만나는 시간을 늘릴 생각은 없었다. 그럴 시간이 있다면 운기조식 한두 호흡 더 하는 게 나았다.

"밖에 나가 보면 다들 총소갑 얘기만 하는데 왜 그런 거죠?"

감찰어사 유화가 무림맹주를 찾아온 이후부터 그랬다.

"무림 문파에겐 기회가 될 수 있으니까."

설가영은 고개를 갸웃거렸다.

"왜구도 막아야 하고 반란도 막아야 하는데, 얘기를 들어 보니까 나라에서 돈을 주는 것도 아니고 병사를 징집할 권한을 주는 것도 아니더라고요. 할 일은 많고 생기는 건 없는데 뭐가 좋다고 난리들인지 이해가 안 가요."

진평이 그녀에게 물었다.

"무림 문파는 무엇으로 먹고살지?"

"그야, 저마다 자기 땅에서 난 소출로 먹고살죠. 우리처럼 장사를 하는 경우도 있고, 표국을 경영할 수도 있고……."

"무림 문파가 땅을 늘리려고 하면 어떻게 될까?"

"글쎄요. 근처의 지주나 관리들이 싫어하지 않을까요?"

"그럼 장사를 하는 무림 문파가 자신의 사업 영역을 더 넓히려고 한다면?"

"그것 역시 원래 그곳에서 장사하던 토박이 상인과 관리들이 싫어하겠죠."

"그럼에도 불구하고 확장하고 싶다면?"

"관에 든든한 연줄이 있거나 무력이 아주 강해야겠죠. 하지만 무력은 자칫 과하게 사용하면 관의 심기를 건드릴 수도 있기 때문에……."

진평이 미소 지으며 다시 물었다.

"총소갑은 누가 임명하지?"

"지방관이…… 아! 그러니까 총소갑이 되어서 그 고을을 지켜 주겠다는 게 목적이 아니라, 관과 이어질 끈을 잡는 게 목적이군요."

진평은 고개를 끄덕였다.

"총갑이 되면 관의 허락하에 그 고을의 실권자로 군림할 수 있게 되는 거야."

설가영은 비로소 이해했다.

총갑이나 소갑 자리엔 무림인을 앉히는 것이 그 본래 목적에 부합된다고 할 수 있었다. 그들은 평상시 문도를 훈련시키다가 왜구나 반란군이 자기 고을을 위협할 때 실력을 발휘하게 되는 것이다.

그 대가는 관과의 밀착, 혹은 관의 묵인이었다.

설가영이 잠시 생각한 후 말했다.

"복건 땅이 장차 무림 문파들의 각축장으로 변할 수도 있겠군요."

무림 문파의 힘이 아무리 강하다 해도 도시에서 사람을 죽였다가는 뒤처리가 여간 번거롭지 않았다.

관의 눈치를 봐야 하는 것이다.

하지만 총갑이 되어 한 고을의 치안을 자신이 담당하게 된다면 문도가 다른 문파의 제자를 죽여도 뒤탈 없이 처리할 수 있을 가능성이 크다고 볼 수 있었다. 백성들만 괴롭히지 않으면 관에서는 눈감아 줄 것이기 때문이다.

설가영은 접견 신청한 문파들을 훑어보았다.

구파일방처럼 오랜 전통을 지닌 명문은 없고, 아직 큰

힘을 가지지 못한 군소 방파들이 대부분이었다.

그들은 종소갑제를 절호의 기회로 보는 게 분명했다.

설가영이 살짝 미소 지으며 물었다.

"누구한테 어느 고을을 맡게 해 줄지, 혹시 생각해 두신 것 있으세요?"

바다와 가까울수록 왜구의 위협이 커지니까 다들 내륙의 고을을 원할 터였다.

"아니. 구재원에게 일임할 생각이야."

설가영은 살짝 아쉬운 마음이 들었다.

그러나 진평이 본래 그런 일로 이득을 취하거나 할 사람이 아니라는 사실을 알기에 그녀도 함께 욕심을 버렸다.

구재원이라면 자신의 인맥 확장을 위해 요긴하게 쓸 수 있을 것 같았다.

감찰어사 유화는 무림맹주인 소림방장에게 추천을 부탁하고 돌아갔지만, 원각대사는 그것이 자신의 일이 아님을 알았다. 자신이 무림맹주이기 때문에 유화가 자신을 찾은 것일 뿐, 관부와 무림맹의 연결 고리는 진평이었던 것이다.

그래서 문파의 수장들이 자신을 찾아와도 모두 진평에게 팔밀이를 했고 결국 진평의 객사 앞이 인산인해를 이루게 되었다.

진평은 무림맹 소속 문파들의 불만을 잘 알고 있었다.

정의를 위해 떨쳐 일어났다고는 하지만 반군을 상대로 죽고 다쳐 가며 싸움을 했는데 아무런 보상도 없다면 문제가 될 수 있었다.

진평은 관과의 연결고리 역할을 자처한 자신이 그 원망들을 모두 안고 떠날 생각을 했다.

하지만 총소갑제가 시행된다면 그럴 필요가 없었다.

각각의 문파에 충분한 보상이 가능하게 된 것이다.

진평은 일체 외출을 삼갔다.

무림맹 사람들이 맹주보다 자신에게 더 공손한 태도를 취하는 게 부담이 되었던 것이다.

설가영은 그가 객사에만 있는 것을 좋아했다.

난민촌에 다녀온 이후에는 맛있는 요리를 해서 나누어 먹고, 이런저런 얘기도 나눌 수 있었기 때문이다.

그리고 밤이 되면 진평은 혼자만의 시간을 가졌다.

내공에 깊이를 더하기 위해 집중적인 운기조식을 하는 것이다.

진평이 그리한다는 사실을 알고 설가영이 제안을 했다.

"형님, 제가 숙소 주변에 기문진을 쳐 드릴까요?"

"진법을?"

"예. 매일 해시(亥時)부터 이튿날 묘시(卯時)까지 형님 이외의 그 누구도 들어갈 수 없도록 만들게요."

"그런 걸 만들어서 뭐 하려고?"

"집중에 도움이 될 거예요. 그냥 하면 누가 방해할지도 모른다는 불안감 때문에 아무래도 깊이 빠져들기 어렵잖아요."

"이곳은 무림맹의 중지(重地)인데 누가 나를 방해하겠어?"

"방해할 사람이야 많죠. 둘째 형님이 갑자기 찾아올 수도 있는 거고, 급한 일이 있어서 맹주님이 사람을 보낼 수도 있는 거고…… 어쨌거나 아주 사소한 거라도 걸리는 게 있으면 마음에 남아서 조식을 방해할 거예요. 저는 그러더라고요."

딴은 맞는 말이라 그리하라고 했고, 설가영은 실력을 발휘하여 이틀 만에 진법을 완성시켰다.

"제가 생문을 가르쳐 드리지 않을 테니까 한 번 들어가 보세요."

설가영의 말에 진평은 미소 지었다.

분명 건물이 사라진 건 아니니까 방향을 정한 후 눈을 감고 뛰어 들더라도 될 것 같은데 막상 해 보면 뚫을 수 없는 게 그녀의 진법이었다.

이번에도 몇 차례 시도를 해 보았지만 실패였다.

지난번과 다른 점은 기문진이 발산하는 기운을 이전보다 훨씬 더 세밀하게 감지할 수 있었다는 사실인데, 그것은 이번에도 오히려 방해만 될 뿐이었다.

설가영에게서 생문 찾는 법을 배운 진평은 침상에 좌정한 후 운기조식을 시작했다.

그리고 확실히 달라진 점을 느낄 수 있었다.

설가영의 말이 사실이었다.

누군가 찾아올 수도 있다는 생각이 마음 깊은 곳에 남아 있는 것과 그렇지 않은 것은 분명히 달랐다.

그것은 진평의 예상보다 훨씬 큰 차이었다.

무념무상의 경지에서 내면의 빛에 집중하다 보면 순식간에 시간이 흘러 어느새 날이 밝아 있곤 했다.

그렇게 집중한 날은 온몸에 기운이 넘쳤고, 정신적으로도 충만한 기분이 밤까지 이어졌다. 그 기분을 유지한 채 다시 운기조식에 집중하면 이튿날엔 효과가 배가 되었다.

그로 인한 몸의 변화도 놀라웠다.

운기조식이 거듭될수록 전신을 둘러싸는 금광은 더욱 짙어졌고, 진기를 자유자재로 운용하게 되면서 왼손으로는 삼매진화의 화염을 일으키는 동시에 오른손으로는 성에를 만드는 일까지 가능해졌다.

진평으로서는 기문진의 덕을 톡톡히 보게 된 것이다.

# 제8장
# 백척간두의 대결

하루는 설가영이 진평에게 말했다.

"기린맹이 예전만 못한 것 같아요."

"왜 그렇게 생각하지?"

"진감호의 병력을 찾아내는 데 왜 이렇게 오랜 시간이 걸리는지 모르겠어요. 수백, 수천 명이 모여 있으면 멀리서도 훤히 보일 텐데."

"후후…… 이미 상당 부분을 찾아냈어. 병력을 잘게 쪼개어 숨어 있더군."

설가영은 깜짝 놀랐다.

"정말요? 그런데 왜 안 움직이세요?"

"가장 중요한 사촌 형의 행방이 묘연하거든."

갑옷 입혀 놓은 대역이 죽은 것을 보고 겁을 먹은 게 분명했다. 이런 상황에서 공연히 타초경사(打草驚蛇)의 우를 범할 이유는 없었다.

사촌 형이건 마맹기건 둘 중 한 명의 소재가 명확하게 확인되기 전까지는 짐짓 모르는 척하는 게 최선이었다.

설가영이 다시 물었다.

"병력을 나누어 놓으면 숨기엔 좋지만 결국 다 흩어져 버리지 않을까요?"

"아니. 그들은 섭종유 패거리와 달라."

"어떻게요?"

"섭종유에 합류한 반군은 채광권에 불만을 가진 광적들이 기본이 되고, 거기에 분노한 유민들이 더해진 거야. 고을을 약탈하고 세를 불려 갈 때는 너도나도 달라붙지만 산으로 쫓겨 들어간 지금은 병력이 줄어들 일만 남았지."

"그럼 형님의 사촌 형은요?"

"그를 따르는 무리는 돈으로 고용된 거야. 재물 창고가 마르지 않는 한 떨어져 나갈 일은 없어."

"그렇군요."

진평의 미간에 주름이 파였다.

말로 해 놓고 보니 여간 골치 아픈 일이 아니었다.

산골짜기로 들어간 섭종유보다 땅굴 속에 숨은 진감호

찾기가 훨씬 더 어려울 게 분명했다.

그래도 반드시 잡아야 했다.

그는 진감호에 대해 누구보다 잘 알고 있었다.

무공이 고강하고 머리도 좋은 데다 재력까지 갖춘 야심가.

그런 사람을 그냥 둬서는 민란을 잠재울 수 없었다.

다만, 지금은 섭종유를 잡는 게 먼저였다.

그와 함께 있을 마교 교주도 신경 쓰였다.

지난번에 도망친 것으로 보건대 신공이 아직 완성되지 않았음을 짐작할 수 있었다. 하지만 시간을 더 줄수록 그쪽이 유리해지는 것이다.

진평은 며칠 더 머물다가 무림맹 인원 대부분을 이끌고 방안산으로 갔다.

장해는 산 둘레에 관군을 배치하고, 무림맹은 그동안의 정찰 결과를 모아서 한 군데씩 찔러 보기로 했다.

총갑에 욕심을 내는 문파들은 너도나도 앞장서는 모습으로 진평의 시선을 끌려 애썼는데, 정작 진평은 방안산에 도착한 후 그 일을 전적으로 구재원에게 맡겨 버렸다.

구재원은 진평이 정리한 목록을 훑어본 후 말했다.

"숙부님, 제가 이런 중차대한 일을 감당할 수 있을지 모르겠습니다."

뇌전대의 간부로 약간 이름이 알려지고 있지만 아직 무

림맹에서 차지하는 비중은 미미한데, 한 문파의 미래를 결정하는 일에 개입한다는 게 조심스러웠던 것이다.

진평은 용기를 북돋워 주었다.

"너라면 할 수 있어. 주눅 들지 마. 무거운 짐은 사람을 주저앉게도 만들 수도 있지만 그가 가진 진정한 힘을 드러나게 할 수도 있지."

구재원은 다시 목록으로 시선을 옮겼다.

눈에 익은 이름도 많았다.

그들과 만나는 것은 어느 정도 기대되는 면도 있었다.

그는 전장에서 검을 휘두르는 것보다는 사람들을 만나고 그들과 교류하는 데 더 자신이 있었다.

진평이 자주 기회를 마련해 주었기 때문에 자신의 재능을 발견하고 발전시킬 수 있었던 것이다.

마침내 결심한 그가 말했다.

"숙부님, 잊지 말아야 할 일을 조언해 주십시오."

"멸사봉공(滅私奉公)."

짧지만 확실한 조언. 사사로운 이익이나 친분을 버리고 공적인 가치를 추구하라는 뜻이었다.

"알겠습니다."

구재원은 그날부터 바로 조병건과 함께 각 문파를 찾아다니기 시작했다. 조병건도 구재원과 마찬가지로 군소방파 출신이고 생각하는 것도 비슷해서 서로 죽이 척척 맞았다.

진평은 방안산 토벌전을 서두르지 않았다.

조급한 건 쫓기는 섭종유와 마교지, 관군과 무림맹이 아니었던 것이다.

공연히 급전을 벌여서 적에게 반전의 기회를 제공해 줄 이유도 없었다.

우선 산을 둘러싼 관군의 포위망을 꼼꼼히 점검하고, 그것이 뚫릴 경우에 대비하여 근처 강과 지류마다 수로맹과 석위의 병력도 은밀히 배치해 두었다.

그런 다음에야 비로소 뇌전대와 무림맹은 산으로 들어갔다.

그동안 뇌전대가 꼼꼼히 정찰을 해 둔 덕분에 진출입로와 군영 세울 곳은 이미 정해져 있었다.

거점을 정한 이후엔 주변을 샅샅이 뒤지고, 다시 다음 거점으로 옮겨 가는 식이었는데, 섭종유 진영에서 보자면 그야말로 죽을 맛이었다.

가만히 있자니 은신처를 들켜서 각개 격파당할 것 같고, 그렇다고 병력을 모으자니 위치가 발각되어 대대적인 공격을 받을 것 같았다.

진평은 수색의 선두에 섰다.

그가 찾는 것은 두려움의 기운이었다.

마음을 차분히 가라앉히고 자연과 하나 되는 호흡을 이어 가다 보면 이질적인 기운이 느껴지곤 했다.

공포와 두려움이 비록 고수의 살기처럼 강력하지는 않았지만, 내공의 경지가 상승한 진평은 그것을 잡아낼 수 있었다.

그런 진평의 지시로 병력이 이동하여 일대를 에워싸면 반군은 오래 버티지 못하고 기어 나오기 마련이었다.

그들은 변변한 저항도 해 보지 못하고 포로가 되었다.

수천, 수만의 병력으로 뭉쳐 있을 때는 무림맹도 그들을 두려워할 수밖에 없지만, 수십 명 정도로는 개개인이 무림고수의 상대가 되지 못했다.

그런 일들이 이틀에 한 번, 사흘에 한 번씩 반복되자 섭종유는 결단을 내렸다.

병력을 하나로 모아 결사전을 벌이기로 한 것이다.

진평도 상대의 낌새를 알아차리고 결전에 대비했다.

나무를 잘라 목책을 세우도록 했고, 그 배치는 설가영의 조언을 받아 방어에 가장 유리한 진형을 갖추도록 했다.

무림맹의 이십팔숙 문파 수장들 사이에선 승승장구하는 판에 웬 방어진이냐는 얘기가 나왔다.

군대라면 모를까 무림인들에게 있어 목책은 익숙하지 않은 구조물이었던 것이다.

그러나 진평은 섭종유 뒤에 숨은 마교도들을 의식했다.

굳건히 지키면 어떠한 변수도 없이 이길 수 있는데 조급하게 승리를 좇다가 사상자가 늘어난다면 그건 전적으로 지휘관의 책임이었다.

우겸의 용병술을 보고 배운 것 중 하나였다.

양측의 정찰병들이 며칠간 바빠진다 싶더니 마침내 섭종유의 부대가 일시에 모습을 드러냈다.

그들은 그동안 산속에 숨어 있었음에도 불구하고 그 규모가 작지 않았다.

섭종유도 나름대로 노력을 했던 것이다.

관군의 동태를 면밀히 정찰했을 뿐만 아니라 군자금을 동원하여 병력 충원에도 힘을 써서 빠져나간 만큼 인원을 보충했다.

또한 마교뿐만 아니라 사마외도의 무리들과도 무제한적으로 손을 잡았기 때문에 전력으로 보자면 어중이떠중이로 가득하던 예전에 비해 지금이 더 나을 수 있었다.

예상 밖으로 많은 병력에 둘러싸이게 되자 목책을 비웃던 무림맹 사람들도 진평의 선견지명에 감탄하고 다행이라 생각했다.

병법대로라면 반군이 무림맹 주둔지를 에워싸고 물과 식량이 떨어지기를 기다리는 게 현명한 선택이 될 것이다.

그러나 그들은 그럴 여유가 없었다.

언제 관군의 주력이 몰려올지 모르기 때문이었다.

결국 포위한 쪽이 오히려 다급한 상황.

그들은 전열을 갖추자마자 총공격을 감행했다.

반군의 공격은 격렬했다.

막다른 골목에 몰려 악에 받친 섭종유는 이 한 번의 싸움으로 자신의 생사가 갈린다고 생각했다.

그래서 부하들을 그 어느 때보다 열심히 독려했고, 반군 병사들 역시 여기서 밀리면 끝이라는 사실을 알기에 목숨을 걸고 전투에 임했다.

아침 일찍부터 시작된 공세는 오전 내내 이어졌고, 방안산 전체에 울려 퍼지는 반군의 함성은 쉬지 않고 이어지는 메아리를 만들었다.

"와아아……!"

"공격하라!"

그런데 그것은 일방적인 소리였다. 무림맹 쪽은 조용했다.

진평은 목책을 근거로 엄밀하게 방어에만 치중할 뿐 나가서 싸우지 못하도록 엄명을 내렸다.

무림맹은 반군에 비해 병력이 적지만 지형적 이점을 차지한 데다 개개인의 무공이 뛰어났다.

그런 그들이 작정하고 지키는 목책을 넘어서는 것은 결코 쉬운 일이 아니었다.

목책의 배치도 문제였다.

반군 측이 유리한 숫자의 우세로 몰아붙이려 해도 무림맹 병력들이 절묘하게 서로 도울 수 있는 위치에 배치되어서 한 발자국 들어가기도 쉽지 않았다.

그렇게 두 시진 정도가 지나자 반군의 기세가 눈에 띄게 수그러들었다. 아무리 때려도 뚫리지 않는 방어진에 막혀 몸이 피곤해지다 보니 결국 의욕도 꺾인 것이다.

진평은 그제야 비로소 뇌전대에 돌격명령을 내렸다.

기세는 순식간에 뒤집어졌다.

힘이 있음에도 불구하고 지키는 동안 힘을 비축한 뇌전대는 양 떼 사이로 뛰어든 늑대 무리처럼 거침이 없었다.

뒤이어 무림맹 본진도 일제히 쏟아져 나와 반군을 박살냈다. 섭종유의 부하들은 다수의 이점을 살리기 위해 진형을 펼치려 했지만 도처에 있는 우거진 수목과 가파른 경사 때문에 쉽지 않았다.

미리 목책을 세워 둔 무림맹과는 조건부터 달랐던 것이다.

결국 반군은 남쪽을 바라보고 달아나기 시작했다.

"물러서라!"

"퇴각하라!"

일이 이렇게 된 이상 방안산을 포기하고 더 먼 곳으로 달아나는 수밖에 없었다.

진평은 너무 심하게 추격하지 않도록 했다.

반란군 패잔병의 처리는 관군이 할 일이고, 무림맹에겐 다른 일이 남아 있기 때문이다.

마교는 따로 협공을 준비하고 있었다.

원래는 총공격부터 함께했어야 하지만 그들은 움직이지 않았다.

반란의 기세가 드셀 때는 섭종유와 공조하는 게 유리했지만 지금은 그들과의 연합이 무의미했다.

마교가 취할 수 있는 최선의 전략은 반군과 무림맹이 싸우는 사이 적당한 기회를 보아 배후를 친 뒤 따로 살길을 찾아가는 것이었다.

무림맹의 단단한 수비로 결국 섭종유의 병력이 무너지자 마교는 천천히 움직이기 시작했다.

무림맹이 오전 내내 반군의 힘을 뺐듯이, 이젠 반군과 싸우느라 피곤해진 무림맹을 노리는 것이었다.

진평은 그들의 움직임을 감지하고 명령을 내렸다.

"기다리던 적이 나타났다! 전투대형을 갖추어라!"

뇌전대와 무림맹은 전열을 정비하고 결전에 임했다.

마교 병력은 반란군과는 개개인의 무공과 훈련 상태에서 모두 차이가 났다.

경적할 수 없는 대상인 것이다.

그러나 숭산에서 패해 달아났고, 다시 섭종유의 패잔병

무리와 섞이면서 처음 소림사를 포위하던 때만큼 기세가 등등하지는 못했다.

원각대사는 이번 기회야말로 마교를 토벌할 절호의 기회라 여기고 누구보다 열심히 제자들을 독려했다.

소림사뿐만이 아니었다.

마교의 습격으로 도관이 불탔던 무당파도 결사의 각오를 보였다.

정도 무림의 두 기둥이라 할 수 있는 소림과 무당이 그렇게 적극적으로 나서자 다른 구파일방도 뒤처지려 하지 않았고, 세가들 역시 공을 세우기 위해 전력을 다했다.

결국 마교 측은 수세에 몰리게 되었다.

시간이 지날수록 패색이 짙어지는 마교 진영.

뇌전대를 지휘하던 진평은 갑자기 척추가 서늘해지는 느낌을 받았다.

그뿐만 아니라 무림맹 각 파의 장문인급 고수들도 깜짝 놀라 움직임이 멈칫거렸다.

강렬한 예기를 뿜어내며 등장한 사람.

그는 바로 마교 교주 동악율이었다.

제자들의 위기를 더는 두고 볼 수 없었던 것이다.

그가 등장한 것만으로도 거짓말처럼 모든 싸움이 멈췄고, 능선 전체가 정적에 휩싸였다.

그의 좌우로는 능산풍을 비롯한 마교의 팔각 중 남은

다섯 각의 각주와 장로들이 늘어섰다.

교주를 옹위한 그들의 기도는 이제까지 느껴 본 적 없는 대단한 것이었다.

무림맹 고수들은 자기도 모르게 침을 꿀꺽 삼키며 몸의 무게 중심을 뒤쪽으로 이동했다.

소림사에서 느꼈던 위압감이 되살아난 것이다.

마교 측도 그렇고 무림맹 측도 그렇고 핵심 인물들이 이렇게 한자리에 모인 것은 처음이었다. 그러다 보니 서로를 바라보는 눈빛에 많은 감정이 담겼다.

복수심, 두려움, 호승심.

무림맹 사람들의 표정엔 거기에 더해 불안감이 번지고 있었다. 지금까지는 마교 잔당을 공격하며 한껏 기세를 올렸지만, 동악율 한 사람이 이 싸움의 결과를 뒤집을 수 있다는 사실을 모두 알고 있었다.

이제까지의 모든 노력이 마지막에 수포로 돌아갈 수도 있는 것이다.

그러다 보니 사람들의 눈길이 진평 쪽으로 향할 수밖에 없는 상황이었다.

진평은 먼저 원각대사와 시선을 맞추었다.

원각대사는 오른손을 가슴 앞에 세워 불호를 외운 후 진평에게 가볍게 미소를 지어 보였다.

자기 체면을 봐주려고 애쓸 필요 없다는 뜻이었다.

그는 고승답게 이미 진평에게 큰 변화가 있었다는 사실을 감지하고 있었다. 지난번 숭산에서는 자신과 진평, 장지균까지 힘을 합쳐야 했지만 지금은 그럴 필요가 없다는 게 그의 판단이었다.

진평은 원각대사에게 묵례를 한 후 앞으로 나아가 동악율과 마주 섰다.

그러자 무림맹과 마교의 생존자들이 각각 진평과 동악율의 뒤로 자리를 옮겨서 가운데 공터가 만들어졌다.

수많은 사람이 모여 있었지만 바람에 풀잎 흔들리는 소리가 들릴 정도로 사방은 조용했다.

진평이 먼저 입을 열었다.

"승부를 결하기 좋은 날이군."

동악율은 고개를 끄덕였다.

"뒤로 미룰 이유가 없겠지."

그의 어조는 지극히 차분했다.

그래서 현재 궁지에 몰린 쪽이 마교가 아닌 무림맹이라는 착각까지 들게 만들었다.

실제로, 그가 진평을 쓰러트리고 다섯 각주와 장로들이 무림맹 고수들을 공격한다면 승패가 뒤집어질 가능성도 충분히 있었다.

진평이 그에게 물었다.

"신공은 완성했나?"

"덕분에……."

진평은 미소 지었다.

"다행이군."

동악율의 입꼬리가 올라갔다.

"다행이라고? 두렵지 않은가?"

"즐겁다고 해야 맞을 것 같군."

동악율은 고개를 젖히고 웃었다.

"하하하! 재미있구나, 즐겁다고? 하하하……!"

그의 웃음소리는 능선을 넘어 방안산 전체에 울려 퍼졌고, 무림맹 구성원 중 내공이 약한 사람은 기혈이 격탕하여 귀를 틀어막아야만 했다.

마교도들은 아무렇지도 않은데 무림맹 사람들만 괴로워하는 것으로 보아 음공(音功)을 펼친 게 분명했다.

무림맹 고수들은 동악율이 이런 식으로 선공을 가해 올 거라고는 생각을 못 했기 때문에 당황하지 않을 수 없었다.

그때 피리 소리가 들려왔다.

진평이 철적을 꺼내어 불기 시작한 것이다.

그러자 동악율의 음공이 단번에 깨지면서 괴로워하던 무림맹 사람들의 표정이 풀렸다.

"으음……."

웃음을 그친 동악율은 신음을 토한 후 못마땅한 표정

으로 진평을 노려보았다.

그러다가 그의 눈빛이 차츰 변했다.

진평이 뭔가 달라졌다는 사실을 발견한 것이다.

동악율의 얼굴에서 웃음기가 싹 가셨다.

"기연이라도 얻은 건가?"

"싸움에서 배우게 되는 경우도 있더군. 너도 예전과는 달라진 것 같아 보이는데?"

소림사에서 만났을 때와 확실히 뭔가 달랐다.

신공을 완성했다는 말이 허세가 아닌 것 같았다.

동악율은 냉소를 지었다.

"내가 어떻게 달라졌는지 알고 싶지 않을 거다. 그걸 아는 것은 죽은 뒤가 될 테니까."

"기대되는군."

동악율은 진평을 빤히 바라보았다.

그는 이제까지 무공으로 자신을 넘어서는 자는 한 번도 만나 본 적이 없었다.

그럼에도 불구하고 자신에게 중상을 입혔던 상대.

두 발로 걷기 시작하면서부터 온갖 대법과 비술을 전수받았고 결국 십만 마도를 통솔하는 자리에 오른 지금까지. 그에겐 부모도, 형제도, 친구도 의미가 없었다.

그것을 후회하거나 외로움을 느낀 적은 없었다. 미륵의 세상이 되는 그날까지 그런 감정은 사치라고 생각했다.

하지만 앞에 선 사나이 정도라면 가끔씩 술잔을 나누고 싶다는 생각은 들었다.

"우리가 꼭 싸워야 하는 걸까?"

자기도 모르게 속마음이 말이 되어 밖으로 나왔다.

그것은 진평에게도 의외였다.

진평이 가볍게 미소 지으며 대답했다.

"지금이라도 뜻을 접으면 다 끝낼 수 있지. 너와 난 술이나 한잔하러 가면 되고."

동악율은 피식 웃었다.

정말 그렇게 한다면 모든 일이 다 끝날 수도 있었다. 하지만 말처럼 쉬운 일이 아니었다.

자신의 어깨엔 교도들의 희망과 염원이 얹혀 있었다.

먼저 죽어 간 교도들의 한까지 합친다면 그 무게가 얼마나 나갈지 가늠하는 것조차 불가능했다.

그걸 벗어버릴 수는 없었다. 다른 사람이라면 몰라도 교주는 그렇게 해선 안 되었다.

"술은 나 혼자 마시도록 하지."

그가 양손바닥을 펼치며 팔을 좌우로 벌렸다.

그러자 양쪽 장심이 선홍색 광채를 발하는가 싶더니 주변 공기가 회전하기 시작했다.

진평은 안타깝다는 표정을 한 번 지은 후 진기를 끌어올렸다. 그러자 동악율과 마찬가지로 그를 둘러싼 공기도 회전하기 시작했다.

무림맹과 마교도는 분분히 뒤로 물러섰다.

난데없이 일어난 두 줄기 돌개바람이 나뭇가지와 잡초, 돌멩이를 사방으로 날려 보냈기 때문이다.

진평은 빨라지는 심장박동 수를 늦추기 위해 애썼다.

상대는 이미 한 번 자신을 압도했던 고수.

두려움이 생기지 않을 수 없었다.

그러나 지난번과는 달랐다.

숭산에선 도저히 넘을 수 없는 벽 앞에 선 것 같은 암담한 두려움이었다면, 지금은 긴장을 유지시켜 주는 긍정적인 두려움이었다.

그렇게 달라진 이유는 내면의 변화 때문이었다.

깨달음을 얻은 이후 내공과 초식 양면에서 양을 넘어 질적으로 큰 진전을 이루었기 때문에 비록 상대가 새로운 신공을 완성시켰다 해도 쉽게 질 것 같지 않았다.

그 자신감의 근거가 명확하게 납득되는 것은 아니었지만, 어쨌거나 기분이 나쁘지는 않았다.

동악율의 장심에서 발출된 선홍색 진기는 오래지 않아 그의 온몸을 둘러싸서 혈인(血人)처럼 보이게 만들었다.

진평은 그가 처음부터 새로 익힌 신공을 끌어 올렸다는 사실을 알 수 있었다.

예전과는 확연히 다른 기도였고, 패도적인 기운이 자신

의 온몸을 바늘로 찔러 대는 것처럼 느껴졌다.

진평도 더욱 집중하여 내공을 끌어 올렸다.

그러자 그의 전신이 은은한 금광을 발하기 시작했다.

양측 진영에서 감탄성이 터져 나왔다.

다만, 두 사람의 몸이 각기 다른 빛을 발하는 것은 내공이 약한 사람의 눈에는 잘 보이지 않았기 때문에 탄성을 토하는 이는 소수였다.

서로의 성취에 대해 가장 크게 놀라는 사람은 당사자인 진평과 동악율이었다.

동악율은 미간을 찌푸렸다.

길지 않은 시간 동안 달라진 진평의 모습이 예상 외였기 때문이다. 과연 겉모습처럼 내실도 변했는지 시험해 볼 필요가 있었다.

그의 몸이 한순간 사라지는가 싶더니 진평의 코앞에 나타났다. 코끝이 서로 한 뼘 정도밖에 안 되는 간격, 네 개의 눈동자는 정면을 향하고 있었다.

얼굴이 고정된 것과 달리 두 사람의 손은 순식간에 대여섯 번의 격돌을 만들어 냈다.

사람의 살과 뼈가 부딪쳐 생기는 것이라고는 믿을 수 없는 굉음이 터져 나왔고, 두 사람은 순식간에 십여 걸음씩 뒤로 밀려났다.

"으음……."

신음을 흘린 쪽은 진평이었다.

동악율의 공격을 모두 쳐 내는 데는 성공했지만 그로 인해 진기가 격탕되었다.

밀려난 동악율은 두 눈을 부릅떴다.

방금 일어난 상황이 믿어지지 않았다.

자신이 밀려난 것은 그럴 수 있다고 쳐도 손과 손, 팔과 팔이 맞닿는 동안 느낀 이질감이 충격적이었다.

진평의 두 팔은 완강한 강철 벽처럼 버티기도 하고, 한순간 솜털처럼 뒤로 밀리는가 싶더니 자신의 팔을 끌어당기기도 했다.

그것은 단순히 강한 내공을 바탕으로 압도하는 것보다 훨씬 고명한 수법이었다.

동악율이 살짝 떨리는 어조로 진평에게 물었다.

"그동안 무슨 일이 있었나?"

진평은 기혈 흐름을 가라앉힌 후 대답했다.

"꽃구경을 좀 했지."

다른 사람들은 그게 무슨 말인지 몰랐지만 동악율은 내공이 천화란추의 경지에 들어섰다는 뜻임을 알아들었다.

동악율은 입고 있던 금포를 벗어던졌다.

교주의 신분을 상징하는 장포는 겉보기엔 화려하지만 몸을 움직이는 데는 거치적거리는 면이 있었다.

진평은 그를 둘러싼 홍광이 더욱 밝아지는 것을 보며

차분히 심호흡을 했다.

첫 접전은 그의 기혈을 격탕시키기도 했지만, 동시에 자신감을 북돋워 주기도 했다. 막상 손을 나누어 보니 승부를 포기해야 할 정도로 큰 차이가 나지는 않았던 것이다.

그동안 자신의 능력이 어디까지 왔는지 늘 궁금했는데, 이제야 비로소 답을 얻은 느낌이었다.

동시에 그 자신감으로 인해 싸움에 대한 집중력이 더욱 높아졌다.

가슴 밑바닥으로부터 불타오르는 호승심이 두려움과 불안감을 쫓아냈다.

동악율은 벗어던진 금포가 땅에 전부 떨어지기도 전에 몸을 날려 진평을 공격했다.

진평 역시 민첩하게 대응했다.

두 사람의 움직임이 어찌나 빠른지, 웬만한 고수의 눈에도 중간 과정이 보이지 않아서 허둥지둥 시선을 옮겨야 했다.

진평은 동악율의 공격을 막아 내며 이를 악물었다.

마치 불에 달군 쇠기둥에 양팔을 힘껏 후려치기라도 하는 것처럼 팔뚝 전체가 얼얼하게 아파 왔다.

진평은 정신을 바짝 차렸다.

팔이 부러지는 한이 있더라도 기선을 빼앗겨서는 안 된다는 생각으로 버티고 또 버텼다.

동악율의 표정은 점점 굳어 갔다.

그는 진평이 갑작스럽게 몸을 날리는 수법만 조심하면 된다고 생각했는데 그게 아니었다.

강유(剛柔)와 진퇴(進退)를 예측하기 어려운 경(勁)의 운용이 그를 혼란스럽게 만들었다.

단순히 수법이 복잡하기만 할 뿐이라면 힘으로 눌러 버리는 걸로 충분하겠지만 진평은 그렇지 않았다.

당길 때는 어깨를 뽑기라도 할 것처럼 빨아들였고, 밀어낼 때는 팔꿈치가 시큰거릴 정도로 튕겨 냈다.

막강한 내공의 바탕이 없으면 불가능한 일이었다.

동악율은 마교의 교주가 된 이후 지금까지 이런 정도로 자신에게 맞서는 상대를 만나 본 적이 없었다.

그 사실은 그의 심기를 흔들어 놓았다.

복건의 산골짜기까지 쫓겨 오긴 했지만, 오늘 무림맹 고수들을 모두 쓰러트리면 위기가 오히려 마교 중흥의 계기로 바뀔 수 있다는 게 전장에 나선 그의 생각이었다.

그러나 무림맹에서 첫 번째로 나온 상대를 속 시원히 제압하지 못한다는 사실이 기분을 상하게 만들었다.

진평은 상대의 진기 흐름이 갑자기 바뀌는 것을 느꼈다.

내공을 끌어 올린 동악율의 기도는 너무나 강렬해서 눈을 감아도 그의 움직임이 훤히 감지될 정도였다.

"받아랏!"

동악율이 연이어 삼장을 펼쳤는데, 진평은 첫 번째 접촉에서부터 심상치 않은 타격을 받았다.

손과 손이 닿는 순간 한 줄기 뜨거운 기운이 호신강기를 뚫으며 파고들었고 순식간에 팔이 마비되려 했다.

동악율이 최근에 완성한 신공, 혼천원양진력(混天元陽眞力)이 펼쳐진 것이었다.

진평은 황급히 진기를 끌어 올려 그 기운을 몸 밖으로 몰아냈지만, 이어지는 공격을 막을 엄두가 나지 않았다.

결국 그는 뒤로 물러나야만 했고, 동악율은 기회를 놓치지 않고 바짝 따라붙었다.

두 사람의 쫓고 쫓기는 신법 대결은 마교 진영의 환호성을, 무림맹 진영의 경악성을 각각 이끌어 냈다.

두 사람은 한 곳에 머무르지 않았다.

바위를 박차고 오르는가 싶으면 어느새 나뭇가지를 밟고 서는 모습이 마치 두 마리 독수리가 하늘을 날며 싸우는 것 같았다.

초상비(草上飛)니 등평도수(登萍渡水)니 하는 경지를 넘어서고도 남는 절정 신법들이 펼쳐지면서 양측 고수들은 손에 땀을 쥐었다.

그러나 쫓는 자와 쫓기는 자의 입장이 뒤바뀌지는 않았다. 누가 보아도 동악율이 우세한 상황이었다.

설가영이 두 주먹을 꼭 쥐고 면구가 당겨질 정도로 입술을 깨무는 모습을 보고 삼목객이 물었다.

"내가 좀 도와줄까?"

설가영은 진평과 삼목객을 번갈아 보았다.

삼목객의 환술이라면 상황을 뒤집을 수도 있었다.

동악율의 무공이 아무리 뛰어나다고 해도 눈에 보이는 것과 실재가 다르다면 당황할 수밖에 없을 것이고, 고수들끼리의 싸움에서 아주 잠깐이라도 혼란에 빠진다면 승패의 방향이 단번에 바뀔 수 있었다.

"하지만……."

설가영은 진평이 싫어할까 봐 선뜻 부탁하지 못했다.

그가 아는 본혈방주, 삼도천 진평은 설령 자신이 죽는 한이 있더라도 승부가 그런 식으로 정해지기를 원할 사람은 아니었다.

그러나 진평이 계속 물러나기만 하는 모습을 보니 다시 조바심이 일었다.

그녀는 지난번 소림사 싸움에서 맹주와 진평과 장지균 세 사람이 동악율을 협공한 적이 있다는 사실을 떠올렸다.

원각대사도 악을 제거함에 있어 자존심이나 체면은 나중 문제라고 말한 바 있었다.

설가영은 삼목객의 소매를 당겼다.

협조를 부탁하려는 것이었다.

그런데 그때, 그녀는 진평의 눈을 보게 되었다.

비록 계속 밀리고는 있지만, 그 눈빛에 당혹감이나 두려움은 보이지 않았다.

오히려 집중하고 있는 모습이었다.

그녀가 아는 바로는, 진평의 눈이 그런 빛을 발할 때는 뭔가를 깊이 분석하고 있는 것이다.

설가영은 삼목객의 소매를 놨다.

"아, 아니에요. 형님이 알아서 하실 거예요."

과연 쫓고 쫓기는 양상에 변화가 생겼다.

진평이 나무 뒤로 돌아 피하면서 동악율과의 간격을 좁힌 것이다.

동악율은 끌어 올린 내력을 어떻게든 진평의 몸에 적중시키기 위해 나무 둥치를 가운데 두고 껴안다시피 하며 돌았는데, 한순간 진평이 허리를 회전시켜 어깨로 나무를 후려쳤다.

요란한 굉음과 함께 튕긴 나무줄기가 동악율의 어깨에 닿았고, 순간 동악율의 입에서 신음이 새어 나왔다.

"으윽……!"

나무를 가운데 놓고 전해진 진평의 경력이 그의 기혈에 충격을 가했다.

동악율은 황급히 뒤로 물러났다.

그러나 진평은 그를 따라가지 않았다.

이미 지난번 소림사에서의 대결을 통해 상대가 임기응변에 몹시 능하다는 사실을 알고 있었다.

방금의 타격이 성공적이긴 했지만 상대를 물러서게 만들 정도는 아니었다.

진평은 자신과 상대의 능력을 객관적으로 판단했고, 쉽게 승리감에 도취되지 않았기에 동악율이 함정을 판다는 사실을 눈치챌 수 있었다.

진평은 그를 향해 가는 대신 바위 하나를 번쩍 뽑아 들어 그에게 던졌다.

그리고 그 뒤에 바짝 달라붙어 따라갔다.

동악율은 냉소를 지은 후 쌍장을 내밀어 그 바위를 받았다.

쿵! 소리와 함께 바위가 공중에 떴다.

진평과 동악율이 서로 맞은편에서 두 손으로 바위를 받친 것이다.

정지된 순간.

구경꾼들 눈엔 보이지 않았지만 진평과 동악율의 경력은 바위를 사이에 두고 끊임없이 이어졌다.

이전과 다른 점이 있다면, 격산타우의 경력은 두 사람 모두에게 공평하게 적용되지만 동악율의 혼천원양진력은 바위에 한 번 걸러지는 바람에 진평에게 도달한 뒤에는 별다른 피해를 입히지 못한다는 사실이었다.

진평은 부담감 없이 인월신공과 회풍류의 요결을 시전할 수 있었다.

두 사람의 경력 대결이 조금 더 이어지자 결국 바위가 견뎌 내지 못했다. 쩍! 소리와 함께 갈라지고 박살 나는 순간, 진평의 몸이 화살처럼 바위를 향해 날아갔다.

부서지는 바위들과 함께 탄천벽을 시전한 것이다.

회심의 일격!

동악율은 날아오는 바위 파편 때문에 시야가 가려진 상황이었고, 내공이 증진된 상태에서 펼치는 진평의 탄천벽은 가공할 위력을 지니고 있었다.

그러나 그 절체절명의 순간에 동악율의 입가에 미소가 번졌다.

"같은 수법에 두 번 당할 줄 아느냐?"

그는 이미 진평의 다음 수를 예상하고 있었다.

동악율은 혼신의 내력을 양손에 모아 탄환처럼 날아오는 진평을 향해 내뻗었다.

꽝! 소리와 함께 두 사람의 몸이 정지되었다.

사람들의 시선이 한꺼번에 쏠린 그곳에 진평과 동악율은 쌍장을 마주 댄 채 서 있었다.

진평의 움직임은 탄천벽이 아니었다.

탄천벽은 공격과 방어를 무시하고 몸 전체를 탄환처럼 던지는 것인데, 이번엔 시작만 그렇게 했을 뿐, 중간에 속도를 늦추고 상대의 공격에 대비했다.

부서지는 바위 파편을 탄천벽을 시전하기 위해 이용한 게 아니라 탄천벽을 시전하는 척하는 데 이용한 것이다.

탄천벽을 중간에 멈추는 것은 내공이 증진되기 이전엔 시도조차 해 볼 수 없는 일이었지만 지금의 진평은 가능했다.

그렇게 하여 쌍장이 마주치는 순간, 진평은 상대의 혼천원양진력을 회풍류로 되돌려 보냈다.

설가영이 본 진평의 눈빛.

그것은 몸을 피할 궁리를 한 게 아니라 동악율의 진기를 어떻게 해야 피해 없이 되돌릴 수 있는지에 대해 생각하면서 보인 것이었다.

그 짧은 시간에 방법을 찾아낼 수 있었던 것은 진평이 여러 대에 거쳐 진기 운용을 연구해 온 본혈방의 방주였기에 가능한 일이었다.

동악율은 부릅뜬 눈으로 진평을 노려보았다.

그리고 얼굴이 시뻘겋게 달아오르고, 눈동자가 충혈되는가 싶더니 피를 토하며 뒤로 넘어갔다.

상대의 심장을 부숴 버려야 할 혼천원양진력이 도리어 자신의 심장에 극심한 타격을 입힌 것이다.

그렇게 심하게 당하지 않을 수도 있었지만, 동악율은 상대의 수법을 미리 알아차렸다는 사실이 기뻤고 그것이

곧 방심으로 이어졌다.

진평이 마무리를 지으려는 순간, 예리한 파공음과 함께 번쩍이는 암기 두 개가 얼굴을 향해 날아왔다.

명왕각주 능산풍의 일월쌍권이었다.

그것뿐만이 아니었다.

마교의 다섯 각주와 장로들이 일제히 교주를 구하기 위해 달려들었다.

그들에겐 자신의 목숨보다 중요한 일이었다.

그러자 무림맹 측에서도 소림의 원각대사와 무당의 자령진인을 비롯한 고수들이 몸을 날렸다.

"마교 교주를 놓쳐선 안 됩니다!"

일대일 대결이 순식간에 혼전으로 변했다.

진평은 동악율의 숨통을 자기 손으로 끊고 싶었지만 각주 다섯 명이 에워싸는 바람에 뜻을 이룰 수 없었다.

마교 각주들의 무공이 교주만큼 뛰어난 것은 아니지만 협격의 위력은 대단했다.

또한 진평은 동악율의 공격을 되돌려 보내면서 몸 안에 일부 남게 된 혼천원양진력 때문에 내공 운용이 상당 부분 제한된 상황이라 그들을 상대로 전력을 다할 수 없었다.

결국 마교도들은 교주를 빼내는 데 성공했다.

무림맹이 총공세를 가하자 마교는 저항해 볼 엄두도 내

지 못했다. 당장은 교주를 안전한 곳으로 모시는 게 급선무였다.

"퇴각하라!"

"뒤를 끊어라!"

무림맹은 기세를 올렸다.

"어딜 도망가느냐!"

"교주는 놓고 가라!"

마교는 달아나고 무림맹은 쫓아가는 일방적인 추격전이 시작되었다.

진평은 그들을 따라가지 않고 뒤에 남아 심호흡으로 기식을 조절했다.

설가영이 달려와서 그의 품에 안겼다.

"형님! 굉장했어요!"

"으으……."

진평은 신음을 토했다.

비록 이겼지만 온몸 구석구석 아프지 않은 곳이 없었던 것이다. 그러나 설가영은 더 세게 끌어안을 뿐 놓을 생각을 하지 않았다.

# 제9장
# 효웅의 최후

마교 잔당은 따라붙는 무림맹에 계속 꼬리를 떼어 주며 방안산을 빠져나갔다.

맹주 원각대사와 진평이 운공 요상하는 동안 임시로 뇌전대의 지휘를 맡은 구재원은 마교도의 퇴로를 차단하기 위해 최선의 노력을 다했다.

그러나 교주의 안전을 위해서라면 기꺼이 목숨도 버릴 각오가 되어 있는 교도들, 거기에 각주와 장로들까지 분전했기 때문에 무림맹의 뜻은 좀처럼 이루어지지 않았다.

마교 측엔 또 하나의 든든한 우군이 있었다.

바로 어둠이었다.

해가 떨어지자 방안산의 골짜기들은 평지보다 훨씬 빨

리 암흑천지가 되었다.

그리고 산을 둘러싼 관군의 방어선에도 문제가 있었다.

섭종유의 병력이 먼저 달아나면서 관군을 끌고 간 바람에 마교는 별다른 피해 없이 방어선을 뚫을 수 있었던 것이다.

결국 무림맹은 마교 교주를 놓치고 말았다.

참으로 아쉬운 일이지만 그래도 전과가 없지는 않았다.

교주의 안전을 위해 뒤를 끊던 마교의 핵심 간부 여럿이 목숨을 잃은 것이다.

비황각과 통천각 각주가 주검으로 발견되었고, 귀영각 각주 풍극전은 중상을 입은 채 포로가 되었다.

그 외에도 장로 여러 명을 잃은 마교의 피해는 치명적이라고 할 수 있었다.

원각대사는 거기서 만족할 수 없었다.

삭초제근(削草除根)하지 않으면 언제고 다시 번져 나가는 것이 마교라는 사실을 잘 알기 때문이다.

그는 인원을 점고하고 부상자를 가려낸 뒤 수색대를 새로 편성했다.

횃불을 밝혀들고 끝까지 추격하기 위함이었다.

동악율은 비록 당하긴 했지만 내내 정신을 차리고 있었다.

하지만 역류한 기혈이 심장을 때린 충격 때문에 몸을 움직이기가 여의치 않았다.

방안산을 완전히 빠져나온 후에야 겨우 기식을 가라앉힌 그가 자신을 업고 있는 능산풍에게 말했다.

"내려놓아라."

"교주님, 아직 안전하지 않습니다."

"내려놓으라니까."

능산풍은 조심스럽게 그를 앉혔다.

동악율은 인원 보고부터 받았다.

그리고 보고가 끝나자 긴 한숨을 내쉬었다.

지금 이곳에 함께 있지 못한 교도는 모두 잃었다고 봐야 했다. 그 책임이 전적으로 자신에게 있다는 사실에 그는 분노했다.

"으으……."

심화(心火)가 치밀어 오르면서 다시금 진기 흐름이 막힌 동악율은 각혈을 하며 뒤로 넘어갔다.

"교주님!"

능산풍과 철혈각주 양만이 급히 그를 안아 일으키고 명문혈에 진기를 주입한다, 추궁과혈을 한다, 한동안 난리를 피운 뒤에야 겨우 동악율은 눈을 떴다.

양만이 걱정스러운 어조로 말했다.

"교주님, 몸을 중히 여기십시오."

"으음……."

가부좌를 틀고 앉은 동악율은 잠시 운기조식을 했다.

그리고 차분해진 신색으로 눈을 떴다.

양만의 말이 맞았다.

화가 나더라도 자포자기해서는 안 될 일이었다.

같은 사람에게 두 번이나 패했다는 사실이 그를 분노하게 만들었다.

그러나 현실을 냉정하게 볼 필요가 있었다.

패배는 분명한 패배.

특히 첫 대결과 달리, 이번엔 그 원인을 실수나 방심 탓으로만 돌릴 수도 없었다.

상대가 분명 놀라우리만큼 강해진 것이다.

강자에게 진 것은 화낼 일이 아니었다.

지금 해야 할 일은 심화로 몸을 망치는 게 아니라 냉정하게 후일을 기약하는 것이었다.

이미 오랜 세월 절치부심하며 힘을 키워 왔는데, 한두 해 더 걸린다고 해서 조급해할 이유가 없었다.

현재의 몸 상태도 절망적이라고 할 정도는 아니었다.

한 방 제대로 맞긴 했지만 다행히 후속타가 없었기 때문에 한두 달 정양하면 나을 수 있었다.

동악율이 양만에게 물었다.

"다음 집결지는 어디지?"

"한중(漢中)입니다. 살아남은 제자들은 모두 근처에 모여 최종 집결명령을 기다릴 것입니다."

"먼 길이군."

복건에서 한중까지 갈 길이 멀다는 뜻과 함께, 새로 세력을 키워나갈 길이 까마득하다는 의미도 있었다.

"교주님이 중심만 잡아 주시면 됩니다."

동악율은 고개를 끄덕였다.

교도들은 어디에나 있었다.

힘든 삶에 억압받고 괴로워하는 사람, 가진 자의 부당한 핍박에 신음하는 사람. 그들 모두가 교도가 될 수 있었다.

미륵을 기다리는 마음은 언제라도 요원의 불길처럼 번져 나갈 수 있었다.

교주인 자신만 부상을 치료하면 희망은 남아 있는 것이다.

진평에 대해서도 이제부터는 자신이 도전하는 입장이라 생각할 필요가 있었다.

그렇게 마음먹고 정진하면 좋은 결과가 있을 것 같았다.

동악율이 부축을 받아 일어났을 때, 멀리서 점점이 불빛들이 움직이는 게 보였다.

능산풍이 말했다.

"무림맹이 추격해 오고 있습니다!"

동악율과 양만은 좌우를 둘러보았다.

급히 달아나다 보니 현재의 위치를 알 수 없었다. 방안산 근처라는 사실만 알 뿐, 어디로 길이 나 있고, 어디에 수로가 있는지 감을 잡을 수 없었다. 사방이 깜깜한데 불을 켤 수도 없다는 사실이 더욱 답답했다.

능산풍이 말했다.

"교주님, 인원을 둘로 나누는 게 좋을 것 같습니다. 제가 먼저 출발하겠습니다."

동악율은 그리하라고 했다.

능산풍이 무슨 의도로 그런 얘기를 하는지 짐작했지만 말릴 수도 없었다.

능산풍은 큰절을 했다.

"보중하십시오. 한중에서 뵙겠습니다."

동악율이 그에게 말했다.

"미륵하생(彌勒下生), 명왕출세(明王出世)."

그러자 능산풍이 되받았다.

"진공가향(眞空家鄕), 무생노모(無生老母)."

그의 어조는 비장하기 이를 데 없었다. 장차 다시 못 보게 될 가능성이 크기 때문이었다.

능산풍과 양만은 패잔병을 절반으로 나누어 각각 한 무리씩을 지휘하기로 했다.

능산풍을 따르기로 한 교도들은 교주를 향해 함께 절을 올린 후 급히 남쪽으로 향했다.

그리고 충분한 거리가 벌어지자 숲으로 들어가 나뭇가지를 꺾어 횃불을 만들어 밝혔다.

자신들을 미끼로 하여 교주의 안전한 탈출을 도우려는 것이었다.

능산풍과 정반대인 북쪽으로 이동하던 양만 일행은 잠시 걸음을 멈추고 불이 밝혀지는 모습을 보았다.

아무도 입을 열지 않았다.

양만의 등에 업힌 동악율이 말했다.

"미륵께서 저들을 돌보실 것이다."

교도들은 그 말을 믿었다. 그리고 미륵불이 자신들도 보살펴 주시기를 간절히 기도하고 급히 걸음을 옮기기 시작했다.

그러나 현실은 잔인했다.

그들이 향하는 쪽으로도 횃불들이 보이기 시작한 것이다.

양만은 길을 버리고 숲으로 들어갔다.

어두운데 길까지 험해지자 이동 속도가 현저히 느려졌지만 그래도 어둠이 그들 편이라는 게 다행이었다.

인시(寅時)까지 쉬지 않고 나아간 양만은 바람결에 실려오는 냄새를 맡았다.

"교주님, 앞에 물이 있습니다."

"다행이군."

그것은 반가운 소식이었다. 배만 구해 타면 무림맹의 추격을 단번에 따돌릴 수 있을 것이다.

마교도들은 갈대숲으로 파고들어 조심스럽게 강변을 뒤지기 시작했다.

어부들이 쓰는 작은 배라도 한 척 나오면 일단 교주부터 태우고, 나머지는 배를 구하는 대로 따라붙으면 이 끔찍한 복건 땅에서 벗어날 수 있었다.

한참을 뒤지고 있을 때, 동악율이 양만의 어깨를 툭 쳤다. 양만도 뭔가 심상치 않은 기운을 느꼈다.

그가 짧은 휘파람을 불자 마교도들은 무기를 뽑아 들고 사방을 경계했는데, 갈대숲 헤치는 소리가 조금씩 조여들어 왔다. 바람이 아니었다. 분명 누군가, 그것도 상당히 많은 수의 사람들이 갈대숲을 뒤지는 소리였다.

마교도들은 긴장하지 않을 수 없었다.

모두 숨을 죽인 채 제발 적이 자신들을 발견하지 못하고 그냥 지나가기를 바랐다.

잠시 시간이 흐르자 사방이 조용해졌다.

그리고 한순간.

날카로운 파공음과 함께 갈댓잎이 예리하게 잘려 나가며 적의 대대적인 공격이 시작되었다.

"크아악……!"

"막아라!"

마교도들의 비명이 연달아 터져 나왔다.

적은 하나같이 폭이 좁은 왜도를 들고 있었다.

왜구는 아니었고, 그렇다고 무림맹도 아닌 것 같았다. 모두 같은 무기를 들고 같은 도법을 썼기 때문이다.

분명한 사실은 그들 하나하나의 무공이 예사롭지 않다는 점이었다. 전날 아침부터 오늘 새벽까지 긴 전투와 퇴각을 반복해 온 마교도들은 그들의 예봉을 막아 낼 수 없었다.

동악율이 양만에게 말했다.

"가서 싸워라!"

"하지만, 교주님!"

"교도가 없으면 교주가 무슨 소용이란 말이냐? 난 혼자 서 있을 수 있으니 가라!"

그러면서 동악율은 그의 등을 밀었다.

양만은 그를 내려놓고 정말 괜찮은지 확인했다.

심화를 가라앉힌 동악율의 신색은 외견상 아무런 이상도 없어 보였다. 옷 앞자락에 남은 핏자국만 아니라면 평상시 앙망하던 교주의 모습 그대로였다.

"곧 돌아오겠습니다."

양만은 칼을 뽑아 들고 적을 향해 몸을 날렸다.

그의 무공은 철혈각 각주답게 놀라운 면이 있었다.

왜도 쓰는 무사들은 동료들 서너 명이 속절없이 당하자 즉시 일반 교도들을 버려두고 양만을 에워싸는 합격진을 펼쳤다. 훈련이 아주 잘되어 있는 모습이었다.

그리고 그들 중 한 명이 짧게 끊은 기합 소리를 연거푸 질렀다. 동료를 부르는 것이다.

양만은 마음이 급했다. 지금만 해도 버거운데 동료들까지 오면 더 심각해질 수 있기 때문이다.

무리를 해서라도 방어진을 빨리 깨야 한다고 생각한 그가 진기를 더욱 끌어 올리고 맹렬하게 칼을 휘두를 때, 웃음소리가 들려왔다.

"하하하! 이게 누구야?"

한 사람이 전장에 내려섰는데, 그는 길이가 다른 왜도를 각각 양손에 쥐고 있었다.

살기가 창날처럼 줄기줄기 뻗어 나오는 고수.

양만은 흠칫 놀라 손을 멈추었다.

그리고 얼른 상대와 동악율 가운데로 자리를 옮겼다.

상대는 양만도 익히 알고 있는 얼굴, 바로 석위였다.

석위는 만면에 미소를 머금은 채 동악율에게 말했다.

"그간 별래무양하셨는가?"

동악율은 살짝 고개를 끄덕였을 뿐 말은 하지 않았다.

석위는 칼로 하늘을 가리키며 말했다.

"하늘이 보살핀다는 말을 평소엔 믿지 않았는데, 오늘 보니 뭔가 있기는 있구나. 하고많은 길을 다 놔두고 네놈이 하필 내가 지키는 곳으로 왔으니 말야. 하하하……!"

동악율과 양만은 좌절감을 느꼈다.

배만 타면 빠져나갈 수 있다고 생각했는데, 이제 보니 무림맹은 수로까지 모두 장악하고 있었던 것이다.

무림맹이 아닌 수로맹과 석위의 제자들이 진평의 지시에 따라 배치되어 있었던 것인데, 동악율과 양만은 그런 사실까지는 알지 못했다.

석위는 칼을 빙글빙글 돌리며 한 걸음씩 앞으로 나섰다.

"이렇게 만났으니, 전에 한 약속을 지켜야겠지."

소림사에서 만나 어깨가 관통당하는 상처를 입고 패했던 첫 대결.

그 후 동악율이 중상을 입은 채로 석위 앞에 놓이게 되었지만 석위는 그를 죽이지 않았다. 그러면서 다음에 만나서 승부를 결하자고 했던 것이다.

석위의 기도가 점점 더 흉악해지는 것을 보고 양만이 나서지 않을 수 없었다.

현재 교주는 싸울 수 있는 몸 상태가 아니었다.

"네놈은 내가 상대해 주겠다."

"흐흐…… 먼저 죽겠다면 원을 들어 주지."

석위는 양만이 마교의 고위 간부라는 사실을 알고 있었

다. 지난번 소림사에서 총공격을 지휘했던 자였다.

자신의 제자이자 동생들 같은 표사 여럿을 죽인 흉수가 바로 그라는 사실을 알기에 어차피 살려 둘 마음은 없었다.

양만은 상대가 만만히 않음을 느끼고 처음부터 내공을 최대한 끌어 올렸다.

그러자 그의 칼날에 허옇게 서리가 생기기 시작했다.

그의 내공 근원은 다른 각주들과 마찬가지로 한령현음공(寒靈玄陰功)이었던 것이다.

석위는 피식 웃었다.

"그렇게 음기가 강해서 남자 구실이나 제대로 할지 모르겠구나."

양만은 대답하지 않았고 표정에도 변화가 없었다.

자기가 쓰러지면 모든 게 끝이라는 생각에 오로지 석위를 죽여야 한다는 마음뿐이었다.

빙글빙글 돌던 석위의 두 자루 왜도가 움직임을 딱 멈추었다. 동시에 그의 몸이 화살처럼 양만을 향해 돌진했다.

깡! 소리를 시작으로 세 자루 칼의 격돌.

무시무시한 굉음이 연달아 만들어졌고, 도기(刀氣)가 사방으로 뻗어 나와 잘린 갈댓잎들을 온통 비산시켰다.

그들의 대결은 치열했지만 동악율의 얼굴엔 낙담하는 기색이 번졌다.

석위의 무공이 예전과 달라졌음을 알아본 것이다.

석위는 마교 교주와 다시 만나 싸울 경우에 대비하여 좋아하던 술까지 줄여 가며 진평과 연공을 했다. 진평의 무공이 크게 증진된 상태였기 때문에 석위 역시 그 덕을 보았고, 지금 동악율 앞에서 그 경지를 드러냈다.

두 패로 갈린 복운표국 표사들과 마교도들은 손에 땀을 쥐며 석위와 양만을 각각 응원했지만 승부는 동악율의 예상대로 갈렸다.

두 자루 왜도의 소름 끼치는 파공음만이 긴 여운으로 남으면서 양만의 몸은 피를 쏟으며 뒤로 넘어갔다.

양만은 다시 일어서려 했지만 경동맥을 잘린 터라 몇 번 버둥거리다가 허망하게 절명하고 말았다.

마교도들은 자기도 모르게 주춤주춤 뒤로 물러섰다.

철혈각주가 죽은 지금, 그들에겐 어떤 희망도 남지 않게 된 것이다.

석위는 칼을 들어 동악율을 가리켰다.

"이번엔 네 차례다."

석위의 얼굴엔 웃음기가 하나도 없었다. 상대가 얼마나 강한지 잘 알기 때문이었다.

그는 서서히 자세를 낮춘 후 신중하게 방위를 고쳐 밟으며 동악율과의 간격을 맞추었다.

동악율의 심경은 복잡했다.

지금의 그는 오래 서 있기조차 힘든 몸이었다.

석위를 상대로 싸우는 것은 불가능했다.

'내 몸 상태를 얘기해 볼까?'

그는 이미 석위에게 목숨을 빚진 바 있었다.

호랑이는 죽은 고기를 먹지 않는다며 칼을 거두었던 당시의 정황을 생각해 보자면, 현재 자신의 상태를 얘기할 경우 그가 자신을 놓아 줄 가능성도 있었다.

그렇게만 된다면 후일을 기약하는 게 가능했다.

반복되는 망설임과 갈등.

그러나 동악율은 나직이 한숨을 내쉬었다.

그러기엔 염치가 없다고 생각한 것이다.

한중 땅에 도착한다 해도, 각주와 장로들은 물론 교도들까지 모두 잃은 자신이 무슨 낯으로 다시 교주 노릇을 하겠다는 건지 한심스럽다는 생각도 들었다.

동악율은 내공을 끌어 올렸다.

그러자 그의 장심에서부터 시작된 홍광(紅光)이 전신으로 퍼져 나가기 시작했다.

심장이 멈출 것 같은 통증을 억지로 참아 내며 남은 내공을 모아 허장성세로 상대를 자극하는 것이었다.

석위의 눈이 가늘어졌다.

과연 마교 교주는 경적할 수 없다고 생각했다.

그러나 진평과 연공을 해서인지, 상대의 기도에서 위압

감이 느껴지지는 않았다.

자기도 모르게 심호흡을 한 차례 한 석위는 자신의 일생 최대의 내공을 끌어 올렸다.

"간다!"

석위는 곧바로 몸을 날렸다.

그리고 자신이 펼칠 수 있는 극한의 쾌도로 상대를 베었다.

동악율은 그런 석위를 무심한 눈빛으로 바라보기만 할 뿐 어떠한 반응도 보이지 않았다.

석위는 의아했지만 외부의 어떤 요인에도 흔들리지 않고 자신의 투로에만 집중하기로 했다.

그리고 손바닥에 느껴지는 감촉.

석위는 당황하지 않을 수 없었다.

동악율의 잘린 머리가 허공에 떠 있었고, 잘린 허리는 비스듬하게 미끄러져 내리고 있었다.

"어째서……?"

너무나 의외의 결과라 석위는 한동안 멍하니 동악율의 나뉜 몸들이 무너지는 광경을 바라보았다.

복운표국 표사들은 환호성을 질렀고, 마교도들은 교주의 주검 앞에 일제히 무릎 꿇고 통곡하기 시작했다.

석위는 한참 말이 없다가 버럭 소리를 질렀다.

"시끄럽다!"

그는 마교도 한 명을 잡아 일으켜 자초지종을 물었고 동악율이 방안산에서 이미 중상을 입은 상태라는 사실을 알게 되었다.

"이런 젠장!"

석위는 동악율의 시체에 발길질을 했다.

벼르고 벼르던 대결이 실망스럽게 끝났다는 사실에 화가 치밀어 올라 어디에건 분풀이를 해야 했던 것이다.

한참 만에 발길질을 멈춘 석위는 허탈한 표정으로 마교도들을 향해 말했다.

"가라!"

마교도들은 꼼짝없이 죽을 줄로만 알고 있었기에 석위의 말을 잘 이해하지 못했다.

"오늘은 더 이상 피를 보기 싫다. 가라!"

그러고는 제자를 불러 배 한 척을 내주도록 했다.

마교도들은 석위의 마음이 변하기라도 할까 봐 얼른 그의 말에 따랐다.

물러서는 그들을 향해 석위가 고함을 질렀다.

"교주를 버리고 갈 셈이냐!"

마교도들은 황급히 교주와 철혈각주의 시신을 수습했다.

석위가 그들에게 은자 든 주머니 하나를 던져 주며 말했다.

"좋은 곳에 잘 묻어 줘."

장례비를 대주는 것이 아쉽게 사라진 적에게 그가 해 줄 수 있는 마지막 일이었다.

마교도들은 그 일을 마무리하라고 살려 준 것이었다.

짝을 찾기 어려운 절대 강자 동악율.

그가 이런 곳에서 그토록 허무하게 죽은 것은 안타깝기 짝이 없는 일이었다.

석위는 속으로 그의 죽음을 애도했다.

# 제10장
# 위기의 장군부

·

동이 트고 하늘이 밝아 오는 동안 복운표국 표사들은 부상자들을 치료하고, 죽은 동료의 시신은 배에 싣고, 마교도들의 시체는 돌에 묶어 강에 던졌다.

그러고 나서는 아무 일도 없었다는 듯이 배를 저어 항주로 돌아갔다.

석위의 복운표국은 무림맹 소속도 아니고 수로맹 소속도 아니었다. 그리고 내상 입은 마교 교주 죽인 일은 자랑스럽지도 않았다.

그래서 새벽에 있었던 일을 어디에도 보고하지 않고 자신들의 표국으로 철수한 것이다.

석위는 나중에 진평과 술이나 한잔 나누면서 그 얘기를

해 줄 생각이었다.

한편, 그런 일이 있었다는 사실을 모르는 무림맹은 마교 교주를 잡기 위해 일대를 온종일 이 잡듯 수색했다.

다시 그를 놓쳐서 재기할 기회를 줄 수는 없다고 생각한 것이다.

그러나 마교 교주는 이미 죽어 교도들이 배에 싣고 도망친 뒤였고, 능산풍이 이끄는 잔당들도 밤새 무림맹을 끌고 다니다가 얼마 남지 않은 인원이 복건을 빠져나간 상태였다.

결국 해가 질 무렵 무림맹주는 수색 중단명령을 내렸다.

종일 운공요상으로 체내의 사이한 기운을 모두 씻어 낸 진평은 수로맹에 사람을 보내어 확인해 보았다.

흔적도 없이 사라졌다면 분명 수로를 통해 빠져나갔을 것이기 때문이었다.

그러나 수로맹 역시 마교도를 발견하지 못했다.

한 가지 이상한 일은, 복운표국이 맡기로 한 지역에서 보고가 오지 않아 가 보니 밤새 모두 철수하고 텅 비어 있는 상황이 벌어졌다고 했다.

진평은 뭔가 사연이 있으리라 짐작했지만 당장은 항주까지 가서 확인할 여유가 없었다.

진평은 관군 진영으로 갔다.

밤사이 전과가 궁금했던 것이다.

장해는 발을 구르며 분통을 터뜨렸다.

"그놈을 놓쳤습니다! 아! 손에 다 들어 왔었는데 잡지를 못하다니……."

제 손으로 자기 머리를 쥐어박을 정도로 장해의 아쉬움은 컸다.

관군이 밤사이 죽이고 사로잡은 반군의 수는 결코 적지 않았다. 그러나 정작 수괴인 섭종유를 놓치고 보니 의미 없는 일이 되고 말았다.

진평도 한숨을 내쉬었다.

반군과 결전을 벌이기는 했는데 섭종유도 놓치고, 동악율도 놓치고, 진감호는 아직도 찾을 수 없는 상황.

마무리된 일이 하나도 없는 셈이다.

진평은 장해와 탁자를 가운데 놓고 마주앉았다.

탁자 위엔 지도가 펼쳐졌는데, 장해가 검지로 선을 그으며 걱정스러운 어조로 말했다.

"섭종유의 무리는 이 길을 따라 강서(江西)로 달아난 게 분명합니다."

"추격 부대는 편성하셨습니까?"

"그게…… 문제가 좀 있습니다."

장해가 아무리 우겸의 사람이라고 해도 그 본바탕이 관리라는 사실에는 변함이 없었다.

현재 병력으로 절강과 복건을 지키는 일만도 쉽지 않은

데, 경계를 넘어 추격대를 운영한다는 것은 권한을 넘어서는 일이었다.

진평은 그런 앞뒤 사정을 짐작하고 더 이상 추궁하는 투의 질문을 하지 않았다.

결국 그를 쫓는 것은 자신의 몫이라는 생각이 들었다.

마교가 지리멸렬한 이상 무림맹도 더 이상 복건에 남아 있을 이유가 없었다.

그나마 다행이라면 진감호를 잡는 데는 수로맹의 도움을 바랄 수 있다는 것 정도였다.

진평이 생각에 잠겨 있는 모습을 보고 장해가 한참 머뭇거리더니 조심스럽게 말을 걸었다.

"혹시 갑장 임명에 대해서는 모두 생각해 두셨습니까?"

그는 본래 복건 토박이이다 보니 여기저기에서 부탁받은 게 있었다.

진평은 서민에 불과하고 장해는 관리이지만 감찰어사 유화가 총소갑의 갑장 임명에 진평의 의견을 전적으로 반영하겠다고 했기 때문에 부탁하는 처지가 될 수밖에 없었다.

진평은 장해와 그런 얘기를 하고 싶지 않았지만 속내를 드러내지는 않았다.

"장군님은 이곳 출신이니 명망 있는 무가(武家)들을 많이 아시겠군요."

"하하! 뭐 중원만큼이야 하겠습니까만, 그래도 오랜 세월 이 땅을 지켜온 가문들이 있지요."

"그렇다면 장군님이 좀 도와주십시오. 아무래도 현지 출신 갑장이 없어서는 안 될 테니까요."

"하하하! 제가 도움이 될지 모르겠습니다."

장해는 좋아서 벌어진 입을 다물지 못했다.

갑장 임명에 힘써 준다고 해서 뇌물을 받을 일은 없겠지만, 적어도 자신의 일가와 친척 그리고 친분 있는 문파들에 은혜를 베풀어 두면 두고두고 자신에게 득이 될 터였다.

진평이 그에게 말했다.

"근일 내로 구재원이란 사람이 찾아올 것입니다. 그와 이 일에 대해 상의하십시오."

"그분은 누구신지요?"

"제 조카뻘 되는 사람입니다."

"아! 그렇군요. 기다리겠습니다."

진평의 나이가 많지 않은데 조카라니까 이상하긴 했지만 그런 건 아무래도 좋았다.

진평은 구재원이 무림맹 안에서 처신을 잘한다는 사실을 알고 있었다.

과연 관리도 잘 상대할 수 있을지 궁금했다.

진평은 다시 지도로 시선을 주었다.

"그러니까 이쪽 길로 갔을 거라고 보시는 거군요?"

장해는 섭종유의 예상 도주 경로를 자세히 설명해 주었다. 진평을 대하는 태도가 더욱 극진해진 게 눈에 보였다.

진평은 지도상의 길들을 기억했다.

무림맹이 숭산으로 귀환하는 길에라도 한번 추적해 보리라 마음먹은 것이다.

두 사람이 그렇게 한창 지도를 살펴보는 중인데, 온통 먼지를 뒤집어쓴 전령 한 명이 급히 군막으로 들어와 군례를 올린 후 서찰을 전했다.

"우국강?"

장해는 봉투에 적혀 있는 이름에 깜짝 놀라 서찰을 뜯어보았다. 우국강이라면 우겸의 아들 이름이었다.

내용을 읽은 장해는 자리를 박차고 일어섰다.

"어, 어떻게 이런 일이……."

"무슨 일입니까?"

진평은 몹시 궁금했다.

"장군님께서 자객에게 습격당하셨답니다."

"그게 정말입니까?"

진평도 깜짝 놀라 일어섰다.

우겸은 벼슬이 병부시랑에 불과하지만 군부의 구심점으로 두터운 인망을 얻고 있었다.

그의 위에 병부상서(兵部尙書) 광야(鄺埜)가 있지만, 나이가 많은 광야는 모나지 않은 인품으로 관리들과 좋은 관계를 유지하며 우겸의 방패 역할을 해 줄 뿐이지 군무에 직접 개입하는 일은 드물었다.

현 병부의 실권자는 우겸인 것이다.

그런 그에게 누가 감히 자객을 보낼 수 있단 말인가.

딱 한 사람. 최고의 권력을 가지고 있는 환관 왕진 외에는 생각나는 사람이 없었다.

우겸이 급히 경사로 돌아간 것은 왕진이 오이라트와의 무역에 사사로운 욕심을 부려 국가 대사를 그르칠까 봐 걱정해서였다.

왕진은 자기 일에 방해가 된다고 생각되면 병부시랑이라고 해서 가만둘 자가 아니었다.

장해가 건네준 편지를 읽어 보니 우국강은 바로 진평에게 도움을 청하고 있었다.

군령의 전달 계통을 이용하여 장해를 통해 소식을 전한 것이다.

진평은 잠시 망설였다.

진감호도, 섭종유도, 동악율도 잡지 못했는데 자리를 비워야 한다는 사실이 마음에 들지 않았던 것이다.

그러나 우겸이 거듭되는 암살 시도에 죽기라도 한다면 더 큰일이었다.

진평이 보기에 현 조정에서 환관의 전횡에 맞서고 사직

을 바로잡을 사람은 그가 유일했다.

가까이에서 지켜보기도 했고, 그를 따르는 사람들도 만나 봐서 잘 알았다.

장해가 간절한 어조로 말했다.

“호림공, 제발 부탁입니다.”

그는 진평의 무공이 반박귀진의 경지를 넘어섰다고 생각하고 있었다. 자신은 황명을 받고 나와 있는 군관의 몸이라 돌아갈 수 없지만 진평이라면 매이지 않은 몸이니 대장군을 구할 수 있었다.

꼭 그렇게 해 주었으면 하는 게 그의 바람이었다.

진평은 고개를 끄덕였다.

“가겠습니다.”

“감사합니다! 정말 감사합니다!”

진평은 즉시 무림맹 진영으로 가서 원각대사를 만났다.

우겸의 일은 말하지 않고 먼저 맹주의 생각을 들어 볼 심산으로 얘기를 꺼냈다.

“마교 교주는 이번에도 빠져나간 것 같습니다.”

“아미타불…… 그러게 말입니다. 걱정이 이만저만이 아닙니다. 진 소협께서 두 번이나 그를 쓰러트려 주셨는데 번번이 놓치기만 했으니…….”

“끝까지 추격할 생각이십니까?”

“글쎄요. 중원을 오래 비워 두는 것도 바람직한 일은 아니라고 생각합니다."

"섭종유와 진감호도 아직 잡히지 않았습니다."

원각대사는 천천히 고개를 가로저었다.

"그것은 우리의 일이 아닙니다."

무림맹이 이번에 남쪽으로 온 목적은 전적으로 파사현정(破邪顯正), 즉 마교를 제압하기 위해서였음을 분명히 하는 대답이었다.

진평도 어느 정도 생각하고 있던 반응이었다.

사실 진감호와 섭종유 잡는 일은 관군의 임무로 보는 게 맞았다.

"맹주님, 저는 상단의 일이 급해서 잠시 자리를 비워야 하겠습니다."

원각대사는 의외로 선선히 허락했다.

"그리하십시오. 안 그래도 언제쯤 소림사로 돌아가야 좋을지 고민하던 중이었는데, 함께 움직이면 되겠군요."

맹주의 거처를 나온 진평은 구재원을 불러서 장해에게 찾아가 보라고 얘기했다.

"제가 무얼 해야 합니까? 숙부님."

구재원은 높은 신분의 군관을 만난다는데 약간의 부담감을 느꼈다.

"관리의 부탁을 어떻게 거절해야 하는지 연습하는 기회로 삼거라. 큰 경험이 될 거야. 너무 박하게 굴면 화를 낼 것이고, 너무 다 들어주면 너를 우습게 볼 거야. 그 중간에서 균형을 잡아 봐."

구재원은 진평이 자기를 위해 특별히 자리를 마련해 주었다는 사실을 알고 제대로 해 보리라 마음먹었다.

구재원을 보낸 진평은 당가 사람들의 거처를 찾아가 자신과 함께 경사로 가줄 것을 청했다.

암살 시도라면 독을 쓸지도 모르기 때문에 그들이 꼭 필요하다고 생각한 것이다.

"좋아요!"

구체적인 이유를 밝히지 않았음에도 불구하고 당소민은 즉각 진평의 뜻에 따랐다.

당백견과 왕지령도 반대하지 않았다.

진평에게 입은 은혜를 갚아야 한다고 생각하는 것이다.

채비를 갖춘 진평은 즉시 배를 탔다.

뇌전대원들과 일일이 작별 인사를 나누지 못한 게 아쉬웠지만 한시가 급한지라 그럴 여유가 없었다.

중간에 수로맹의 배를 만난 진평은 그들의 본영으로 가 곽예걸을 만났고, 그에게 지도 한 장을 건네주었다.

거기엔 이제까지 기린맹에서 수집한 진감호의 병력 배치 현황이 자세히 기록되어 있었다.

곽예걸이 원한다면 그들을 하나씩 각개격파 할 수 있는

소중한 자료였다.

급히 갈 곳이 있어서 술 한잔 나눌 여유도 없다는 진평의 얘기를 들은 곽예걸은 쾌속선 한 척을 내주었다.

그 덕에 진평과 설가영, 삼목객, 당가의 세 사람, 홍패와 마충, 왕립 등은 편안히 경사까지 갈 수 있었다.

정려군은 중간에 소주에 내려 주었다.

그녀에겐 본혈방의 간부로서 강남의 상단들을 챙기는 임무를 부여한 것이다.

일행은 북경에 도착하자마자 장군부로 향했다.

그동안 습격 소식에 가슴 졸이던 설가영이 가장 먼저 안으로 달려 들어갔다.

"숙부님!"

우겸의 숙소 근처엔 일반 병사가 아닌 장교들이 엄중한 경계를 펼치고 있었다.

우겸은 설가영과 진평 일행을 보고 깜짝 놀랐다.

"네가 여기 어쩐 일이냐?"

우국강이 편지를 보냈다는 사실을 알게 된 그는 아들을 꾸짖었다. 진평 등은 복건에서 할 일이 많은데 공연히 불러올렸다고 질책했던 것이다.

그러나 한편으로는 진평이 와 줘서 다행이라고 안심하는 표정도 숨기지 못했다.

우겸은 아무렇지도 않은 것처럼 행동했지만 단검에 찔린

상처는 잘 아물지 않고 있었고, 장에 격중된 이후 기식이 불규칙해진 상태였다.

진평은 당소민에게 혹시라도 있을지 모르는 중독에 대비하여 해독 처방을 하도록 했고, 자신은 우겸의 맥을 짚어 진원지기를 살펴보았다.

우겸의 거처엔 많은 문관, 무관들이 모여 있었다.

모두 우겸과 뜻을 함께하는 사람들이었다.

그들은 난데없이 나타난 진평 일행이 우겸의 생사와 관련될 수도 있는 일에 간여한다는 사실에 불신감을 드러냈다.

이미 북경성 안에서 최고로 손꼽히는 명의와 내로라하는 고수들이 모두 찾아와서 우겸의 상세를 살피고 돌아갔기 때문이다.

우국강이 무림맹 뇌전대의 호림공에 대해 설명을 해 주었지만 사람들은 진평이 새파랗게 젊은 청년이라는 사실 때문에 신뢰를 보이지 않았다.

그러나 한 시진 뒤, 우겸이 밖으로 나오자 그들의 우려는 씻은 듯이 사라졌다.

우겸의 혈색이 원래대로 돌아온 것은 물론이고, 온몸에 활력이 넘쳐서 오히려 예전보다 더 좋아진 모습을 보였기 때문이다.

진평이 자신의 내공으로 우겸의 얽혀 있던 경락을 모두

풀고 진원지기까지 보충시켜 준 덕분이었다.

우겸을 따르는 관리들은 그제야 진평을 다시 보게 되었다. 당가에서 내놓은 금창약과 탕약 역시 마찬가지였다. 잘 아물지 않던 상처가 곧바로 지혈이 되었고, 약을 마신 지 얼마 지나지 않아 충혈되었던 눈이 흰색으로 돌아오고 정광이 충만하게 되었다.

모두 우겸의 상태가 호전된 것을 기뻐했다.

일이 그리되다 보니 진평 일행이 객청의 한자리를 차지하고 회의에 끼어도 누구 하나 불만을 가지지 않았다.

우겸이 진평을 사위라고 부른 이후부터는 오히려 다들 진평에게 호감을 드러냈다.

진평이 우겸에게 물었다.

"누구에게 당하셨습니까?"

"부끄럽지만 확실하지가 않네. 조례에 나가 오이라트를 어찌 다루어야 하는지 아뢴 바로 그날 밤. 볼일을 보고 집으로 돌아오던 중에 취객 서너 명이 싸우고 있는 골목으로 가마가 들어가게 되었지. 알고 보니 그들이 길을 막고 다른 패거리가 습격하기로 계획을 했던 거였네."

"흉수는 잡으셨습니까?"

우겸은 고개를 가로저었다.

"셋을 베었지만 놈들이 시신을 가지고 갔네."

무관 중 우락부락한 얼굴에 구레나룻을 길게 기른 대장

유취(劉聚)가 커다란 목소리로 말했다.

"동창 놈들이 분명합니다! 그들이 아니라면 누가 감히 경사에서 그런 일을 벌이겠습니까?"

그것은 모두가 다 아는 사실이었다.

하지만 그 의심을 입증할 증거가 없었다.

우국강이 진평에게 말했다.

"그들은 멈추지 않을 것입니다. 집 주변에 심상치 않은 기척들이 있어서 모든 분들에게 도움을 청했습니다."

그래서 우겸을 따르는 이들 중에 한가락 하는 사람은 다 장군부로 모인 것이다.

진평이 우겸에게 물었다.

"제가 집을 좀 둘러봐도 되겠습니까?"

"그리하게."

진평은 설가영, 삼목객, 홍패 등과 함께 장군부를 구석구석 살펴보았다.

그리고 최종적으로 지붕 위로 올라가 장군부 주변의 동태를 살펴보았는데 우국강의 말이 사실이었다.

만만치 않은 살기들이 사방에서 감지되었다.

이왕 시작한 일, 끝장을 보려는 게 분명했다.

진평은 홍패에게 침투 가능한 경로들을 모두 뽑아 보도록 했고, 설가영에겐 침입한 적을 혼란스럽게 만들어 가둘 기문진을 구상하도록 했다.

삼목객이 진평에게 물었다.

"내가 좀 도와줄까?"

"그래 주신다면 감사하겠습니다."

삼목객의 환술이 설가영의 기문진과 합쳐진다면 그 효과는 배가될 게 분명했다.

그리고 당가의 세 사람에게는 적이 독 묻은 무기나 암기를 쓸 경우에 대비하여 치료제들을 미리 만들어 두도록 했다.

그렇게 준비가 착착 진행되는 동안, 설가영은 잠시 짬을 내어 외숙모를 만나러 갔다.

진평이 우겸에게는 혼인 허락을 받았지만 설가영은 숙모에게도 역시 허락을 받고 싶었다.

그러나 면구를 벗고 마주 앉아 차를 나누어 마시는 내내, 우부인은 한 번도 웃음을 보이지 않았다.

"왕비를 마다한다는 게 말이 되느냐……."

그저 한숨만 내쉴 뿐이었다.

설가영이 말했다.

"숙모님, 저는 여염집 여인들과 다른 길을 선택했어요. 성왕 전하에겐 더 잘 어울리는 현숙한 여인이 있을 거예요."

우부인은 고개를 가로저었다.

"네가 조실부모하고 어렵게 큰 것은 나도 안다. 하지만 여인의 길이라는 게 결국은 남편에 의지하고 아들에 의지하는 것 아니겠느냐. 달라 봤자 얼마나 다르단 말이냐?"

설가영으로선 답답한 일이었다.

결국은 차만 마시고 혼인을 축하는커녕 허락도 받지 못한 채 나올 수밖에 없었다.

진평이 장군부에 도착한 지 사흘째 되는 날.

불시에 병부 인원 점고가 실시되었다.

점고는 언제라도 할 수 있는 일이지만 하필 지금 시행되는 것은 장군부에 들어가 있는 무장들을 빼내기 위해서라는 게 빤히 들여다보였다.

그러나 나라의 녹을 먹는 장수로서 군령을 거역할 수는 없었다.

우겸은 그 명단에서 제외되었다.

따로 알리지도 않고, 신청하지 않았는데도 신병 치료를 위해 빼 준다는 것이었다.

문무관원들과 병사들이 빠져나간 장군부는 텅 빈 느낌이었다. 그러나 우겸은 믿는 구석이 있었다.

바로 진평 일행이었다.

우국강은 사병과 하인들에게 무기를 들게 하고 곳곳에 횃불을 밝혀 두었다. 병부 인원 점고가 적의 습격으로 이어질 거라 확신한 것이다.

아니나 다를까 그날 밤 수백 명의 괴한들이 일제히 장군부 담을 넘었다.

진평은 설가영에게 여인들이 있는 안채를 지키도록 하고 홍패, 마충, 왕립, 당가의 세 사람과 함께 중정(中庭)으로 나아갔다.

그곳은 바로 설가영이 정한 생문(生門)이었다.

적이 어느 쪽으로 담을 넘었건 그리 모이도록 진법을 펼쳤다는 뜻이었다.

상황은 실제로 그렇게 전개되었다.

머리부터 발끝까지 새까만 야행복을 입은 살수들은 민첩하기 이를 데 없는 신법으로 담을 넘은 후 미리 정한 구역으로 이동했다.

그런데 갑자기 뭔가에 놀란 듯 허공에다 무기를 휘두르고 암기를 뿌리는가 싶더니, 돌고 돌아서 중정 쪽으로 움직였다.

기문진에 삼목객의 환술이 더해진 결과였다.

존재하지도 않는 허상에 쫓겨 허둥지둥 달려오는 그들을 제압하는 일은 거저먹기였다.

진평의 철적이 한 번 움직일 때마다 살수들은 맥없이 점혈을 당해 바닥에 쓰러졌고, 다른 사람들은 그들의 무기와 암기를 빼앗은 뒤 꽁꽁 묶기만 하면 되었다.

잔뜩 긴장하고 있던 우겸과 우국강은 서로 마주 보고

허탈한 미소를 지었다.

일이 이렇게까지 쉽게 풀릴 줄은 몰랐던 것이다.

살수의 숫자가 예상보다 훨씬 많았지만, 그래서 문제가 된 것은 묶을 밧줄이 부족했던 것 말고는 없었다.

반 시진 만에 상황은 정리되었다.

목숨을 건 접전은커녕 생채기 하나 나지 않고 침입자들을 모두 사로잡았다는 사실에 사병과 하인들 모두 기뻐했다.

그러나 그게 전부가 아니었다.

안채 쪽에서 종소리가 들려왔다.

침입자가 있음을 알리는 신호였다.

진평 등은 급히 몸을 날렸다.

안채가 뚫린 것은 담을 넘은 게 아니라 땅굴을 파고들어온 자객들 때문이었다.

그들도 나름대로 철저한 준비를 했던 것이다.

안채엔 설가영과 삼목객 단 둘뿐이었다.

곧바로 접전이 벌어지자 걱정과 조바심에 밖으로 나와 있던 우부인과 하녀들은 비명을 지르며 숨느라 바빴다.

설가영은 외숙모를 지키기 위해 처음부터 최선을 다해 검을 휘둘렀고, 삼목객은 그런 설가영을 지키기 위해 일신의 무공을 펼쳤다.

설가영은 몸에 익은 가전의 검술을 위주로 하고 진평에

게 배운 혼원십이검법의 사용을 조금씩 늘려 가는 중이었는데, 그 경지가 결코 만만치 않았다.

살수들의 무공이 뛰어났지만 작정하고 나선 그녀의 검에 연거푸 대여섯 명이 목숨을 잃고 말았다.

땅굴에서 나온 자객들이 전열을 정비하고 설가영과 삼목객에 대해 본격적인 공격을 하려 했지만, 그때는 이미 진평과 다른 고수들이 도착한 뒤였다.

진법의 방해 없이 싸워도 그들은 진평의 상대가 전혀 되지 못했다.

바람이 그물 사이를 지나듯 진평이 살수들 사이를 지날 때마다 그들은 점혈 당해 쓰러지기 바빴다.

결국 모두가 제압당하는 데 일각이면 충분했다.

설가영이 우부인에게 가서 물었다.

"외숙모님, 어디 다친 데 없으세요?"

"나, 나는…… 괜찮다."

우부인은 놀란 가슴을 진정시키려 애썼다.

눈앞에서 피가 튀고 사람이 죽어 넘어가는 광경을 보고 크게 놀란 것이다.

그녀가 가장 놀란 것은 설가영의 모습이었다.

어른거리는 횃불에 비친 그녀의 모습은 평상시에 보던 조카딸과 너무나 큰 차이가 있었다.

상대의 목에서 피가 뿜어져 나와도 눈 하나 깜빡 않고

검을 비틀어 뽑고 다른 살수를 향해 검을 휘두르는 모습.

우부인은 비로소 다른 길을 선택했다는 그녀의 말이 무슨 뜻인지 확실히 알 수 있었다.

사로잡은 살수의 수는 놀랍게도 이백서른 명이 넘었다.

정말 작정을 하고 우겸 일가를 몰살시키려 한 게 분명했다.

우겸은 진평에게 치사했다.

"고맙네. 자네가 아니었으면 큰일 날 뻔했어."

"제가 아니라 영아의 솜씨입니다."

설가영의 기문진에 우내팔정으로 꼽히는 삼목객의 환술이 더해졌기에 이런 놀라운 전과가 가능했던 것이다.

우겸은 두 사람에게도 따로 감사의 뜻을 전했다.

그러자 삼목객이 눈을 반짝이며 또다시 질문을 꺼냈다.

"장군님께 여쭐 게 있습니다.

"그게 무엇입니까?"

"장군님은 천하가 혼탁한 이유가 무엇이라 생각하십니까?"

"글쎄요. 그것은……."

삼목객이 답을 알려 주었다.

"바로, 빛과 어둠이 치열하게 싸우기 때문에 혼란이 멈추지 않는 것입니다."

"그런가요?"

삼목객은 열변을 토했다.

그러나 우겸은 미소 지으며 듣기만 할 뿐 혹하지는 않았다.

결국 삼목객의 시도는 성공하지 못했다.

가슴 밑바닥에 절망이 깔려 있는 난민촌 사람들은 쉽게 교도가 되지만, 다른 사람들은 그렇지 않다는 사실을 이번에도 인정할 수밖에 없었다.

우겸은 살수들을 모두 옥에 가두고 그들의 소지품을 샅샅이 뒤지도록 지시했다.

그러나 동창과 연관 지을 수 있는 물품은 단 하나도 나오지 않았다.

결국 따로 불러내어 문초를 할 수밖에 없었는데, 누구도 입을 열지 않았다.

삼분지 일 정도는 아는데도 말을 하지 않는 것 같았고, 나머지 삼분지 이는 정말로 배후에 대해 모르는 것 같았다.

외부의 자객까지 고용했다고 추측할 수 있었다.

우겸은 서두르지 않았다.

일단 부하들을 잡아 두면 다급한 건 동창 쪽이기 때문이다.

그는 불시 인원 점고를 마치고 돌아온 무장들에게 포로를 보여 주었다.

장수들은 다들 놀라는 한편 경탄을 금치 못했다.

자기들이 없을 때 이토록 많은 인원이 쳐들어왔는데, 한 놈도 남김없이 모두 사로잡았다는 사실이 좀처럼 믿어지지 않았던 것이다.

우겸은 포로들을 나누어 가두어 두도록 했다.

동창에서 포로들 입을 막기 위해 구출 혹은 살인멸구(殺人滅口)할 계획을 짜더라도 한꺼번에 모두를 잃지는 않도록 하기 위함이었다.

그리고 궁 안의 사람을 통해 환관들의 반응을 살펴본 결과 그들이 크게 당황한다는 사실을 확인할 수 있었다.

우겸은 병을 칭탁(稱託)하고 장군부 밖으로 나가지 않았다. 이제 급한 쪽은 동창이니 그들이 먼저 패를 내보일 때까지 느긋하게 기다릴 여유가 생긴 것이다.

* * *

장군부에서 지내는 동안 설가영의 얼굴엔 웃음이 끊이지 않았다. 그동안 소원(疏遠)했던 외숙모와의 사이가 다시 좋아졌기 때문이다.

우부인은 자객들의 습격이 있던 날 밤, 설가영의 진면목을 보았다. 여인으로서 강호행을 한다는 게 어떤 의미인지 똑똑히 알게 된 것이다.

그걸 보고 나서 친왕을 조카사위로 맞겠다는 욕심을 버릴 수밖에 없었는데, 막상 그 욕심 하나를 덜어 내고 나니까 그동안 설가영에게 섭섭했던 감정들이 봄날 눈 녹듯 전부 다 사라져 버렸다.

이제 우부인에게 있어 설가영은 남편이 애타게 찾던 혈육일 뿐이었다.

설가영 입장에선 다시금 가족을 가지게 되어서 좋았고, 진평은 그녀가 기뻐하는 것을 보게 되어 좋았다.

삼목객은 우부인에게라도 현교의 진리를 전하고 싶어서 열심히 설명을 했지만 역시나 뜻을 이루지 못했다.

하루, 이틀.

긴장을 내포한 평온한 날들이 쌓여 갔다.

장군부와 동창의 반목은 당사자는 물론 주변인들까지 긴장하게 만드는 중대 사안이었다.

그러나 진평은 장군부에서만 지내는 데 갑갑함을 느꼈다. 복건과 절강의 소식이 궁금하기 짝이 없었던 것이다.

하지만 우겸의 안전이 확보되기 전까지는 그곳으로 돌아갈 수 없었다. 패퇴한 반란군보다는 동창이 훨씬 더 무서운 적이기 때문이었다.

당가 사람들은 작별을 고하고 소림사로 떠나갔다.

당소민의 신랑감 찾는 일이 급했기 때문에 장군부에서 낭비할 시간이 없었던 것이다.

그녀는 떠나기 전에 혹시라도 있을지 모르는 모든 독 공격에 대한 해독제들을 만들어 일목요연하게 정리해 주었다.

우겸은 그녀에게 특별히 감사를 표하고 묵직한 은자 주머니도 건네주었다.

그들이 떠난 이후 진평은 매일 우겸 부자와 시간을 보냈는데, 아무 반응도 보이지 않는 동창의 대응에 대해 우겸은 조금씩 조바심을 내기 시작했다.

하루는 그가 마시던 찻잔을 내려놓으며 말했다.

"왕진의 생각이 바뀐 게 분명하네."

진평이 물었다.

"어떻게 말입니까?"

"자객이 잡혔어도, 설령 그들이 실토를 한다 치더라도 자신이 부인하면 누가 감히 따지겠냐고 생각하는 것 같아."

기가 막힌 얘기였다.

"오만함이 극에 달했군요."

우겸은 긴 한숨을 내쉰 후 말했다.

"그의 권력은 누구와도 견줄 수 없으니까."

"황제를 포함해서 말이지요."

우겸은 정색했다.

"그게 무슨 불경한 말인가!"

진평은 얼른 사과했다.

"죄송합니다. 제가 실언을 했습니다."

병부시랑 우겸은 충의란 두 글자를 가슴에 새기고 사는 사람이었다. 그러다 보니 설령 사실이라 하더라도 불충한 말은 용납할 수 없는 것이었다.

왕진은 얼마든지 욕해도 되지만 그 대상이 황제로 바뀌면 일언반구도 허튼소리를 할 수 없었다.

우겸의 표정이 어두워졌다.

호통을 치긴 했지만, 사실 자신의 속마음도 진평과 다르지 않았기 때문이다.

우겸의 불길한 예상은 들어맞았다.

오이라트의 사절단이 경사로 들어 왔는데, 왕진이 기어이 일을 벌인 것이다.

사절단의 규모는 총 이천오백 명.

그러나 오이라트는 관례대로 인원을 부풀려 삼천오백 명이라고 보고했다.

황제는 사절단 모두에게 은상을 내리기 때문에 천 명분의 돈을 더 받기 위함이었다.

그러나 작정한 왕진이 그걸 그냥 넘기지 않았다. 동창을 시켜서 사절단의 수를 낱낱이 세었다.

그리고 이천오백 명분의 은자만 하사했다.

그들이 몰고 온 말의 가격도 마찬가지였다.

명마라고 주장하는 말 수십만 마리를 의무적으로 사주어야 했는데, 그 대금을 마시(馬市)에서 거래되는 값으로 계산해서 주었다.

명마와 보통 말은 그 가격이 천지 차이었다.

그러다 보니 명 황실이 지급한 대금은 오이라트 측 기대치의 오분지 일에 불과했다.

오이라트 사절단은 분노했고, 조정 대신들도 황제에게 연일 상소를 올려 불가함을 아뢰었다.

그러나 왕진은 단호했다.

"사람 수대로 돈을 주었고, 적정한 가격에 말을 사들였는데 무엇이 문제란 말인가? 말 값을 다섯 배나 높게 쳐주면 저들이 우리를 바보 천치로 알 것 아닌가?"

그것이 왕진의 주장이었다.

원칙대로라면 그리하는 게 맞지만, 매년 오이라트 사절단을 맞는 데는 다른 의미가 있었다.

비록 조공의 형식을 갖추었다고 해도 그들에게 돈을 주는 것은 일종의 뇌물이었다.

오이라트의 강맹한 기병이 국경을 넘어오지 않는 대신 매년 은상과 말 값을 받아 가는 것이다.

그런데 그 돈을 아낀다는 것은 위험천만한 일이었다.

전쟁이라도 벌어졌다가는 그 수십, 수백 배의 국고가 탕

진되고 수많은 병사와 백성들이 죽을 것이기 때문이다.

왕진이 그 사실을 모르는 게 아니었다.

그의 욕심, 국고를 자기 것이라고 생각하는 욕심이 기어이 심각한 상황을 만든 것이다.

문제는, 황제가 왕진의 주장에 이견을 달지 않았다는 점이었다. 그는 어려서부터 왕진을 선생님이라고 부르며 따랐기 때문에 그가 하는 말이라면 다 받아들였다.

그것이 오늘날 왕진의 권력을 만든 근본 원인이었다.

왕진은 사례감에 명하여 이어지는 상소들을 전부 차단해 버렸다. 이미 결정된 일을 가지고 황상을 번거롭게 할 필요가 없다는 이유에서였다.

우겸은 더 이상 두고 볼 수가 없어 조정으로 나갔다.

직접 황제를 만나 얘기를 하기 위함이었다.

그러나 황제는 병이 났다며 만나 주지 않았다.

정말 병이 났는지도 믿을 수 없었고, 자신이 찾아왔다는 얘기가 황제에게 제대로 전달되었는지도 의심스러웠지만, 우겸으로서는 그냥 물러 나오는 수밖에 없었다.

이튿날도 마찬가지였다.

진평은 우겸의 노력이 허사가 되는 것을 보며 답답함을 느꼈다. 환관들이 황제를 둘러싸고 눈과 귀를 모두 막는 현실이 개탄스러웠다. 그리고 그렇게 하도록 놔두는 황제의 무능함도 원망스러웠다.

황제와 그의 동생 성왕을 비교하면 거의 지렁이와 용의 차이라고 할 수 있을 것 같았다.

한참 심란한 그의 곁으로 설가영이 다가와 물었다.

"형님, 무슨 생각하세요?"

진평은 한숨을 내쉰 후 대답했다.

"오이라트 사절단이 돌아갈 채비를 마쳤는데, 아직까지도 조정에선 돈을 주려 하지 않는다는군."

설가영이 고개를 끄덕이며 말했다.

"저자엔 벌써 소문이 파다하던걸요."

"무슨 소문?"

"곧 전쟁이 날 거라는 소문이요."

진평은 미간을 찌푸렸다.

현재 오이라트의 우두머리인 에센은 비록 칭기즈 칸의 혈족이 아니라 칸의 칭호는 쓸 수 없지만, 그 실력에 있어서만큼은 충분히 칭기즈 칸의 위업을 잇는다고 할 정도로 방대한 영토와 군사력을 보유한 효웅이었다.

그런 그가 모욕을 참을 리 없었다.

"환관 하나가 온 천하를 어지럽히는구나."

탄식이 절로 나왔다.

에센의 기병이 국경을 넘어오면 왕진과 그 무리는 성문을 닫고 안전하게 살아남는다 해도 강토가 짓밟히고 백성들이 죽어 나갈 것이었다.

진평의 표정이 굳어 있는 것을 보고 삼목객이 슬그머니 웃으면서 물었다.

"왕진을 죽일 생각인가?"

진평은 웃으며 고개를 가로저었다.

그러나 삼목객은 진지했다.

"그놈만 죽어 없어지면 천하가 태평할 것 같은데. 자네라면 불가능한 일도 아니지 않은가? 내가 도와줄게."

진평의 생각은 달랐다.

"그가 죽으면 세상은 더 어지러워질 겁니다. 왕진이 누리던 권력을 자기가 차지하기 위해 저마다 황제를 옹위하려 할 테니까요."

"그럼 왕진 말고 황제를 죽이자!"

대역무도한 말이 잘도 입 밖으로 나왔다. 현교의 미트라인 삼목객은 세속의 질서를 우습게 보는 경향이 좀 있었다.

설가영이 핀잔을 주었다.

"말이 되는 소리를 하세요!"

"왜 말이 안 돼? 왕진이 설쳐 대는 건 황제가 멍청하기 때문이잖아. 황제만 죽이면 환관들이 싹 다 물갈이될 테니까 천하 만민을 위해 다행한 일이지."

진평과 설가영은 삼목객의 강변(强辯)을 웃어넘겼다.

그러나 시간을 두고 생각해 보니 흘려버릴 얘기만도 아

니었다. 진평은 마교나 진감호의 주장을 터무니없다 생각해서 그들의 반대편에 선 것이 아니었다.

그들이 바라는 세상을 만드는 과정에 많은 백성들이 고초를 겪을 것이기 때문에 본혈방의 방주로서 그들을 저지하려는 것이었다.

그렇게 따지고 보면 왕진은 진감호와 마교를 합친 것보다 더 해악을 끼치는 인물이었다.

경사에 머무는 지금이 어쩌면 기회일 수도 있었다.

진평은 결심을 굳혔다.

〈다음 권에서 계속〉